Colecção Literatura de Macau

澳門基金會
FUNDAÇÃO MACAU
中华文学基金会

·散文·

凌腔雁调

凌雁／著

作家出版社

澳门文学丛书

总 序

值此“澳门文学丛书”出版之际，我不由想起1997年3月至2013年4月之间，对澳门的几次造访。在这几次访问中，从街边散步到社团座谈，从文化广场到大学讲堂，我遇见的文学创作者和爱好者越来越多，我置身于其中的文学气氛越来越浓，我被问及的各种各样的问题，也越来越集中于澳门文学的建设上来。这让我强烈地感觉到：澳门文学正在走向自觉，一个澳门人自己的文学时代即将到来。

事实确乎如此。包括诗歌、小说、散文、评论在内的“澳门文学丛书”，经过广泛征集、精心筛选，目前收纳了多达几十部著作，将分批出版。这一批数量可观的文本，是文学对当代澳门的真情观照，是老中青三代写作人奋力开拓并自我证明的丰硕成果。由此，我们欣喜地发现，一块与澳门人语言、生命和精神紧密结合的文学高地，正一步一步地隆起。

在澳门，有一群为数不少的写作人，他们不慕荣利，不怕寂寞，在沉重的工作和生活的双重压力下，心甘情愿地挤出时间来，从事文学书写。这种纯业余的写作方式，完全是出于一种兴趣，一种热爱，一种诗意追求的精神需要。惟其如此，他们的笔触是自由的，体现着一种充分的主体性；他们的喜怒哀乐，他们对于社会人生和自身命运的思考，也是恳切的，流淌着一种发自肺腑的真诚。澳门众多的写作人，就这样从语言与生活的密切关联里，坚守着文学，坚持文学书写，使文学的重要性在心灵深处保持不变，使澳门文学的亮丽风景得以形成，从而表现了澳门人的自尊和自爱，真是弥足珍贵。这情形呼应着一个令人振奋的现实：在物欲喧嚣、拜金主义盛行的当下，在视听信息量极大的网络、多媒体面前，学问、智慧、理念、心胸、情操与文学的全部内涵，并没有被取代，即便是在博彩业特别兴旺发达的澳门小城。

文学是一个民族的精神花朵，一个民族的精神史；文学是一个民族的品位和素质，一个民族的乃至影响世界的智慧和胸襟。我们写作人要敢于看不起那些空心化、浅薄化、碎片化、一味搞笑、肆意恶搞、咋咋呼呼迎合起哄的所谓“作品”。在我们的心目中，应该有屈原、司马迁、陶渊明、李白、杜甫、王维、苏轼、辛弃疾、陆游、关汉卿、王实甫、汤显祖、曹雪芹、蒲松龄；应该有莎士比亚、歌德、雨果、巴尔扎克、普希金、托尔斯泰、陀思妥耶夫斯基、罗曼·罗兰、马尔克斯、艾略特、卡夫卡、乔伊斯、福克纳……他们才是我们写作人努力学习，并奋力追赶和超越的标杆。澳门文学成长的过程中，正不断地透露出这种勇气和追求，这让我对她的健康发展，充满了美好的期待。

毋庸讳言，澳门文学或许还存在着这样那样的不足，甚至或许还显得有些稚嫩，但正如鲁迅所说，幼稚并不可怕，不腐败就好。澳门的朋友——尤其年轻的朋友要沉得住气，静下心来，默默耕耘，日将月就，在持续的辛劳付出中，去实现走向世界的过程。从“澳门文学丛书”看，澳门文学生态状况优良，写作群体年龄层次均衡，各种文学样式齐头并进，各种风格流派不囿于一，传统性、开放性、本土性、杂糅性，将古今、中西、雅俗兼容并蓄，呈现出一种丰富多彩而又色彩各异的“鸡尾酒”式的文学景象，这在中华民族文学画卷中颇具代表性，是有特色、有生命力、可持续发展的文学。

这套作家出版社版的文学丛书，体现着一种对澳门文学的尊重、珍视和爱护，必将极大地鼓舞和推动澳门文学的发展。就小城而言，这是她回归祖国之后，文学收获的第一次较全面的总结和较集中的展示；从全国来看，这又是一个观赏的橱窗，内地写作人和读者可由此了解、认识澳门文学，澳门写作人也可以在更广远的时空里，听取物议，汲取营养，提高自信力和创造力。真应该感谢“澳门文学丛书”的策划者、编辑者和出版者，他们为澳门文学乃至中国文学建设，做了一件十分有意义的事。

是为序。

2014.6.6

文学是一株奇花，

人脑沙漠化后，文学将会死亡。

可悲的是，沙漠仍在。

——凌雁（写于“澳门作家肖像展”上）

目　录
CONTENTS

作家老几

澳门澳门

难得畅泳

烟烟相报

机不可失

鹰蛇相缠

珍惜林木

毕业廿年

同气连枝

天真童稚

亲子有方

有德有失

宴安鸩毒

书之有法

谈音论字

生老病死

挥春爆竹

已是多少年前的事

小孩子嘛，大多是顽皮捣蛋、放纵不羁、口没遮拦的，我也是。

出入皇宫的，“口没遮拦”，随时会被处分“掌嘴”；旧日的封建大家庭，对口没遮拦的晚辈，也有这个罚则。家母比较简单：大年大节，小孩子在家不准乱讲说话。

两母子吃罢一年菜式最丰盛的年夜饭，我跑去街上和小朋友们玩个痛快，便回家洗一个大热水澡。洗那个澡，母亲势必要“亲自下厨”，擦这搓那，把我当作是出了门整整一年没洗过澡的游子，水温又热，手力又重，擦、烫得我浑身赤红，舒畅无比。

临上床，母亲才把那套我催促了好多日子的新衣、新鞋袜抖出来，挂在我身上比试比试，待到一切都比我的身材大了一号，她才满意地把衣服平整地放在靠椅上，鞋袜放在矮凳上，叫我睡，替我盖被，然后仔细叮咛：

“明日年初一，过年了，又大一岁啦，要听教听话啰，一早起来，要向人恭喜，要有礼貌，语贵吉祥，不吉祥的话不要说。”“什么是‘不吉祥的话’？”“你怎么搞的？比如……唉唉唉，你平日那些挂在嘴边的不好听的话，就是不吉祥的话，不要说。”

大年初一，跳起床，穿了一身新，从枕头底下挖出了“压岁钱”，跨步出房门槛，遇见同屋的老婆婆，抱拳，弯腰，恭恭敬敬，清清脆脆叫了声“恭喜婆婆”！老婆婆高兴得见眼不见牙。

1985.1.21

挥春要“挥”才有意思

“挥春”一词，不知出自何人手笔？这个词儿，可真有意思。试想，“春”而能“挥”，那便仿似神仙的拂尘了。尤其别具神韵的是，人间竟能透过笔、墨、金粉，把春天挥洒在一张张鲜红的纸上。

——这算不算是早期的招纸、标语，或是大字报的鼻祖？

挥春的“挥”字是动词，写挥春的“写”字也是动词，接写挥春的“接”字同样是动词。街头所见，“接写挥春”一语，四个字之中，竟占了三个字是动词，这倒是相当特别的语法例子。

“请你替我‘写’八款挥春。”没听人说“请你替我‘挥’八款春”的。大抵，历代发展下来，“挥春”已成了名词，“写”才是动词。

但，谁反对过呢？“春”不“挥”而要“写”，未免过分呆滞而了无神采。我喜欢伫立街头看人挥春，可惜，一年三百六十五天，那么短短的十几天可看，而自己年晚事忙，“只能伫立”欣赏的机会是越来越少了。放一张小板台在街边挥春谋生，最多的是西区、湾仔、深水埗。生意滔滔的是西区的南北行一带，那儿旧式的店铺多，老板们都肯为挥春花钱。挥春，其实是“百无一用是书生”露一手，年晚赚点外快的机会。长年累月在街头靠书写维生的，“来往书信”与“招牌”、“广告”是他们的“正业”，“挥春”之于他们，则似中式饼店的“月饼”吧。

1985.2.23

燃烧爆竹的悲喜剧

烧爆竹，是孩童时候最惊险刺激的大节目，可以说，是整个春节中最引人入胜的玩意儿。

那年月，家境过得去的都不多，小朋友们的利是钱也不那么丰富，所以过春节时，谁也不会乱花乱用，但是大伙都手痒痒地惦记着烧爆竹，只好循正途买一半，循歪途取一半。

所谓“取”，是看准烧爆竹的主人家，刚把燃点的爆竹抛出，便以第一时间冲上去，用双手护着面，拼命地去践踏它，泰半可以踏熄它三分一，间中运气好，可以侥幸整排捡走。（自己运气好，主人家便得多烧一排。不过，那时的人，经济虽不及今人的富裕，却很厚道，不会因为爆竹给顽童捡走了，而向孩子们报复。）

就因为这样，乐极忘形，有一次，踏熄了的爆竹，竟在裤袋中死灰复燃，嘭的一声，新裤子给弹穿了个小洞，大腿也给灼伤了。

顽皮归顽皮，我却是个胆子小的人，烧爆竹时从来不敢玩什么花样，只是老老实实地把爆竹直立在地上，老远地伸长手去燃点。

一次，看人家连“电光炮”也捏着烧，不放手也没半点事儿，最要命的是身边的小同伴也学会，自己不能丢脸，也大着胆子烧一个。嘭！人家没事，我的两只手指却被爆得火辣辣，痛入心脾，幸好有人仗义脱裤，向我的手指头急急射下一摊童子尿，才算是救了那“燃‘指’之急”。

——那射尿的可真够朋友。

1985.2.25

除旧岁无爆竹更乐

往年除夕，听罢二楼的三姑大叫“烧爆竹呀——”，紧接着，五楼的六婆也欢天喜地地嚷“烧爆竹呀——”

隔壁的，前街的，后街的，高喊“烧爆竹呀——”“……”此起彼伏，热闹非常。

子时一到，大户大铺人家，更燃响了数层楼高的大红鞭炮，全城轰响……大年初一跑到街上，两旁行人道，红纸满地，风一吹，花瓣似的嫣红，花瓣似的娇柔可爱，这样的除旧、迎新，真是有声、有色。

初二开年，又重复一次这样的热闹。

1976年“文革”之后，早已禁绝了爆竹，没有了“砰铃嘭啷”的除旧迎新之声，初时颇令人飘起一丝儿空虚寂寞之感。

然而，我仍然赞成禁绝爆竹之举。

有一年，路经弥敦道琼华酒家，因酒楼上有人办喜事，主人家燃起了由地面升至天台高的长串鞭炮，虽有三数警察帮忙指挥交通与维持秩序，但也阻延了十数分钟之久。倘若现时还来这一套，香港的交通势必瘫痪。

又有一年新春，我在同学家中看别人在楼上烧爆竹，把燃点了的爆竹丢到街上，刚好在一个秃顶男人的头上炸响，那情景真令我惊悸。

如今好了，拜神祭祖，没有了爆竹，起初还以录音声带代替，渐渐，连这种有声无影的“科学爆竹”也省了，大家都乐得耳根清净。

1985.2.27

千言难尽

再有战后失散的话

多看了逃难小说，多看了逃难电影，总见佳偶天成、天造地设的一双恋人，因为残酷的战火而失散；再重逢，已是百年身了！这是何等悱恻、缠绵、无奈的爱情故事。

于是，我对山妻说：万一遇上战火、大灾难之类的事而各散东西的话，“和平”之后，天天中午，去某地相会吧！某地拆了改建，就在改建物四周游走徘徊，某地炸成大洞成了西施湖，就在湖心亭相候；如要打工找生活，不能天天去，就每月1号去，或结婚纪念日去；如有变形，成了“象人”，看见身形相近的，就彼此吹口哨，吹《爱到你发烧》，不能吹就唱，失声的话就把“爱到你发烧”五个字写在纸板上。

还要在报上登广告。几经祸劫，在报上登全版广告，恐怕是无能为力了，专看《百报》吧，看《百报》的“寻人”小广告；万一捡到一千卡的钻石，发了横财，刊得起全版广告，也怕大而无当，漏了眼，那么，同时刊登“寻人”小广告比较稳妥。

《百报》炸掉了，就看《千报》;《千报》关门就改看《万报》。

《万报》战后也不复刊，无报可看，就写信去“国际红十字会”求助。

或者，写信去“诺贝尔文学奖委员会”，查查战后文学奖得主名册，因为写稿的人已所剩无几了，为夫的或许会有机会排名亦未可料。

1985.10.25

那天真烂漫的笑容

坐在小巴上，本来很疲倦，却给前座转过来咧嘴而笑的婴儿提起了兴致。他是个小光头，分不出是男是女，只爱笑，笑起来一只乳齿也没有，嘴角往两颊推，推出两团白白胖胖的肉，肉上透出了两瓣胭脂似的红云。这是没有半点愁滋味的开心的笑。他是不该愁的，抱着他的，就是母亲，天下间最值得依恃的人就在身边。饿了，要吃奶？只要哭就是，一哭，清澈的眼水来了，香甜的奶水也来了。笑的时候，他是尽情的、忽然的，笑得蹬高蹲低，不亦乐乎。可是发呆的时候，他也尽情发呆，两眼直直地瞪着你，茫茫然由得唾液慢慢吊下去，垂涎三尺……然后，又是忽然的笑，笑得你禁不住也笑。

你大抵已经听过这个故事：张三的妻子备妥了小糕点，要张三拿去托儿所探望爱子。张三正忙于公事，去也不是，不去也不是，踌躇间，半路上遇见同事王五，他也要去托儿所探望儿子，张三便拜托他："能不能顺路替我捎点吃的给我儿子？""可以，但你儿子是啥个模样？""他嘛……是全托儿所最活泼可爱的那个。""那好办，我替你捎。"——结果呢，糕点捎到了，也吃了，是王五的儿子吃的。"你怎么搞的？""我呀，瞧遍全托儿所，最活泼可爱的就是我的儿子。"

天下间的父母，谁不把自己的儿女看作宝贝？因而，我逗婴儿笑，他母亲也笑，甜丝丝地笑。

1985.2.22

尘封了的世界名曲

像浮尘子与飞蛾，都宁愿扑死在灯火中的如此炎夏，要开动脑筋专注于一个复杂的问题，实在令人烦闷且窒息的。

何况对面楼房里的音响：时代的与不时代的，古典的与不古典的，流行的与不流行的，从一个个墨黑的窗子中轰出，仿佛那一幢幢楼房就是一座座音响器材，彼此在炫耀着器材的质素、音域的宽宏、音色的美妙。

是自己的身体结构中，含有过量的音乐细胞吗？也许是的。

读书时，人家是拿了物理、化学、历史、国文在啃的，我却每天都差不多离不开音乐书。

就像读文艺书籍一样，我拿了音乐书是来“读”的，由头读一遍，好听的留一个记号，不好听的打一个叉，特别好听的，又注了个特别记号；然后一曲一曲地去哼它，唱它，把歌唱熟，把感情控制好，才告一段落。学会了，在目录旁做个标记，几年下来，几百页厚的歌书读完，近三百首歌都学会了。

那年代没有奖金，没有比赛，没有灌录唱片当歌星的玩意，只是每逢游艺会、文娱晚会，给人推出去，口震震地“高歌一曲”，献丑一番才能回复观众地位。为此，我什么噪音都可以忍受，就是受不得乐声的引诱。可惜，音乐细胞的数目，还未能达致一个“音乐家”的量，也就只好让那世界名曲，放在书橱中，任由岁月把她尘封了。

1985.9.10

一只长脚蚊的故事

奇怪，搬到这个家之后，不多时就会在浴室里发现一只长脚蚊。

脑部档案中，似乎未有过长脚蚊针皮吸血的不良纪录，尽管如此，它到底是蚊，始终要消之灭之而后快的。

前天，在雪柜对面的墙上，意外地发现一只长脚蚊。打这种蚊，不必像打短脚蚊、花纹蚊那么紧张。看它伸展了过长的三对脚，颠危危地，一如清代扎脚闺秀的样子，便觉得它的“雍容”，反成了它生命的负累。我要证实这点，便轻轻伸了右手食指，在它的右脚上一按，按住了它的两只脚，满以为这样就可以捉住它，怎料它猛地振翅，挥慧剑斩长脚，翻一个身走脱了。

今晚出浴，毛巾旁又发现一只长脚蚊，嘻！是它，少了两只脚的家伙。想不到这种有情“饮水饱”的小东西，也会这么长命。

书上说，雄蚊是不吸人血的，照我所知所见，它们是吮露水、吸树叶的叶汁过活的。

然而，即使是这个样子的斋戒沐浴的清教徒，它还是长了长长吸管的蚊，是吸血鬼们的丈夫和父亲！蛇虽然毒，但蛇胆蛇毒可以治病，蛇肉可以补身，蛇皮可以做鞋做手袋做二胡。蜈蚣虽然毒，但它可以浸制药油，治疮毒皮肤病，它可以入药，更是治癌的好材料。即使是讨人厌的蟑螂，也可以吃可以配药，有它可取的一面。只有苍蝇和蚊蚋，使我至今想不透：造物主造牠们出来干啥？——上苍呀，既生瑜何生亮，既生人何生蚊？

1985.10.22

小的想大大的想小

人世间，很多事都非常奇特。小的，希望变大，而且硬要加大：例如日本，不叫“日本国”，而叫“大日本国”；又如韩国，不叫“韩国”，而叫“大韩民国”；再例如“英国”，“不列颠”之外，亦非要加个“大”字不可。

真的大国如苏联、加拿大、美国、中国，倒无需加“大”。

中国更妙，自认“中”，是不大不小。（“中”的原意当然是“地处中原”，但在世界地图上，倒是名副其实的“中”，方位何其准确！）

在动物界：万物之灵称“人”，笔画极少，害人的却称“虫”称“菌”；巨无霸称“象”，小不点却名之曰“蚂蚁”：海洋里的“鲸”固然臃肿，鱼毛虾蟹的字形却有过之而无不及。在植物界：高大如“松”、“柏”、“杉”，只是几个简单字形，小如“草”如“稻”，却笔画多多。

女士们的称呼，与“大日本国”、“大韩民国”，与“象”与“蚂蚁”，与“松”与“稻”的心态是一样的：——小时，想大，明明是“小妹丁”，却叫“大姐仔”。“大”“姐”都属大；加个“仔”字，反而是小了。——大一点，不叫“姑娘”，而叫“小姑娘”或“姑娘仔”。——亭亭玉立之后，又怕大了，叫“小姐”。——中年，明明是“姑”，却曰“姑娘”。——老，老而未衰，老而未老，不称“婆”，返老还童，“大姐仔”删去个“仔”字，响响亮亮、高高兴兴，叫声“大姐”。

1985.11.15

令人担惊受怕的菜

在港澳，以针药养鸡，起码始于50年代，到了80年代才发现出了问题，化学效应实在太慢。

用化学肥料种菜又始于何时？

不知道。只知道这十年八年间非常流行。

“化学鸡”有问题，“化学菜”恐怕也难免。

我们从前吃菜，只有便不便宜、当不当造、菜种优劣与否、好不好吃之别，几乎无健康上的顾虑，但如今不然。

现时吃菜，经常有种事：一口咬下去，苦入喉咙，想漱口也来不及；最尴尬的是在宴会场合吃到这样的菜。众目睽睽之下，吞又不是，吐又不是，不知如何是好。

菜，特别是菜头部分，为什么会苦？我怀疑那是化学肥料下得迟，菜又割得快，农药残存在菜梗上之故！

政府何不抽样化验一下这些赶市的菜？我相信，与肥鸡丸相同，下菜肥之后，是应该规定过了某些日子才可以收割的，否则我们便会大量吃下农药，日积月累之下，威胁着我们的生命。

80年代初，美国农村中有两兄弟，专门替人运送化学肥料，担担抬抬之下，日夕接触化学肥料，不多久，都相继患癌而死。

长期接触的后果尚且那么严重，我们直接吃下肚去的人，简直是拿生命作赌注。

1985.5.23

从“奶粉券”看民族性

上一代的华侨去到美洲，十之八九是开洗衣馆，磨粗了十只手指头，才娶得一个老婆——真真正正的“老”婆。还得靠了敬业、乐业、守业、克勤克俭的民族性。

新一代的美加华侨，观点已有了改变，有些人为了年年月月被一盘生意缠着，走不开，便索性把整间营业状况极佳的酒楼卖掉，全家出去游埠，等到孩子们的假期完了，鸟倦知还了，再另觅地点开张。

这当然只是少数，绝大部分的华侨都是乐于“守业”的。

一张奶粉票，足可以看出中华民族那种“积谷防饥”、“未雨绸缪”的“守”的性格。

原来加拿大那边（美国不知有没有）有一种福利，就是任何一位国民怀孕了，都可以去登记，有关部门就会按月按地址给你寄上一张“奶粉代金券”，那是给予下一代的“粮食保障”，不令新生的一代有“嗷嗷待哺”这回事。

“代金券”在手，是随时可以折换成现金用的，虽名为“奶粉代金券”，却无使用上的限制，也就是不一定要把钱花在“奶粉”上。于是：

意大利人拿去吃掉；

法国人拿去买醉。

——至于孩子们生下来怎么办？再作打算。

华人把代金券储存起来，孩子们日后生活所需，其实早已在他们事先的预算中了。

1985.11.8

东西方有不同性格

香港地，离奇古怪的官司也有，不让美国专美，只是远远落后于美国而已，而且赔款额“小儿科”得很。

像“虐待老鼠案”，就是“花边官司”的杰作。

大约是20世纪60年代中期，一位外籍妇人控告过牛奶公司，控告其公司生产的牛奶分量不划一，而她买的，是“量少”的那一种，被控出售这种牛奶的地点，好像是中环的告罗士打附近。结果外籍老妇赢了这场官司。

70年代初，一位外籍妇人路经中环的一座香港政府的停车场，不慎滑了一跤，她马上入禀法院，控告该停车场积压油污，令她滑倒，结果也是外籍妇人胜诉，获得万多元赔偿。

又有一年，一名外籍女游客去光顾香港的公厕，不慎摔了一跤，也告将官去，谓地面湿滑，竟无任何告示着人留意，结果她也胜诉，获赔偿八万多元。累得市政局连夜赶制告示牌，标贴于公厕及浴室的当眼处：地面湿滑，敬请小心。包括“虐鼠案”的告发人与法官，这些“作品”都是外籍人士所为，与华人无关，因而得出一个印象：东、西方的民族性格有明显的分野，东方人忍让、含蓄；西方人坦荡、奔放。

有一次我们去公园散步，坐在一张没有“油漆未干”标志的椅子上，着了道儿，只好离开，见前方也有同“道”中人，不禁莞尔；可未闻有愤愤不平要去告市政局者。

1985.2.25

美国人喜欢打官司

美国那地方，专门生产离奇古怪的官司。

几年前，一位青年领袖，到某地参加国际性的青年领袖会议，会前，他在酒店的泳池内跳水，由于姿势与入水角度出错，撞断了颈骨，伤及神经，后来虽能保住性命，却已成了终生残疾。他心有不甘，告将官里去，谓该酒店泳池安全设施不当，竟然给他胜诉。

我们香港人，买回来的新衣服缩水、脱色，只会叹句倒霉，拿回公司去退货的可能性都极少，又怎会想到去打官司，告对方一状？

但美国芝加哥就曾经有过一个男孩子，因为所穿的睡衣着火，被严重灼伤，他的父母认为是祸源于制造及销售这种危险睡衣的厂商，入禀控告香港的制造商和美国的销售商，被告愿意庭外和解，赔偿一百万美元来了结这场官司。

这件事倘若发生在港澳，有人去打官司才怪。

称为“玻璃丝袜”的“尼龙袜”，是美国发明的，现在已成了世界各地妇女的恩物。

专家警告，尼龙本身带有静电，很容易因为走路时大腿的摩擦而着火燃烧，外国就发生过一宗尼龙袜着火伤人的事。现在港澳的尼龙袜，已普及到超级市场，甚至路边的小贩摊档都有了，即便是大公司买的吧，洗几次水，招牌就褪色了，一旦有专家所说的不幸事件发生，又如何去追究责任？

1985.2.24

日本人的悲剧性格

多年以前，看《留芳颂》，末尾，男主角坐在秋千上晃荡着，用沙哑模糊的声音，唱那荒腔走调的“歌”时，那份凄凉落寞感，至今犹在。

看了不少日本电影和电视片集，印象是：日本人是个喜欢制造悲剧，但又不会制造悲剧的“悲剧性民族”。

恐龙片时代如此，日后的《铁金刚》《电磁侠》《飞天侠》《超人》，《蜜蜂王子》《小青蛙》《星仔走天涯》，《青春火花》《望乡》等等亦然。《留芳颂》这样的好片，是极少有的例外。

“武士道”的“切腹”，固然是“喜欢制造悲剧，但又不会制造悲剧”的悲剧；而第二次世界大战，发生在中国的八年侵略史，何尝不是同一悲剧类型的扩大？甚至，我怀疑“和服”与“茶道”，也隐隐含有悲剧的成分。不是吗，好好一套唐装，到了大和民族的身上，就要弄得那么繁复臃肿、麻烦透顶；一双屐，人穿你穿也罢，偏偏要在屐底架两条横木，弄成个袖珍木桥模样，一步一彳亍，明明不必“过桥抽板”的，也迫着自己抽板，天下间除了日本，有这样别扭的“屐”？（唯一可与媲美的是旗人的“一柱擎天屐”。）

“茶道”也是一样，分明是“功夫茶”的翻版，旨在品尝也罢了，却偏要手续重重，前恭后仰，非把贵宾们整治得目眩口干，两腿酸麻腰骨痛，就不肯将那不够五毫升的茶双手奉上，认真整色整水。

1985.2.18

乘车亦见人的本性

下班时间在中环候车是一件苦事，一下子，多线巴士就排了人龙，黑压压地蜿蜒到老远。

车总是要坐的，只得乖乖地在龙尾处，加入排队的行列。

约略一算，能坐上第二趟车的机会很微，可能要轮到第三趟车，如此，倒不如买两份晚报，安坐电车，看报纸消磨时间……

正在动念，左膊给一只手轻轻按住，回头一看，原来是老同学寿兄，他把我招到龙尾，说：“我排来你处，人家有话说，你排来我处，人家没有意见。”我说：“对。不过像我们这样子的人不多吧？”

果然，一念之差颇吃了点亏：排在我们前面的一位少妇，来了一位同事又一位同事，最后，一个人竟“生”了十多个出来，就因为这十多个“天外来客”，人龙推进时，到不了人家的屋檐下，雨却在这节骨眼里落下了，无缘无故湿了半身。

我的估计没有错，真的只能轮到第三趟车，幸得在龙头，确保有座位，后面的人就没那么幸运了；加上下着密密麻麻的雨，宁愿“站着”的人也就特别多。车子开行，定下神来，才发觉有两位大腹便便的孕妇，站在人堆中左摇右晃。原以为坐在她们身旁的一位少女和一位女学生会率先让位，岂料她们若无其事的，我心有不忍，只好起身让位。想不到，寿兄与其他几位男士，不约而同起了身，孕妇终于有了座位。

1985.2.14

木虱绝迹皆大欢喜

木虱有种本领，就是绝食三年也不死。这是老人家说的。我曾经做过一次实验：离家两年零一个月之后，回到尘封了的家，洗抹妥当，即晚就在灯下找到了一只木虱干，放在掌心，细心观察，隔了很久，这小东西竟像白雪公主遇见王子，更像气若游丝的病人饮了二万元一两的野山人参汤一样，它慢慢地吸饮我的血，而令干瘪的身体渐渐丰满起来。这真是奇迹！怪不得人类对它无可奈何。

臭虫这吸血鬼的势力范围很大，而且，并不单是躲在床上作恶，从前的写字台有木缝，它们也躲着，伺机叮你七八口；木椅不用说，藤椅更是它们发挥游击战、地道战的最佳阵地；昔日的九龙巴士座椅，就常有木虱集体非礼人类屁股的新闻。最尴尬的是，当绅士淑女衣冠楚楚去参加社交应酬，满场飞，出尽风头之际，雪白衣领之上，却有一只不识趣的木虱出来亮相，与对面女士襟头那一只眉来眼去，此情此景，真是什么面子都给它们丢清了。计算起来，应该是1966年，我们的三人宿舍发现木虱，让老板知道了，他轻描淡写地笑笑：“这个易办，明天我叫人送两瓶药水过去，保证一下子就把木虱杜绝。”翌日药水送到，用了一次，木虱果然绝了迹；其后，全港九都因为这种药水，而彻底消灭了贻害人间几千年的讨厌鬼。可惜，这位造福人类千万代的发明家，不知是谁。任由大恩人的名字被淹没，实在过于忘恩。

1985.11.17

一出奇特的“煮床记”

可以说，只要你是20世纪90年代之前出生的人，你就有机会被木虱吸过血；不管你是武林高手还是铜皮铁骨，只要床上有木虱，就必会把你整治得“辗转反侧”。

喃喃，提起“木虱”这丑陋的小恶霸，真是既咬牙切齿，又毛骨悚然！以前的板床，选的都是上乘杉木，木虱就躲在小小的木洞里或板缝中，放在你的眼前，任剐任割，就是杀之不尽。

家里固是躲不开避不了，跑到学校寄宿，它还是“日日夜夜陪伴你”。校方有见及此，组织了化学系的同学，研究出一个“有效配方”，把药物混在水里，煮了几大池滚水，派几个身形剽悍的同学专职“煮床”，由各系轮流搬自己宿舍的方木碌架床去煮，务求将木虱煮得断子绝孙。煮床杀虱之日，所有人等还要齐齐清洗枕套被袋，以兹配合。谁对木虱不恨不怕？所以人人齐心，个个奋力，但愿从此之后，木虱绝迹，大众安枕无忧。岂料两个月之后，木虱公木虱母木虱孙又来了，令人战栗懊丧不已！（几千年来，臭虫这东西，吸吮了人类多少吨血液？）可幸，这小恶魔终于敌不过人类，在香港，早已绝了种。人们可以把省回来的血，高高兴兴狂狂热热地，用来加倍用功于狗马经，用来多打几圈麻将了。（倘若大家把往日被木虱吸去的一份血，大大方方地捐出来，红十字会就不必那么费尽苦心去劝人捐血了吧？）

1985.11.18

你的一块钱很大吗

一个八九岁的男孩子，趿着胶拖，穿着残旧的校服，右手挽个铝盆，左手拿着两个干面饼，来到木屋区内的一个面档前，对卖面的大娘说：“请你替我煮两个面，另外要一元牛杂。”大娘光了火：“你老母有没有搞错？几十元一桶火水，经常要我免费替你煮面！一块钱很大吗？没牛杂卖！”食客们都看着。小孩怔忡地走了。

我穷过，比那小男孩更穷，穷得没有铝盆，没有面饼，没有一块钱。我替他难过。

但火水的确贵了，贵了很多，要替你煮面，要给你牛杂，才做得成你一块钱的生意，也难怪大娘恼火。

“一块钱”有什么用呢？到街边的生果档买个橙子，也接近三块钱了，一斤菜是四元八角，天气稍稍一变，菜蔬立即就要涨价了！唉，什么时候嗟叹“一毛钱”无用了，如今又嗟叹“一块钱”无用。

很久没上茶楼啰，那天难得去一趟，两老充排场，去金钟地车楼上的一间，叫了三笼小点一碗皮蛋瘦肉粥，结账是五十五元。问：“加一小账了？”应：“是。”便全部收回尾数。茶博士立即变脸，说：“漏了……账。”听不清是什么账，又多收了五元。只好任由宰割。

什么时候要嗟叹“十元无用”、“百元无用”？——看木屋区的面档老板骂穷孩子的一块钱生意；看电力公司年赚过亿，还要高叫加价、“合理利润”，就知道，这日子不会很远了。

1985.11.18

高级低级齐齐赌博

公务员上班看报纸的形象，近年虽有改善，但不是没有。利用上班时间喝奶茶、咖啡，吃鸡蛋三文治、牛油多士者，有之。不务正业，专心马经，有了心得之后，上级命令下级去替其下注者，有之。

曾记否，工务局有两位外籍工程师，每月拿了优厚的薪金却不必干活，因愧疚于心而辞职的事。

——不愧疚于心者，仍多着。

当然，香港十七万公务员之中，也有尽忠职守的；也有求上进，利用工余时间去进修学艺的；也有勤奋，偷偷摸摸溜去赚取外快帮补家用的。

但是，普遍的现象则是赌。高级有高级的赌，低级有低级的赌。不同的是。高级的比较有分寸，低级的反而方寸大乱。

据知有些低级员工，每月所赚，只是二千多元，打起麻将来，却是“一二元太小，二五元刚好，五十元无妨”。问他们：“输了怎么办？”“赊。”“赊不了呢？”“借。”“借不了呢？”“先生。你是真的不知道还是装假的？公务员哪有借不到钱的道理！财务公司不是登广告求人去借吗？只要我们递出工作证，财务公司抢着要！而且，服务也是挺好的。”

因而，公务员出粮之日，靠近财务公司的横街大巷，便停了警车、垃圾车、救火车、十字车——不是火警、抢劫，是去还旧债借新债。

1985.10.9

垃圾是经济寒暑表

靠近木屋区有个垃圾站、废物站。听垃圾车工人高谈阔论:“什么‘顾问公司’、银行总裁、经济学博士，都是故弄玄虚的，我的理论最简单实际：经济好不好？夏天看西瓜箱，冬天看鸡笼，不必看‘恒生指数’。废物站的西瓜箱多、鸡笼多，是香港经济大好；西瓜箱少、鸡笼少，一来是消费力弱，二来是木屋区居民把木箱竹笼抬回家当柴烧了，这表示经济衰退，因为火水要钱买，而且大幅加价。能省即省。”

去木屋区看看，他们的确是柴炉、火水炉兼备，有些则是另加石油气炉，是三条腿走路。

拿“垃圾工人的经济理论”去看看香港经济，倒是万试万灵。去冬，少了鸡笼；今夏，少了西瓜箱。

70年代，入冻房的鱼拿出来卖，是论斤计算的，只有海上鲜才论两卖；如今，“欲食海上鲜”固然要“不惜腰间钱”，就是用冰块雪僵了的鱼，都一律以两计值，要饭桌上“食有鱼”，“腰间钱”就相当破费了。

市声：干水大白菜，三元八角卖三元六角，赶收档！——合时补品，梧州水鱼，十九元一斤！——喂！三蛇！三蛇！连胆连肉，百五，包劏！——哗！红鱲，开刀八毛，一条九毛（一两）！

做生意的，可以因天气、时局、通胀率及特定心情、时间，而将货价随意调整，令其暴起、暴跌（很难）；打工的，没这个便宜。写稿？……

1985.10.19

话说那一桶洗碗水

茶楼满座，很多人都站着等，因与茶博士相熟，得到照应，在楼梯底的转角处，侧着身避过一条柱子，得了个一人卡座。

杯碗碟都摆上来了，没理会，呆呆地等食。等了许久，点心就是不肯登场，视线下意识地停在洗碗女工的手上：那双手戴了一对橙红胶手套，在洗洁精的泡沫里，时而捞了个碗，用左手拇指拎了个圈；时而捞了个碟，用右手四指抹了抹；时而捞了个杯，不拎不抹，统统掉在另一个不锈钢桶里，待到洗洁精里捞不到东西，便把身子挪过一点，开了水喉，把那些已洗的碗碟淋一个花洒浴，再把身子挪过一点，开了热水喉，把淋过冷水的碗碟，再沐一个热水浴，抽起（才见桶底是开了好多圆洞洞的），送进一个柜子里，完工。

我立即拿起面前的杯碟，嗅了嗅，一阵洗洁精味。难怪。再神经过敏地掀开茶壶盖嗅了嗅里面的白开水，也隐约有一阵洗洁精味。

晚上，往港澳码头的新填地食田螺、食蛤、食鸡蛋猪脚姜，味道相当不错。

别的桌子上，别的矮台上，还有猎奇的外籍游客，边吃边影相，闪光灯增加了猎奇的气氛。

忽然，一个男的指着一个洗碗者的那桶黑色油腻腻的水，叫大家看，一个女游客立即呕吐……

1985.2.11

白粥牛脷酥的早晨

做“孺子”、做“莘莘学子”之时，喜欢去粥铺来一碗“明火白粥”，外加一件“牛脷酥”，或是“油香饼”、“咸煎饼”；如果“热气”，则去油器，改吃一件“松糕”，或是“白糖糕”、“伦教糕”。这店子是澳门新桥区的“盛记”，店面不起眼，生意则极佳。它的“白糖糕”，即使是肚满肠肥的今日，仍有吃一件的兴趣。

社会风气渐变，各行各业都早已“急功近利”，“明火白粥”已由搅拌器另加一点儿麦粉替代，黄黄浊浊、糜糜烂烂的一碗粥，倒可以掩人之眼、安人之心。

“盛记”在新桥区，交通不便，对于一个匆匆的“过客”，是缺乏条件怀旧的，所以，怕有十五年没去帮衬了罢？——（总算是用“粥”养大我的人）盛记，你可好？

现在上班的地方很多横街，大排档林立，粥粉面饭、拆蟹炒虾、油鎚海鲜生蚝都有，小吃大食，适随尊便。

去月，父、子、女三人游罢早水，返回市区时，看见大排档正在炸油器，女儿嚷着要吃油炸鬼，我却属意于“牛脷酥”，便说：“好，介绍一种你们从未吃过的东西给你们。”他们倒吃得开心。

从此，我间中都去帮衬这家，帮衬那家，在香港吃白粥油器，而怀澳门“少年时”之旧。

然而，吃来吃去，总不及“想当年”的好。

是水平低落了？是师傅们的功夫未到家？还是自己早已不吃“白糖糕”，要中环“翠亨茶寮”的千层糕才好吃了的“口味”有所不同？

……很可能三种因素都有。

1985.10.2

求神拜佛作育八才

“十三不祥”，“八”即是“发”，“三”即是“生”，“九”是“长长久久”，“四”即是“死”之类，我一点也不懂。

自从买了台电视机，机里恰好有个胡翁，之后，我全懂了。

后来，我那读四年级的儿子、读一年级的女儿，也懂了，他老子“望三”才懂的东西，他们十岁之前，全懂。这不能多谢胡翁，因为他们那时还未出娘胎，或未会看电视。是别人好这一套，教会他们自家的儿女；别人的儿女通过“学校”这个媒介，教会我的儿女；再通过电视节目耳濡目染地温习，得以巩固的。

于是全香港的人都懂得“八”，八得连车牌都特别了，值钱了。

年前，无意间看了一集有奖节目，什么生肖、掌相、运程都有齐了，这哪里是什么“节目”？而是传授“八”的生动具体的“校外进修课程”。有时，教授、助教还会额外馈赠点礼物：拿了杯刚沏的茶，说，杯中的茶叶直立，是当日有口福；横卧，是破财……一班朋友饮茶饮了几十年，还不晓得茶叶尚有这种特殊功用，可谓“枉饮了茶”。日后饮茶，想当然又会多了一种八的娱乐吧？

一些拿身家性命去开戏的人，怕亏本，才去拜神，求神庇佑一本万利。

想不到大公司开新戏也上香拜神。电视开戏也上香拜神，文的武的、男的女的齐齐拜，齐齐上镜宣传一番。

1985.10.9

日光浴导致皮肤癌

有一次，我从太平山的山顶走后山，绕过高压电线落夏历道，沿克顿道回家。行近夏历道近公厕的山边，看见两名外籍妇人，衣物尽去，在享受日光浴，她们看了我，从容地笑笑，反把我吓得急步走避。

欧美人士一般都喜欢“阳光浴”，他们的传统观念都认为阳光可以令他们健美。

自小我就有一种直觉：人体并无曝晒的必要。果然，美国的一份调查报告指出，过时过分暴露于阳光下，会导致“皮肤癌”。报告劝谕人们少做阳光浴。

然而，劝者自劝，听者自听，泳季一到，外籍人士又在沙滩上，视死如归地晒一个够。

有人认为，那是欧美人士对“古铜色”肤色的迷信。我则忖测，所谓“古铜色皮肤是健与美的象征”，纯粹是一种长期累积的错误印象。日常生活中，“白面书生”是“孱弱”的象征，而实际呢，黑不一定结实，白不一定如豆腐的不济事。我有一位朋友，架一副肉色的胶边眼镜，面青唇白，冬天给寒衣一罩，完全是个“病坏书生”模样，然而他一脱去外衣，肌肉虬结，腹部如龟肚，腹肌一块块地并列，能用左右手各两只手指做俯卧撑，做二三十次轻而易举；能空翻，侧翻；更能后弯腰，双掌到地，然后倒立。行人路边的铁栏，他轻轻一蹿就过，“跃过栏河横过马路，最高罚款二千元”，就是为这种人而设的。

1985.11.16

集邮未必健康有益

今日香港，很多人在金钱上已经浪费得起——光阴呢？不少成年人亦可以无拘无束地浪掷；然而，要少年儿童也走进浪费青春的行列，那未免冤屈。

当集邮到兴浓之时，“同志”之间彼此函电交驰，信息互通，一点点的心血，一片片的青春，随同一份份的邮票，小心翼翼地存进集邮簿里，哪会想到，“只是一时的兴趣”？

再者，集邮是从无到有、从有到多、从多到精的占有欲的满足，如果单纯“为集邮而集邮”，倒未必那么“健康而有益”。

真正集邮是一种学问。香港学生们的“集邮”，只是“买邮票存放”的“风气”，“切实占有”与“幻想发达”的意识，恐怕比“学问”多得多。

吾家并无集邮的血统，小儿女的叔父是一个例子。所以对他们，我并不压制，也不加鼓励。

幸好女儿首先自动请辞、退役：“爸，邮票我不要了。”继之，儿子的集邮热也有了降温的趋势。

只是查尔斯王子与戴安娜小姐大婚之日，儿子忽然说：“爸，那天你刚好放假，替我排队去买英王子结婚的纪念邮票，兼为首日封盖章吧。”

唯有把稿写好，去续那绕邮局三匝的人龙，耗时两点四十分，“俯首甘为孺子牛”，幸不辱命。

1985.2.10

和蔼可亲的老华侨

忽然想起黄伯。

初会黄伯，是廿三年前的秋天。他穿一件已经洗残了的白色衬衫，深色西裤，不怎么笑，却是容易亲近的那种人。

他是巴西华侨。一提起巴西，他就有了精神，有了笑容。印象深刻的，是他举着臂膀，用另一只手拍着前臂说："巴西香蕉，一只就有这么大，吃两只就饱，不像这里的那么细小。"他是高个子，手臂当然长。看着他的长臂，我这个一步也未出过门的小伙子，惊奇地瞪了眼睛问："世上真有这么大的香蕉？"他肯定地点了头，并作了补充："巴西不但香蕉大，甘蔗也这么粗、那么高。"他拍了拍臂膀表示粗，指着酒楼的天花板表示高。

我向往巴西了。

酒楼在尖沙咀，是他自已开的，后来因为营业不理想而结业。酒楼营业期间，同学的女友在托儿所工作，一个高中毕业生做这工作，大家都觉得她委屈，都鼓励她去深造，但托儿所不放人，以辞退她作威胁。我找黄伯商量，黄伯声如洪钟地说："读书是好事，他们不放人，就来我处当收银，日班夜班都可以。"有了靠山，就不怕办交涉了。黄伯的这个承诺，可说是改变了我友人一生的命运。八年前，我们往漆咸道黄伯家拜访，说他搬了，从此，便失去这位满口台山音的慈祥长者的踪影。屈指一算，黄伯今年该九十岁了。

1985.4.15

香港中区海旁之晨

夜宴之后回家，洗个澡，写两段稿，时间已经不早了。

下雨。

可能温度有变，房门嘞嘞响。在“心儿卜卜跳”中睡去。晨早，要送一双友人往港外线码头。

约好了接他们的时间。想找一块地方写稿。马路对面的快餐店，人出人进，生意非常好。不便拿着稿纸去阻人做生意。

不如往“中区海滨公园”。

横过统一码头时，一位斯文的少女拦着我问：“先生有表？”回以七时四十分。她喃道：“约了人六点半，现在还不来！等到八点我便要走了！”

她无由对我说这样的话，但我明了她的心情。客串着被人倾诉，对久候者和失约者都有好处。我笑笑，表示同情，并问：“你约了哪个地点？”“天星。”我急着说：“这是‘统一’，乘的士去，可能还来得及。”——但愿对方也有耐性等到八点。

步入海滨公园。

每间凉亭的石椅上都坐了人，在看书读报；近海的一列也不例外。

透过一列美国松，看见行人道上，小贩在赶路，离岛来的菜农在赶路，邮政人员在赶路；国内来的干部则在抽烟慢走。

这边，园丁开始工作。那边，海雾笼罩着九龙。

晨曦中的尖沙咀“香港太空馆”，像天外来客的飞碟。

1985.6.20

港澳渡轮由慢转快

一位朋友从澳门来港谋生之后，虽然已成为香港人，但老家仍在澳，每年得回去两三次。

日前有事往澳，在码头与友相遇，才知伯母染恙，他合家赶去探望。他苦着脸说：“如今每票要七十七元，一家五口乘一次船要三百八十五元，来回一次就超过七百，如果往来频密，简直是为船公司打工了！”

我说：“一家大小乘汽垫船，是一笔太大花费了，改乘大船的话，就可以节省不少。”

“唉，谁不知道乘大船可以节省呢，但大船要三个小时，而汽垫船只花一个钟。既有了一小时航程，谁还耐烦三小时？人就是这样，快开了头，就慢不下来了。”

所谓“慢不下来”，其实也是社会节奏的催迫。

再者，如今的所谓大船，原是日本二手船的改装，床位多而狭窄，上下床非弯身都不能坐，行人道不侧身，两人便不能对过。总担着心，如遇紧急情况，必然死的人多。

记得这几艘“新船”最初投入服务时，曾以一班半截紫裙的少女侍应作号召，现时已一个不留，回复一身黑色青年装的全男班了。

大概也不是一无是处，比如没有“木虱”，就是一大优点；航空椅位也相当舒适，比坐飞机的感受好，且有彩色电视可看。

船上的饮食质量及收费则不敢恭维了。

……想起坐船有免费叉烧饭可吃的时光，仿佛已是很遥远很遥远的日子。

1984.7.5

三轮车淘汰黄包车

人力车被淘汰之后，中环的希尔顿酒店曾经组织过一批人力车队，来迎合游客的好奇心，看穿着制服的车夫，拉着游客们往来于酒店与昃臣道一带的热闹，便知道这种安排是颇受欢迎的。只是，中区交通的日益挤迫，到底是把这种吸引游客的设想给排挤了。

当初作为交通工具，澳门与香港一样也有人力车，不过，澳门比香港发展得慢，人力车倒比香港淘汰得快。

那时才七八岁吧，记得同街的德叔是靠黄包车吃饭的，一天傍晚，他没有拉回老牌子的黄包车，却摇摇摆摆、咧着嘴驾一辆簇新的三轮车回来，引得街坊们都聚拢了来，都好奇地赞叹着，那情景要比穷乡中来了一辆劳斯莱斯还要夺目体面。

德叔说，车租每天一元，载一次客嘛，短程每次两毛钱，中程收三四毛，长程的收他七八毛，走两三转，本钱回来了，以后就是自己的了。

往日的钱，用起来不成比例，吃一个面包要一毛钱，一顿饭的花费却是三四毛而已。不过两毛钱坐一次三轮车，还是挺便宜的，穷人也坐得起；何况，头上有活动帐篷，必要时，座位下面还藏着帆布帘，往前面扣起来，就不怕日晒雨打了——病人坐这种车去看医生，免受风寒；情侣坐这种车，自是“别有一番滋味在心头”。

三轮车也是人力的，但比人力车省力而人道，而且很能衬托澳门的闲雅，难怪它能生存到80年代。直到现在仍能点缀式地生存着。

1984.7.12

无证一身轻的日子

50年代初期，除了要展示预防天花的痘纸之外，来往港澳的旅客，无须呈递任何身份证明文件。

轮渡上的船员，到一定时候，例必会向旅客大声宣布："各位，无痘纸的请上二楼痘房种痘，有痘纸的上岸时打开痘纸；面上有痘皮的，无须痘纸，亦无须种痘。等会儿可以直行直过，不必理会任何人。"

遇上言语上轻浮的船员，就开一点伤人自尊的玩笑，把满脸痘皮的人谑称为"持有'国际痘纸'"。

母亲带我重回这个出生地的时候我大抵是十一岁。内心是恍惚的，表情是木讷的，一如港澳轮渡上所有大舱的乘客。

上岸时，警察问我几岁，什么籍贯，会说家乡话否，一概由母亲代答。我被警察身上紫黑绒白铜钮的制服，和洋警官的高大身形吓着，只管瑟缩在母亲的背后，对任何问题，死也不肯回一句话。

母亲深怕我们过不了关，拼命催我应。我就是不应。洋警官没法，只得摆摆手，叫我们走。

而今，都要证。街上走，要身份证；离港，要回港证；返国，要回乡证；往台，要入台证；出国，要旅行证……

也好，只需默默地呈上证件，对方便会默默地为你盖印，不必问，不必答，大家都留气暖胃，长命百岁。

1985.6.2

步入社会是大转折

每年八九月，就有大批大学毕业生涌入社会。

初出茅庐的学生哥，很有些人以为自己是“诸葛亮”。“我出来做事了”，你们做经理、董事、老板的听着，快来三顾草庐，找一个学富五车、才高八斗的英才——我，回去替你办事；哈哈，先到者，先得。

坐惯学校之井，新观社会之天，难免会“不知天高地厚”。

“学好知识，掌握本领，将来贡献社会，为人群服务。”学校是这样教的，社会也这样鼓吹。学校的教育与社会的鼓吹没错。

可是，教育与鼓吹是一回事，他们怎样“投入”社会，与社会怎样“迎接”他们，又是另一回事。

学校是个设了保护罩的、理想的、梦幻的乐园。在里面，你想错了、做错了、学错了，只得到很轻度的教训；即使过失大一点，所受到的惩罚也是有限度的。但社会不同，社会是个核子反应堆，在那里，你可以发出光和热，也可以迅速变成渣滓。

由学校走出社会，是一个人一生的大转折，喜怒哀乐无从分辨，酸甜苦辣已涌上心头。

这一阶段是年轻人抵抗力最弱的蜕变期，他们自己要提高警觉之外，长辈们也该给予特别关怀。

这一群纯洁的羔羊，不知道社会处处都是陷阱，一不留神，即会堕进去，受虎豹豺狼环伺，死去也不知是怎样死的！

1985.6.13

电器铺内辐射严重

专家经常给我们忠告：看电视节目的时候，黑白的要距离多远，彩色的又距离多远，而且，以机的大小而分远近；这样一来可以保护视力，二来可以免受辐射。这应该是可信的。

虽然电视的辐射很微弱，但“日日夜夜陪着你”，实在不可不防。

商人们就利用人们的这种心理与专家的忠告，推出了“防辐射电视屏风”，每块浅蓝色的东西，卖到一百多元，居然家家户户都在电视机前安装了一块。黑白机加上那块东西，当然不致碍眼；但彩色机大行其道之后，再要加上一片蓝，就一切都要变色了。后来有人将那片蓝加以研究，才知道那只是一块胶料片。

无可否认，辐射是存在的，倘若以这种常识去看电器铺的售货员，就会令你大大担心，他们一般工作十小时，面对一整排开着的彩色电视机，年年月月累积下去，那辐射的危机有多大？

有一间电器铺，除了店门的一方，其他三面都整齐地把一部部电视机排列到天花顶，构成了三堵电视机墙，粗略一数，这些启播着彩色节目的机，大约有一百五十部，铺内总面积不足五百呎，也就是说，售货员站列任何位置，都会受到辐射，然而，店内的人，个个处之泰然！

1985.7.21

“肺积尘”无药可救

二十三年前，放下书包，走出社会，一心想当个“文艺青年”。

“文艺”很难找到饭吃，倒有个在工会办事的长辈欣赏：“我要做一份打石工人伤病的调查报告，要不要跟我去下层走走，体验一下生活？”这是一个好机会。

给我印象最深，而书本里面没有告诉我的一个病症名称是“肺积尘”。

染上“肺积尘”，是无药可救的——四分之一世纪过去，到了80年代的今天，肺积尘仍然是无药可救的绝症。

虽是这样，赔偿基金已在近年设立，这无疑是二十三年前的调查报告，与工会的尽力争取的成果。

既是绝症，肺积尘病者只有“等死”一途，聊胜一筹的是，只要一经检验，证实是“肺积尘”，便可以得到赔偿基金的拨款，再也不必为生计而彷徨。

然而，二十多年过去了，我们几曾见过山边、路旁，用风钻开山劈石的工人，以及建筑地盆、建筑材料店的工人，是戴上安全有效的防尘口罩的？他们的呼吸器官，就在无知或“不习惯”的意识下，长期裸露在滚滚沙尘之中。奇怪的是，连路边大排档的茶客们，对烟幕似扑面而来的沙尘，也是处之泰然。

——这样看来，我们的“工业安全”工作是否做得足够？

有关部门应该好好检查一下，不应熟视无睹。

1985.6.5

欲死不得最是痛苦

世界上有几个著名的病人，只因为他们昏迷了十年八载仍未归天。

只因为这些病人除了昏迷之外，身体上的任何器官都在照常操作，院方及其家人便只得每日定时为他灌茶灌水灌营养素，还得为他翻身、按摩、抹身，以防生出褥疮。

社会上很多人，包括病者家属在内，都要求拔除输送养料给病人的胶喉，让昏迷者自然死亡，但碍于法律，无人有权私自拔喉。

昏迷了八年、十年，甚至十多年，还有什么希望？既是“生不如死”，倒不如死了吧？

有一些人清醒着，却受着绝症的折磨，亦是想死不能。

香港某医院在扩建的同时，准备创设“临终服务部”，专门为那些只有一个月左右生命的病人服务。该部的护理人员，将被派往英国受训。

一般人或者会问：快要死了，还需要什么护理服务？

其实，临终护理，在先进国家的医院已颇为流行。简单地说，获得这种护理的病人，在医学上已是没有希望挽救的人，与其拖下去，倒不如放弃药物及物理治疗，在尽量减少其痛苦的情况下，任其自然死亡。有一个月时间安排后事，大抵已经足够。

这，对病人，及其家属，都减少了无谓的消耗与无奈的痛苦。看来，此种事是值得广泛推行的。

1985.6.7

活得健康是大福气

住青洲木屋区的人，大都认识一位阿伯，他矮小的身躯被佝偻的背压得更矮更小，但精神好，两眼有神，早上八点多钟，便推着一小车鲜花、生草药叮叮铃铃地出发。他车上没钟没铃，那“叮叮铃铃”是他自己稍带顽皮而兼善意的“请各位让路”的代词。街坊们都没有被他的“铃声”惊吓，一听见他的声音，只会高高兴兴地礼让，并亲切地叫声“×伯”。

你问他多大年纪。他会拇指与食指分两头一撑，加一句：“八十几啦！”蛮得意的样子。

你问他“有熟木瓜吗？阿伯”，他会像小孩子掉了一粒糖似的说：“没啦，今年雨水多，四十多棵木瓜都烂了根死啦。明年吧，明年我给你留个大的。”看他的样子，看他的神气，活到九十九，准没问题。

另一位身材健硕的阿伯，你也该认识，他长年穿一双硬胶拖鞋，整个夏天都赤裸上身，遇到手上有货，就在星期天摆摆档，卖点旧家私。别人还穿长袖恤衫的时候，他已在公众水喉前穿着牛头裤淋浴。

你问他年纪若干？他会不好意思地笑答：“八十五啰，就快洗不来冷水啰，嗬嗬嗬。”

看着他们穷穷地活，快快乐乐地活，健健康康地活，比拥有亿万身家还要高兴似的，也就跟着他们高兴。

1985.6.1

外籍妇人监考中文

工作上的需要，又参加了一次考试。所谓“需要”，只是学历上的填充与积蓄，实际作用并不太大。

书读了廿多年，试也考怕了，想不到掉下书本十多二十年，临“老”还要考了一试又一试。在这种情形之下，真难怪有人害怕见笑于童子，“染黑白发赴试场”的。

风浪经了不少，对考试亦处之泰然，但在“泰然”中总还脱不了一丝患失的心绪。怪不得古代有些书生经不起试场上的一再失败，而疯癫了。

考的纯粹是中文，却由三位外籍妇人监考；试场很大，场内的所有文告又都是英文，我深怕走错了地方贻笑大方，信不过眼睛，问清楚是“中文试场”了，才敢对号入座。

坐下，望着外籍监考官，想：一定是专修“中国文学”的中国通，等会儿一开腔，必是悦耳的京片子或是纯正的粤言……这样想着，对面前三位女士不禁肃然起敬。

时间一到，监考官说话了。——可是，那米高风似是一座先进的传译机，把京片子与粤语，即时翻译成娓娓动听的英语。

脑子里的思维猛地抽搐了一下，随着那一抽搐，自己蓦地变成了英国人，环顾前后左右，所有男女都在倏忽之间，变成了红须绿眼的英国绅士淑女，大伙都来参加英文考试。

倘若改变一下：考英文。监考官却都是中国人，说纯正的广府话，穿大襟衫，着屐。那情景有点滑稽，是不是？

1985.2.17

现代雨具不及蓑衣

雨伞的好处是通爽，在做客时容易安放，挤上车之后容易就位，遇上没雨具的朋友或路人，容易“予人方便”。

但它的坏处是容易遭人遗弃；无雨之时，一伞紧随，总觉得碍手碍脚；风大雨大时却又难得兼顾；风势急转，往往会把雨伞吹得“翻脸不认‘伞’”；横风横雨，撑着伞，弯着腰，缩着头，盲冲瞎撞，得罪了别人也不自觉；危险的是，撞向行驶中的汽车，后果就不堪设想。

雨衣不同，雨衣可以风里来雨里去，只要护住衣领，不让雨水由颈项下渗，起码可以保住上身。穿着它不必弯腰曲背缩头，不怕雨伞刮着人，不怕上车落车时收伞开伞麻麻烦烦。

然而雨衣裹身，透气不良，尤其在夏天，令人吃不消；而且，少了雨下打伞把臂同游的乐趣。

都市人难得看见“蓑衣”了。

这种用蒲葵叶编成的早期“雨衣”，我穿过，穿起来既能挡雨，又不怕罩着自身的一层热气，通爽得很；并且，雨点打在蓑衣上，沙沙嗦嗦，很有音乐感，能解荒野上踽踽独行的寂寥。

这种原始型的雨衣也要配上“雨帽”，这雨帽就是“竹笠”。这套雨具的另一好处是：它们都能散发出原野的芳香，加上雨，加上雨打帽檐儿溅起的细细水花，有一种涤荡心魄的澄明感受。

1985.2.15

鼠折腾我我折腾鼠

法理上的仁慈，虽亦有瑕疵，总应该是好的，但是英国式的仁慈，比起“妇人之仁”，有时更要使人吃不消。

例如“防止虐畜会”在几年前就提醒过有关人士注意，该会对于运往屠房等候屠宰之猪只，在付运途中是否遭受虐待一事，“表示关注”。

（“有关人士”则谓：付运猪只的竹笼阔度是适当的，倘若空间过大，路途颠簸，反令猪只易于碰撞受伤。）

——不过，一名别墅管家，在喂饲犬只时，被恶狗咬死，防虐会反而不声不响了。

好像是1978年，香港闹出过一宗具有世界性的花边新闻：有人捉了一只老鼠，缚了鼠尾，挂在竹竿上示众，被防止虐畜会人员看见，告将官去，结果，官判该香港市民有罪。

“过街老鼠，人人喊打”，老鼠折腾我们，我们折腾老鼠，是理所当然的事。我们小时候捉到老鼠，就经常将笼子放在路边，淋上火油，放火，围看着被烧得嗞嗞响的老鼠取乐。

（幼时，半夜里我被老鼠咬醒时，吃惊地凭着本能摔开老鼠之后，以后一听见老鼠的叫声，就吓得不能入睡。）——当你被老鼠咬过；当你饥寒交迫，而在米缸内捉到偷吃米粮的老鼠，你会用什么方法对付它们？

似乎人穷不但志气短，连仁慈之心也少了，真是罪过罪过。

1985.2.12

应重辟青少年园地

不知为了什么，香港报纸上，在50年代蓬勃一时的、为青少年着想的“学生园地”，一下子都草枯花谢，没有了鸟语花香，对学生来说，是成了真正的“失乐园”。

为少年儿童着想的园地，后来也有报纸辟过专刊，但以幼童为对象，结果不成功。

办得最好，图文并茂，大中小童兼顾，寓言、童话、生活故事、诗歌与童谣并蓄的两份报纸，是逢星期日增刊的《星岛日报》和《华侨日报》。可惜，这两份大报，亦在近年改版之后，精华尽去，名存实亡了。

能不能够重新充盈起来？多少少年儿童热爱你们！两份都是大报，是沃土，该有条件，有能力，为港澳甚至东南亚一带的儿童，提供一份丰富美味的精神粮食。

这几年，《明报》的“校园”版，搞得有声有色，是一个成功的例子，不过似乎偏重于中三以上的程度。《东方日报》的《欢笑乐园》全是专栏，少了学生读者的参与与共鸣。

图书方面，《儿童乐园》《小朋友》《红苹果》《跳飞机》之类，永远是长不大的“图”书，以图为主，文字为次，与电视没有分别，是“书的电视”，只适合低年级儿童，对中、高年级的少年儿童，在文字上的得益（有助于他们日后行文的畅顺）、在德育上的启发不大。至于“流行刊物”，就只有明星红伶们吃饭行街打喷嚏的事。

1985.1.29

天寒地冻如何写稿

春寒料峭。

很久没遇上这样寒冷的春天了。

1986年3月1日凌晨，气温跌至四点七摄氏度，到了下午，更跌至四度。天文台说是打破了一百零二年来的3月份低温纪录。

劲风、冷雨，走在路上的滋味并不好受。

这时节，妻才想到：我那远在西安郊区的兄嫂一家的日子怎么过。

这时节，我又想起：我那哥哥的四面透风的公厕。我只担心屁股会裂成四块。

下班，遁回家中，以为可以得到温暖，却又出现“谁去买菜煮饭”的问题——还有，饭后那讨厌的碗筷。结果是以“盒饭”解决，既不用洗菜，也无谓洗碗，这大抵就是现代化都市带给我的小小好处。

更难为的是，还得发动冷凝了的脑筋，还得冰冻着双手去写稿。

冷呀冷呀，不写了不写了，就放过自己一天吧。电话响，朋友由新界来电，说是那边只有二度。他们正准备招待某国一位官员吃饭，问我来不来。我说不来了，太冷。他说：“也是，刚才我们在岸边买海鲜，官员夫妇冻出鼻水，赶快躲入酒家去，他说太冷，我们那边零下二十度也没这样冷！”——这当然与到了这边穿衣太少有关。我想：人家在冷天仍在进行商业活动，我们为何就不能执笔？“今天的功课今天做”，于是写稿。

1985.3.17

离婚率最高的职业

有病，看一次医生，一般收费是：两日药，五十元。若是专科医生，大抵要一百二十元。

因此，父母们都希望自己的孩子读医，将来做医生。

然而，“入息好”只是表象，医生的日子并不好过。

有些医生，每日声音三边走，不是把脉、开方就是赶车赶船，驻诊三个诊所，并不容易；有些开独立诊所，而与私家医院挂钩，有病人入院留医者，诊所休息后，还得往医院走。本身是“妇科”、“外科”医生的话，进入医院后，还得亲自操刀，为病人做手术。

单是开一间诊所吧，看看他卡片上印着的“诊病时间”就够你受。

往日是“逢星期日、公众假期休息”，改为逢假日开诊半天；如今是星期日、公众假期都开诊半天，即是说，蓝领、白领有每周例假一天，而身为医生者，反而没有全日假期！

还有，工人阶级的中午饭是两餸一汤一瓶酒，而医生的午餐只是一个盒饭。

疲累了一天，晚上返家，还要应付姨妈姑爹表契姨及其亲属，有关这里痛那处痒的疑难电话问答。

难怪在外国，医生是离婚率最高的高尚职业。

一位医生朋友说，一定不叫儿女学医。

1985.6.9

牛高马大靠吃野草

游北京动物园的时候，看见河马。饲养员正在喂它们吃草包，一砖砖的，如上海臭豆腐，体积当然大，大如家庭用的雪柜。河马张开巨型的长方形大口津津有味地吃那些又干又黄的草。

看见海牛，害羞地躲在水下，吃那饲养员喂它的草料。

游台湾野生动物园时，看见犀牛，和它的儿女，都在细心地吃草。

牛吃草，马吃草，羊吃草，它们的身体都很好。

草，这样简单的东西，居然可以让牛马吃得那么粗壮，它里面一定含有一种或多种其他食物所没有的“健康素”、“牛大力素”。

照理也是，什么菜一浸水就死啦，什么果树雨水一多就不结果啦，什么野味快绝种啦，什么牲畜一瘟就去啦，什么东西又因虫害失收啦……

独独草不是，不怕热，不怕冷，不怕虫，不怕旱，不怕瘟。不请自来。管它是两边摇的“墙头草”，“疾风知劲草”的“劲草”，“马无夜草不肥”的“夜草”，“风吹草低见牛羊”的“牧草”，一律是“野火烧不尽，春风吹又生”，表现出极强的生命力。

是不是草里面所含的这种源源不绝的“生命力”，让牛马吃了，才有这样好的体魄与健康？

人类已经开始研究。不幸，研究的第一项结果是：人类使用过的DDT，污染了泥土；被草吸收；牛吃草之后，DDT跟随牛奶流出体外；由人类及其婴孩吸收，完成一个杀虫剂的循环。

1985.8.5

卖豆腐花的汉子

因为一桩事，在烈日下登着山区参差不齐的楼梯，穿过弯弯曲曲的窄巷，避开一堆堆狗屎，终于登上笃箕湾木屋区的第一个山头。

要看风景，当然是“风景这边独好”，想发达，当然是“人望高处”；但要住、要长住，这样的地势倒令人踌躇。

主人家斟满一杯杯豆浆殷勤招待。想恳辞：“我怕豆浆的腥味。”“嗨，我家的豆浆没腥味的，你试试。”果然。

“你们就在家里自制豆浆出售？”“不是，豆浆是自用的，我们卖的是豆腐花。”这时，男主人揭开一个木桶盖，一面片皮一面自己埋怨：“粉多了一点，所以稠了。”

是时候了吧？邻居小孩子拿了大汤碗来光顾：“两元豆腐花，不要糖。”男主人给他盛了七分满。大抵是分量足够又好吃，那小孩子来买了两元又两元。前后买了三次。

我问：“一桶可以卖多少钱？”

答：“小桶卖八十，大桶卖一百。”

“成本呢？”

“两桶成本大概六十。”

我在替他们盘算：一天赚一百二，一月赚三千六，要维持两夫妻一小孩，还要寄钱返乡，日子可不易过。

这时男主人整装已妥，挑起了担子笑说：“给小贩队捉住了，物件充公，还得罚款一百大元。”

1985.5.29

种菜比种花更好看

港岛的马己仙峡道，应列入太平山顶部分了。那日坐车经过，看见一座花园大宅的天台上，用裂瓶、旧罐、破面盆、塑胶桶，种了一盆盆一桶桶的大白菜、菜心、生菜，这样子种菜，当然是人们余暇的杰作，但看起来，给人的印象是比紫罗兰还要漂亮，还要特别。

葵涌荔景山道一段官地，在政府未有发展计划时，也让人种上了一列一列的菜。

让一些有种菜经验而又肯种菜的人，在不碍观瞻、不碍大众的情形下，在暂时毫无发展规划的官地上种菜，算得上是一项小小的德政。——起码，可令几户种菜者得到可观的额外入息，市民又多了一点新鲜的蔬菜供应。（不过，有关部门事前必须与菜农签妥文件，免得日后发生不愉快事件。）

笔者在郊外工作时，就曾在余暇举锄开荒，我这个孱弱书生挥锄动土，引起了其他同事的兴趣，也一起加入开荒行列，齐齐开出了一块颇大的园地，种了两行白菜、两行菜心，另有一列用来撒种，田边则种了蕃茄。因为地底下有几块大石，开荒时倒是十分辛苦的，但收成之日，大伙吃着自己亲手种的白菜、菜心时，内心的喜悦，实在难以形容。到后来，吃到不能再吃得下，还可以每人分一大袋回家呢。

香港有不少低矮的山坡都种着草，倘若改种蔬菜，当更有特色，更能吸引外国游客。

1985.6.12

上和下睦天下太平

港岛铜锣湾区的“食街”，现在已经很有名气。

食街内有间中式自助点心店，店内悬有区襄甫先生的墨宝，上书：大包易卖大钱难捞，针鼻削铁只系微中取利；同父来少同子来多，檐前滴水可曾见过倒流。

公园所见，欧美人士看管幼小子女，是任他走任他爬，跌倒也好，哭也好，不当一回事，“独立自主”的概念，一早就由体教灌输了。儿女长大之后便成家立室，自立门户，父子两代很少往来，即使有往来，即使同上餐馆，也是你付你的钱，我结我的账，各自“财政独立”，为此，也就无分“同父来”还是“同子来”。

我们华人家庭，对子女特别钟爱关怀，“无微不至”一语，很多为人父母者绝当之无愧。

虽然将老人家遗弃在街头上或医院内的事仍时有所闻，毕竟，既爱子女又孝顺高堂白发的人，是越来越多了，既“同子来多”，亦拖携父母。

“养子方知父母恩”，每个人都能这样回头想一想，长辈们的日子就会好过一些。

每一个家庭都能够“上和下睦”，整个社会都能够“一团和气”，这样的繁荣气象才真有意思。

“树欲静而风不息，子欲养而亲不待”的古训依然，等到满头白发，痛失双亲之时，才来愧悔往日的不孝，已是太迟了。

1985.6.3

作家老几

港澳作家毫无保障

港澳的作家自嘲为“写稿佬”，近期文雅点，叫作“写字界”，作者本身则希望正名为“写稿工人”。

中国内地在50年代提出：要缩短城乡差别，要拉近脑力与体力劳动的差别。香港早已经做到：城乡没有多大差别；脑力与体力劳动，则中下层间何止没有差别？甚且已经矫枉过正。

一个占有五份报纸“地盘”的作者，在写稿的工人阶级队伍中，已称得上是“小康”局面了，但比起一个小巴司机，一个三行工人的收入，尚有不如。作者除了新春休笔一天之外，得写足三百六十四日；没有“工业行动”的自由；没有花红、双薪；没有星期例假、事假、年假、公众假及病假；没有劳工保险（工人因工受伤、死亡，有定额赔款；写稿工人执笔时脑充血、心脏病、因工死亡、去货之后，大作家还有“身后萧条”的讣闻，小作者就连向观众们说声“拜拜”的机会也没有）。

一个中学毕业生，一个中区小白领，一个小文化机构的大编辑，远远及不上一名同一资历的普通工人。

听来，仿佛是天方夜谭：到了1984年，竟然还有十五元一千字稿酬的事！香港要搞“香港写稿工人协会”、“香港作家协会”，已闹哄了多年，好像没了下文，不知是为了什么原因？这个会实在应该组织起来，先为作家争取一点最基本的权益与保障。

1985.9.22

水喉补鞋匠与作家

人家清货大减价，学日本人叫“大出血”，我家上周水龙头坏了，是“大出水”，下班时顺道请水喉师傅修理，嫌远，不肯来。到了家居附近，请水电铺的小师傅帮忙，“一出门就要卅五元。”总不能唱那“水长流”呵，卅五就卅五。

由他的店子到我家中，耗时三分，工作时间二分，消耗水喉胶一粒，费时八分钟，赚钱卅五。一个写稿人要赚这个数目，平均要耗时卅分左右，还不计算“缺乏灵感”及奔波送稿的时间。

还有，你拿一双旧鞋去修补，说明是卅元的，事后你满意也好，不满意也好，只有交钱收货的份儿，也就是说，补鞋匠的制成品，是必能换钱的。

作家则不同，他的产品尽管是废寝忘餐，历时数载的“呕心沥血”之作，倘若出版社、编辑“不喜欢”，那一大叠写满字的稿纸，就只能“日日夜夜陪伴你”。

在港澳，一个有上进心、期望有所作为的作家，在努力求新求存的挣扎中，所花的力气特别大。

尤其中文作品在全世界都“卖”不到合理价钱的今天，作家们为了“稻粱谋”，必须花费大部分的精力与时间在“消闲文章”上，余下来的时间才来进行殚精竭力的奋斗，他们那份无比坚毅的意志力，是值得任何人尊敬的。

1985.9.23

作家应有例休年假

“香港作家协会”倘能成立的话，要做些什么工作呢？

首先，是把全港的作家，不分左中右、不论职业与业余的组织起来，使这些一盘散沙、各自为政的自由职业者，彼此有个联系。

其次，就是要为作家们争取到一点点最基本的权益与保障。

何者为“最基本”的权益与保障？

先争取“星期例休”与“年假”吧。——“每星期连续工作四十八小时之后，应有一日假期”的法例，已实施多年，连家庭生意的杂货店、五金店的送货员也能享受这种权利了，而作家竟然没有；“年假”也是如此。

很多作家想出去多看世面，有些则儿女长大了，有所孝敬，然而皆有稿债缠身，“分身不得”之苦。倘若“协会”能为作家争取到这种权益，写稿人便每捱六日有一日之轻松，年中有十二日无牵无挂的外游之乐。这肯定是全港写稿人的大喜事。实施这种体制，报纸老板可能要皱眉，其实可以来个折中办法：怕报社负担加重的话，初步可以让作家自己吃亏些——每周例休与年假的稿酬，由报馆扣起，发给代笔之人。如此一来，报馆毫无经济上的损失，作家却有“偷得浮生半日、一日、十二日、廿四日闲”之乐。

另一个好处，是能够多容纳一批对写作有兴趣的人加入行列，为文坛培养新血。

1985.9.24

应有最低稿酬限制

“年假”是一年之中的大假期。能让作家放十二或二十四天大假，肯定是写稿界的赏心乐事。另一种“最基本”的权益，是稿酬的规定。

到 1984 年 9 月为止，各大报章杂志的稿酬，平均在五十至八十元之间，当然也有高至一百、二百，甚至五百元的，然而，却也有低至十五元的——套一句 60 年代惯用的“可耻待遇”，怕没有错。

菲律宾女孩子来香港当佣工，港府有“最低工资限制”的规定，香港本地作家，为何就没有“最低稿酬限制”？

当然，稿酬是预先讲清楚的，“愿者上钩”，没人强迫你，可是，有些作家是在苦无地方发表的情况下，被迫签订“城下之盟”的，有谁愿意自己的作品每千字只值十五块钱？

有了“最低”的限制，我们可以不理“最高”的特级稿酬待遇。物价有波动，工资有差距，稿酬有别，那是无可厚非的。

至于“最基本的保障”，那是投保与大信封。为作家“投保”可能比较难，因为很难断定是“因写稿而死亡”，但为作家做一点避免“身后萧条”的保障之举，总有个切实可行的方案吧？“大信封”是避免“呼之则来，挥之则去”，对“辞退”者作一个惯例的小补偿而已。以上这些建议，对报馆负担不大，却大大有利于作者，何乐不为？而且，怕负担的话，“投保”一事可慢慢来。

1985.9.25

校对难吃饭难过关

打开香港的印刷品，总有或多或少的错字，例如白先勇的“先”字错成“光”字，“浪遏飞舟”的“遏”字错成“过”字，“服装”错成“眼装”，“草菅人命”错成“草管人命”之类。

在视觉上，这些都是同型字。校阅同型字最易受骗而“不知错”，很难责怪校对先生。

我曾在出版社当编辑多年，编辑、校对一脚踢，每星期六天，反复校对近百万字，眼力消耗极大，往往外出饮下午茶时，看见满街满巷都是变色浮动的字，如非处在视力巅峰之年，那碗饭真不易吃。

然而，这样重的职责，这样好听的职衔，月薪竟不及一个检字工人。

文化事业中，“校对”本是很重要的一环：要学问好，要细心，要负责。可是在香港文化机构里，薪金最低微的，往往就是“校对”。这又怎能提起校对的工作劲头？若干报刊，大字标题也错漏百出，大抵就是这种因果。

十多年前，兄嫂物质缺乏，侄女又在襁褓之中，差不多每年都要去内地探望、接济一下。在关卡填表时，怕填“编辑”，会问你是左的右的，干脆写“校对”。可是关员同志总要来指正：“什么‘校对’？是‘校工’！”“校工”是“工人阶级”，更佳。以后凡有过关，总由“校对”被强行改为工人阶级，无一例外。——看来，“校对”何止吃饭难，连过关也难。

1985.10.1

港台大陆校对简评

大陆版的文字印刷品，校对最好，绝大多数可以做到全书无一字之错；有些错了之后，知错能改，附一“错字表”在书末，俾便补正。

但读大陆版的东西，有“简体字”的遗憾。一般文艺作品无所谓，遇上字斟句酌的诗词、史籍，那就欠妥了。

因为某些“简体”是“繁体”本身的“古体”，令人不晓得哪个才是“正字”；“借音简体”更“莫名其糟”。古典文学，特别是诗词，一字之差，往往“味同嚼蜡”，要将简体字猜着来读，苦事一件。

近年，大陆成药的“说明书”也有错字了，是“‘文革’后遗症”还是不安于不能“致富”的校对之位？

台版书籍，校对成绩要看版本而定，相差很大，不能一概而论。

港版书的校对当然最差。有一间以古马车为商标的出版社，当年可能没有“柯式”影印技术，翻版起古典名作，便错字、漏字、倒字、空字（无字）、“黑笃”（欠字）无算，我怀疑该社是否有请“校对”。吃文化饭吃到如此，真是何苦来哉！

香港出版物中，校对功夫最出色的要算中文版的《读者文摘》。我是它的长期读者，又都是由头到尾“几乎”全看的，这许多年来，只发现它错了一个字。这是何等的功力与严谨的工作态度。本栏校对亦不错，顺致谢意。

1985.10.2

高手校阅一样有错

香港出版的报纸、图书、杂志，凡有介绍内服中药方者，我一律不敢用，无他，怕“手民之误”，又怕“校对”一时疏忽之故。

倘若三钱错成三两；倘若“独活”变成“羌活”，“玄参”变成“苦参”，“桑叶”变成“艾叶”，“天南星”变成“满天星”；又倘若应“煎”不煎，“文火”变“武火”等等，服后可能“起生回死”者也。

有段时期，我在某报兼职校对，赚取外快。该报每日出纸张半，校对者三人，其一是组长，学识不错，他嗜赌狗马，凡狗马稿必校两次，“清样”还得由我唱，他校阅，所以该报之“狗马经”很得行家好评。但副刊稿则错漏百出，他是组长，他有理：“言情与武侠小说，错漏一句半句，闲事也。”

本港一份很得左右派敬重的《大公报》，特点是版面悦目，错漏极少，无他，人才济济之故。后来老一辈的退休，由中学新毕业的接替校对，内文与标题的错漏就来了。

中学生要当校对，应付一般稿件不难，遇上之乎者也，恐怕就力有不逮。找不懂狗马的我来校对狗马经，也是一种大折磨。

《鲁迅三十年集》的主编说，他曾三次亲自校阅该文集。他是工作认真而又崇拜鲁迅之人，其加倍谨慎可知。然而，结果仍不免错漏。

“校对”之难，可见一斑。

1985.10.3

美国稿费十年不变

《读者文摘》有一版稿约：欢迎投稿。稿例扼要说明，各类幽默小品，不得超过二百五十字，每则二百港元。这样高的稿费曾经轰动一时。但，维持“二百元”这个标准，已有十年长了。

十年！物价、薪金、楼价、租金，贵了多少？单是《读者文摘》本身，亦在一再调整售价之后，发出最后通牒：要以旧价订阅，这是最后一次机会。

当然，二百元一则笑话，在香港出版界仍具有吸引力；但是，十年不作调整，亦足以引证吃文化饭者的悲哀。

各行各业的薪金，经过十年的调整，大约是升了五至七倍；而“写字界”的稿酬，十年来，提升了多少？——大约是两倍半至四倍，刚好比别人矮了一截。

其他行业是有花红、年尾双粮、勤工奖、过时补水、假日双薪、公积金、退休金、遣散费，以及附加的福利、文娱活动费的；“写字界”没有，完全没有，连病，都没资格病。

再看我们的港币：我替新加坡写稿的时候，一元坡币兑一点九元港币，如今是三点七元；十年前的美钞兑港币，是五点七元，如今是官价七点八元；汇钱返国内，一百元港币只剩……日子难不难过？反应最快的是文人，最可哀的是文人之妻；当家用不足，文人又不能静坐抗议、督辕请愿的时候，专业作家便只好由每日写十篇，加班写十二篇。

1985.10.30

值钱文章只敢羡慕

看了这么多年的中文版《读者文摘》，可以肯定它有这样一个特点：无论长文短文，所“摘”者都是真人真事的报道性文字，似乎无一例外。

其中三则“文摘”，内容与稿费有关。

——一双年轻的美国夫妇，穷得只有一辆汽车，为夫者想写一篇《被绑架在车尾厢内的感受是如何的》的文章，赚取稿费以解困境，自己便真的钻进汽车行李厢内，由妻子驾车在崎岖山路上飞奔，把他碰撞得鼻青脸肿。这人把亲身感受写成文字，果获刊登，解决了生活上的困难。

——一个厌倦城市生活的四口之家，搬到郊野去住，农畜为生，但收成不好，欠下不少债项。丈夫在无计可拖之下，利用晚上写稿，将自己一家变为“农民”之后的际遇写下来，得到的稿酬，竟能清理超级市场、菜种、鸡兔种等等账项，尚有余款扩建家园。

——醉心写作的美国青年，流浪到欧洲体验了各类型的生活与工作之后，得到一份替邮轮洗擦甲板的工作，免费返国之余，又多了另一份经历。回国后便躲起来，把他的生活经历写成小说，日后的版税，令他衣食无忧。

与日本作家有往来的朋友都说：以产品数量而言，一个中量级的香港写稿人，倘若在日本的话，肯定买得起有私家花园的东洋房子，物质生活自是称心如意。

1985.9.21

与“青年文学奖”无缘

“青年文学奖”的招纸，蓝的绿的，贴了又贴。每当换一种颜色，我就走过去嗅它一嗅，看看那行年龄限制：三十岁。又跑开了。

（因为已没有我的份儿，看多了，反而麻木，到底是不是“三十岁”？也就记不清，不敢肯定了。）

——我总希望它来一张“四十岁”的。青年商会每年选举“香港十大杰出青年”，其年龄限制不是以“四十”为极限吗？为什么搞文学的青年，却要提早十年就凋谢了，就要被拨入“中年”的界限里？

创作的旺盛期，一般由十八岁开始，廿八岁后渐趋成熟。（三十余至四十余岁，是写作的“小产”、“淡出”期；四十五至五十五又是一个“多产”与“高峰”期。）像巴金先生成名得那么早而又多产的作家，比较少见。

可惜，笔者年轻时，香港没有过“青年文学奖”，有，已赶及把我摒弃门外。（幸好，市政局设立了无年龄限制的“文学创作奖”，我这个“老”青年还可以勉力去取它两个奖。）“青年文学奖”筹措奖金的时候，亿万富豪的霍先生只肯捐助一千，因此，胡菊人先生在报上颇有微词。君不见“通缉谋杀犯归案”，“悬红”也只有二万，区区文学奖又欲冀望多少？因而，倘有无知妇人撕了文学奖的招纸去包咸鱼，各位幸勿见怪，肯拿来包咸鱼是“瞧得起”了，几时见过有人撕下“月事不通”的招纸去包咸鱼的？

1985.11.1

倪匡稿速可入纪录

写稿，占了我生命乐趣的百分之六十（余下来的是书法、美术、戏剧、看书；当然还有与友相叙、与儿女扮鬼脸之乐），所以，虽说是“赶稿”，可还是一丝不苟的。

我写稿，是想得多，写得少；想得快，写得慢。所以，如有“脑电波写稿机”，十八岁时早成了华裔华籍大文豪，何至于眼巴巴被人一届又一届领走了诺贝尔文学奖。

年轻时好胜，别人说我写稿快，就得“快”点成绩出来，结果二十五分钟写一千字，以为很了不起了，想去信向“世界纪录大全”登记，岂料近日听闻倪匡先生一小时可写三千多字，平均每秒一个字，差点把我吓死。

我那二十五分钟的纪录，只以一千字闲稿为限，且是年轻，如今已沦落到五十分钟一千字了，速度已慢了一半，且是执笔前的构思时间不计算在内。可见倪匡的确是“鬼才”。从前写杂志稿，交了分内之稿债后，老编总爱在截稿前一天，来一个电话抱佛脚：“某某临时有事脱稿，请你帮个忙。你写稿快，易办。”一个“快”字，飘飘然，也就挨更抵夜地去呕心沥血，可是稿费计算下来只得七折，甚至六折，时间一长，年岁一长，才知道自己“少不更事”。现在，人家赞得天花龙凤也好，若时间与体力不支，决不敢随便答允，“实事求是”也。母亲说：“看你小时候写周记时的那个死样子，怎能想象你今日会靠写稿帮补家用！”她老人家是伯乐——早知我不是千里马。

1985.11.24

真的是“文穷而后工”

即使无病无痛，无思维的梗阻，无时间的催迫，写稿，也还有两个苦处：一是天气太热，一是天气太冷。

所谓“太热”，是三十二摄氏度以上；所谓“太冷”，是八摄氏度以下。

每逢执笔“飙汗”，或是走近书台“发抖”之时，就叹气：没心情写。挚友会说：“把硬币放在右边，边写边向左移吧，你就会有心情写了。”左移，是左手有空；硬币，是当年的稿费一千字十元。这当然是“为稻粮谋”者的戏言。

往昔，日子并不好过，却零零星星还有点成绩；如今，日子好过了些，成绩倒反而小了。是不是“文穷而后工”呢？

看来是的——杜甫潦倒途中，穷死舟上，虽五十九岁之年，却享千秋“诗圣”之名。——李白要不是宦海失意，哪有日后“诗仙”的成就？——曹雪芹要是终生富贵，恐怕写不成《红楼梦》。——李时珍倘若是今日的医务卫生署长，就要花时间剪彩、演讲，无时间采药、研究，也就写不成《本草纲目》。朱生豪不是吐血生病，穷困多难，怕难有“莎士比亚”的伟大译作。茅盾不是妻子缠绵病榻，家中又无以为炊，怕写不出《腐蚀》……

实质却又不是——香港工业家安子介，晚年以英文写成汉语文字专著。梁实秋养尊处优，仍以自己的风格，译成全套莎士比亚作品。巴金衣食无忧，却还是著作不停。

1985.8.27

澳门澳门

澳门到底有多少人

“澳门其实有多少人口？”有人问我，因为我是“澳门帮”。

我耸耸肩，无言以对。

中学，上地理课，地理老师说澳门人口大约有二十万。全班哗然。

因为同学们散居澳门每一区，有点可能的都买一辆自行车，叮铃叮铃地来，叮铃叮铃地去，天空任鸟飞，路阔任车行，路人要闪避的不是汽车，而是威风八面的单车；市面上，除了戏院开场散场、学校放学、主妇买菜的时间比较挤迫点之外，行人实在不多，所以大家都不信有“二十万人”。

好像是1971年夏天，澳门当局本来要做一次“人口调查”，可惜因为见解不同，遭遇有组织的抵制而不能成事。

也就无从知道澳门的人口确数。

1979年，越南难民渐扰及澳门；又因为港府实施内地移民入境限制，大量合法与非法移民，转由拱北与海路拥入，令澳门人口骤增。澳门有多少人口？又引起了人们的兴趣。曾经有一篇专题报道，说“澳门的人口约有三十万”。

地理老师对我们所言，与权威的专题报道所见，两者相隔接近二十年。二十年前，澳门的民居普遍是两层高；二十年后，旧楼已大部分清拆，改建成五层高的新式洋房，而街上的人已多到不得了——这会是“只增加二分一人”？我很怀疑。

1985.4.24

养不起中学毕业生

澳门居民有一个特点，就是通过“干净”或是“不干净”、“白”的或是“黑”的途径，千方百计都要弄到一张香港身份证连同回港证，才能放心在澳门工作与居住。

香港人喜欢去美国生一个“美国仔”或“美国女”，澳门的孕妇则用心良苦地跑来香港产子，以冀得到一张出生纸，令孩子日后成为“理所当然的香港人”。如此这般，澳门的人口统计固然糊里糊涂，香港的户口调查，又何尝不眼花缭乱？

澳门人要来香港拿身份证，孕妇要来香港产子，表面看来有点滑稽，实质上却完全是“适者生存”的道理。香港的面积比澳门大，人口比澳门多近二十倍，工厂、写字楼多，连带其他各行各业的就业机会也多，要找工作，要做生意，要进修学习，怎么说，天地都比澳门广阔。领取身份证，成为“香港人”，这是澳门人为自己及后代预留的后路。一个中学毕业生在澳门，是相当彷徨的：第一，澳门当年没有大学；第二，澳门工厂企业少，有点生意呢，十居其九都是“前铺后居”的家庭式小买卖——也就是说，中学生就业不易，升学又无门，倘若不来香港谋取生计，几乎可以说是困在一潭死水之中了。当年我们全级分两班，共一百多人，留在澳门的不足十人，而这些同学，都几乎是因为家里有“电器铺”、“中药铺”之类的营生，要他们去“克绍箕裘”，才不必做“过江龙”的。

1985.4.25

澳门物价超越香港

澳门的优点是生活简朴，社会宁静，物价低廉，租金楼价便宜。

不过，这已是20世纪60年代之前的事。

逸园狗场设立、葡京赌场开业之后，踏入70年代，这一切便渐渐一去不再。

畸形的繁荣令澳门挤满了汽车和行人。

凌乱的交通，令行人难过马路。

空气污染。

昔日的单车，已像今日的香港，几乎销声匿迹了。

西药、水果、燃料、电器等等都是从香港转运入口的，要加运费及补贴币值兑换差价，所以这些东西都比香港贵。

衣着、日常用品与香港相差无几，但一年难得一次大减价，因此，相对来说，也比香港贵。

电力与自来水，供应比香港差，收费比香港高。

就算要买一份当天的香港报纸，负担也比香港人多！

——只有两样东西比香港便宜：第一是工资，第二是租金与楼价。

一般来说，工资要比香港便宜三倍，近年虽然做了大幅度调整，但仍然比香港低得多。

——不过，有两种行业例外：一是低级公务员，薪金几乎与香港看齐，二是赌场职员，人人月入数千至万元。

1985.4.30

租金占入息七分之一

20世纪40年代的澳门，也是我孩童时代，十多元一个月，勉强够一个人的生活费，租一个一百二十平方呎左右的房子，月租大抵是两元。

50年代，同样的房子要十元左右，很可能超出十元。

记得50年代后期，我念高中，家境好了些，能够“阔绰”一点，租了个“一房一厅”，月租也只不过十七元。这个价钱，同一时期去香港租一张床位也办不到（那时的“床位”，大约是月租二十五元）。

60年代初，我们住过“国父纪念馆”与“二龙喉花园”之间的“高级住宅”，大长条柚木地板，房子很大，约有一百八十呎，用布帘分隔成一屋一厅，还绰绰有余，也只不过是二十七元月租，尚可享受屋前的花园和园中的木兰花，尚可享受铺了水泥地的后花园，厨房很大，与正屋分开，还设有一列洗衣台。

后来，业主要将整幢房子拆卸，兴建一座高尚洋房，礼貌地“请”我们走。

熟朋友都劝我们不要搬，“最低限度可以争取到理想的补偿”。

我们做不到。乖乖地找房子搬了。

原来“做得到”，厚着面皮，要点无赖小手段的话，别说“合理补偿”，“一层楼”也可以免费到手。——以后的人，都利用这方法成了有屋者。只有我们这个“老澳门”，屋子住了一间又一间，不“真金白银”买的话，便始终是个无产阶级。

1985.4.27

香港炒家累死澳门

踏入70年代，“拆楼改建”的狂风一吹，澳门的租金与楼价开始大涨。

起初的涨，人们还可以忍受。

例如六七百呎一个单位，由万多二万元涨到三四万，月租七八十元涨到百五至二百之类。

等到七七年尾七八年初，香港“炒楼界”的高手们，把香港的“楼花”炒到小市民去通宵抢购之后，转个身，抄起烧红的铁铲，去澳门多开一个炉灶，炒炒煎煎不到一年，租金与楼价便给炒高了一倍多！

由“一万多”炒到“三万”的“一倍”，不算惊人，因为基数太小，由“三四万”再来“一倍”，可就令人目瞪口呆了。

这显然与当年的香港一样：楼价与市民的工资脱了节。

加上当时的利息十分高，一般打工阶级已不大可能分期付款买楼了。

1979年3月起，内地移民渐拥入，澳门的租金与楼价，又到达一个新的转折点：旧租四百的，新租要八百，几个月前楼价值八万的，急升到十二万。而三年前，坐落松山、背山面海、两层高、云石外墙、别墅型的花园洋楼，也只不过售十一万，还几乎是“跪地哀求”才能成交的。

松山脚，近濠江中学运动场，一座有泳池、喷水池的豪华屋村推出时，大型单位更超过港币百万！

1985.4.23

那一隅的海角游魂

走在澳门街上，再不是悠闲的脚步。

大街小巷都多出了很多人，而这些摩肩接踵的人，像是一群游客，闯进了学校的“周会”会场一样。

“游客”们有的改了服装，有些还没有。然而，改了也好，未改也好，不同的社会制度，不同的环境，不同的见识，已交由时间的刻刀，在各人的脸上，雕塑出嘴脸各异而神情相似的脸部，甚至，由于彼此生活节奏的不同，连他们的举止，也固执地用了他们原先习惯了的尺寸。

冷眼旁观，你不难发现：

——一家子边行边好奇地东张西望的，是刚凭证入境的新移民。

——一边漫走，一边看景又看人，眼神里显得既好奇又彷徨的，是来了一小段日子而无计可施的人。

——不看景，但看人，看衣着入时的人，那双眼胆大且鲁莽，被看者的视线与之相对，往往敌不住那股傻劲者，已是待了点日子，衣食无忧的莽夫。

——那踩着凄凄惶惶碎步子的单帮客，大抵是“寻不正当途径”来的吧？

澳门，只是一座勉强养活青少年时代的王司马、麦正、香山阿黄、石琪、凌雁之类的小城，她还能养活那些无依无靠的寻梦者吗？

噢！彳亍在珠海一隅的海角游魂。

1985.4.29

举目无亲被人利用

1979年的香港移民法例，像治水工程一样，把大量合法和非法移民，自然地向澳门引流，“异乡人”一下子就泻满了那质朴的小城。

外间的估计，那急激流入的人口接近三万。当地人心里明白，早已超越三万。

看准了异乡人人地生疏、惶恐失措、容易受骗的弱点，黑社会乘机四处活动。他们在关卡附近安排了人手，把那些举目无亲，或是有亲友未到的来客，用狼外婆的笑脸，引进狼窝，禁锢起来。

然后，根据被禁者提供的地址，向他们的港澳亲友索钱。勒索的数字因贫富而异。

偷渡客倘若落在他们的手里，遭遇更惨，亲友有钱赎回的固然无事，那些无亲无故，或是出不起钱的，女的被卖去当娼，男的在他们控制之下，沦为替黑社会打劫勒索的工具（朋友的诊所，半个月之内就连遭三次盗窃）。这些被利用的人不敢去报案，因为自己是黑市居民。

那些凭通行证能够安然入境的，也好不到哪里：因为他们往往一家大小一齐来，食指浩繁，而澳门的就业机会又极微，在走投无路之下，闹得夫妻反目，甚至，在“希望越大，失望也越大”的情况下，演变成自杀的，亦时有所闻。各行各业的工资被扯低又扯低，他们固然在低工资下卖命，本土的就业人士，又何尝不口出怨言？

1985.4.30

难得畅泳

游泳池够卫生吗？

在学时，一直在泳棚海浴，到了高中，因长辈在新花园泳池租有私人更衣室，得便晨泳，就破戒游了一个星期池水。

两星期之后，我的担心有了事实根据：颈背后有镍币大小的二处地方痕痒。痕痒地方摸上去滑滑的，同学告诉我："你生癣了。"

"癣"是什么东西我不晓得，但那样子的痒法，"癣"显然不是好东西。

同学教我搽一种皮肤水，我搽了，有极强烈的灼痛感，不用大葵扇边扇边搽，受不了。但这癣水也颇灵验，搽了四五天，"煎"了一块薄皮出来，那癣患便好了。

后来到广州升学，学校有一座泳池，一来是体育课的需要，二来觉得学生是最纯洁的，不会有什么传染病（这见解到如今当然已大大过时），加上落池游泳，有"健康证"的规定，所以也就很放心地游。这是我泳池游水最多的一段时间。回港后，朋友千叮万嘱我不要到泳池游水，他们说，香港人缺少公德心，在泳池内小便吐痰，已是例行作业，即使自己患了传染性的眼疾（那时未流行"红眼症"）、香港脚、皮肤病、肺病、肝炎，甚至性病，泳池管理当局既没有规定入场者要出示"健康证"，患传染病者亦不管别人死活，你肯放，他敢入，管他一池浊水。对朋友的见解，对朋友的好意，我是深信不疑的。这廿年来，也就"足下无过雷'池'一步"。

1985.8.16

持健康证才可入池

进入公众泳池之前，要出示“健康证”，是一个十分好的措施。

“健康证”是由医生签发的。患有传染病的，当然得不到“健康证”，这是保障别人；患有心脏病或是血压过高过低，虽然不会传染别人，也得不到“健康证”，那是保障自己（以免在游泳时病发出事）。

持有“健康证”的人，并不表示他很健康，而是代表他本人并无患上传染他人又不危害自己的疾病——比如胃病、失眠、神经衰弱等。

——不知道经历“文革”之后的中国内地，还是否执行“健康证”这个措施？执行时有“走后门”否？

——又，港澳如果实行这种制度，一些不走正途的人士，会不会左钻右营，东跪西拜，千方百计也弄一张“健康证”傍傍身？（因为这些人未必要游水，而是拿不出“健康证”的话，便反证自己有“隐疾”，那就有失面子，兹事体大了！）

……虽则在任何地区、任何体制下，都不能保证“健康证”是绝对可靠的，但起码在公共卫生上，为“相对的可靠”提供了证明。

可惜，港澳的泳池，一直是“‘闸’门八字开，无钱莫进来”，只要付得起入场费，哪管损手烂脚，麻风疥癞，花柳白浊，皮癌艾滋，一律“无任欢迎”。

相信，对公众泳池卫生的问题，大家都会和我有着共同的疑虑，但愿我们的想法不会被人当作杞人忧天吧。

1985.8.17

泳池之水刺激眼睛

海浴，要转两次车，实在麻烦。选择泳池，是便当多了。

香港摩利臣山有暖水泳池，维多利亚公园有冷水泳池，有位同学经常带子女在冬夏季，穿梭畅泳于这两座泳池上。因而向他查询:“你不怕池水肮脏，惹上传染病吗？”“起初我也这么想，但自己住在这两个泳池之间，没理由眼巴巴地看着这样的好去处，自己不能享受，便向医生请教。医生说，‘香港的泳池水，都是循环不断地过滤消毒的，一池水那么多，细菌那么少，能够被感染的机会很微。’我听了他的话，才敢去游的。”

我也是听了同学的话，才敢去游的。

今年夏天，带同子女，直闯维多利亚。然而，游不多久，女儿惊呼:“爸爸，你的双眼发红！”我看看他们，他们双眼也微微发红；再看看其他人，原来人人的眼睛都红了。到上水时，我和儿子的眼睛都已经变成血红色，小儿未返家门，双眼已红肿得睁不开；而我摸进家门之后，亦只有闭目流泪的份儿。

池水内，氯化物的含量可能太多，所以对眼睛造成那么大的刺激；而洗澡之后，竟还发出一身氯臭，可见分量的厉害。

这是泳池的大缺点。

要贪方便，舍远图近，唯有买潜泳镜及眼药水作补救。眼药水是有点效力的；但潜泳镜不贴边，镜框的胶边啜力不足，面部稍有表情，便入水了，徒费金钱。

1985.8.18

顽童常在泳池捣蛋

在泳池游水，眼睛起初发涩，继而红肿，这是到目前为止，泳池水所无法避免的缺点。

（近闻美国已制成“银质滤水器”，并已在泳池内使用，银有极强的杀菌力，就不知安装了这种新设备之后，池水仍须加入“氯化物”否？）

水质之外，在泳池游水的另一大缺点：一小帮一小帮十三四岁，爱顽皮捣蛋的少年。

这些少年绝大多数是男孩子。他们当然是无组织的，只是三数个知己、同学，或是街坊、邻里。

他们之中，有些是营养过佳、吸收过好、发育过早的虎背熊腰之辈，有些则是身体精瘦，入水如泥鳅的“钢管”。粗壮型的也好，精瘦型的也好，他们的特点是谙熟水性。

“幼儿池”池水太浅，没有他们用武之地。“标准池”的深水部分，水太深，他们也不轻易胡来。

“儿童池”和“标准池”的浅水部分，是他们的天下了！——这些少年，不但在人头涌涌的池中任意泼水，恣意潜水，到处追逐；甚至由这个池追到那个池，看见池中稍有空隙，便索性一跃入水，简直是不顾你死我活的“拼命三郎”！

——有这样霸道的少年在捣蛋，你能安心地游泳？你能安心让孩子习泳？

这是人为的可以避免的缺点，何以捣蛋者“可使由之”？

1985.8.19

海滩一样有人胡闹

要去海浴，是越来越劳碌奔波了。

路程太远的关系，一般都要转两次车。不计候车时间，一去一回，就得坐两小时车，花那么大的气力，当然要游一个小时才惬意。游一次水要花三个多小时，能经常游吗？——谁在时间上那么富有？再说，海滩是越来越污染了！例如浅水湾，以前是极漂亮迷人的，而现在，早已把我吓得三年不敢去。又例如石澳，整个浅水海床是几乎连一块割人的蚝石也没有的，是个极佳的海浴场，可惜，海水与沙滩的污染，一日比一日严重。

（因此，在人口越来越膨胀、交通越来越挤塞、时间越来越不经济的今天，泳池虽有它水质上的缺点，当局仍应多建。似如今这个样子，成什么比例呢！）唉，捣蛋的少年，不独泳池有，沙滩的海浴场也有。

这些精力过剩的年轻人，不管身边有多少泳客，有多少刚刚习泳的儿童，甚至不管浮在水泡上的幼儿，兴之所至，便叠起三人、四人、五人罗汉，一个浪冲来，就顺势躺倒，毫不理会倒下来会压着谁！在人多的时候打水球，已令人讨厌，如今更时兴在水中玩“飞碟”。水球是软的，打中了人，应力不大。飞碟是硬的，速度又大，打中人脸，可不是玩的，我就见过一位少女的后颈被飞碟打中，痛得上了岸仍站不起来（而这些少年竟无一语道歉）。——爱逞强的人，难道就不想一想“胡闹”所带来的后果？

1985.8.20

烟烟相报

希望大家都不吸烟

没机会上镜，不能“口诛”，只能“笔伐”，伐了多少次，港府才宣布“禁”烟了。

这“禁”是限制一下烟民们在公众场合的吸烟习惯，对不吸烟的人来说，当然是好消息。

纯情如我，如海辛兄、浩泉兄、彦火兄、谭秀牧兄、徐翼兄、王方兄、谢雨凝姐、梅萼华师、刘以鬯师，都不抽烟。

难得的是，他们都是摇笔杆的人。能够随便列举十位八位不抽烟的例子，大抵可以改变一下行外人，对写字界“一烟在手”的印象。

朋友之中，当然也有抽烟的，有些抽得用功，有些抽得不用功；有个别不抽烟的，因为工作上有大量应酬的关系，已经失去定力，一口半口地抽了。站在朋友立场，当然希望他们不要抽。

家父年轻时是吸烟的，一口紧接一口，成了他的娱乐节目之一，后来不知为什么，说不吸烟了，就十多年，直至去世为止，亦未再吸一口烟。

我是不吸烟的，却抽过烟斗、雪茄、香烟、卷烟及大竹筒，那是为了演话剧。（那时我学会一些吸烟姿势，自以为是“老枪”了，不料在一次座谈会中，黄新叔说我不懂抽烟。我惊问何以见得。他说：“烟鬼是恨不得把烟一口吞下去，而你与烟有仇似的，嘟长嘴，有意无意与香烟制造距离。”……这显然是道行高深者“一语中的”之言。）

1985.8.21

吸烟的心理与教育

演话剧之时吸姻，是“为艺术而牺牲”，算不得准。

扪心自问，内心深处是“爱”吸烟还是“恶”吸烟呢？那时是十七八岁，心底里是比较倾向“爱”吸烟的，因为一烟在手，似乎潇洒倜傥了许多，而最重要的，是“好玩些”、“有趣些”。

但那年纪是求学时代，校风、家庭，以及整个社会，当年都绝不容许学生抽烟，个别学校发现一两个学生抽烟的话，该校与该生之名，很快就会“臭名远播”，学界都会将之列入“罪人”看待。

教职人员是御准吸烟的，但学校那么大，人数那么多，也只是学校长老黄先生、伙头将军阿卓哥、历史国文科兼作家黄国伟老师、清华大学出身的郑仕元老师（年前已因癌症逝世）吸烟，而他们吸烟时只限于小憩，只限于教员室，绝对没有含着烟卷进课室的。

烟瘾最大者，是交通大学出身的金涛博士、以历史为专科的温观民老师，上课时实在挨不过烟瘾发作，就以“三急”为题，躲进洗手间去猛吸几口，但这也是偶一为之的事。

可见，虽是“御准”，吸烟者对于吸烟，亦自觉不是一件光彩的事。今年6月，是笔者母校的五十周年校庆，历届校友济济一堂，吸烟者绝无仅有！这可喜的现象亦可见教育的重要；良好品德的感染，对青少年的影响，是何等深远！

1985.8.22

你也可以拒绝引诱

就在“吸烟是坏学生”、“吸烟是不光彩的”风气影响下，我由“倾向爱吸烟”而产生“拒绝吸烟”心理。

这种“心理拒绝法”很有效。

那是我上广州升学的两个年头。

当时是经济大崩溃之年，又在“知识分子再教育”的政策下。学校当局把教师与学生都“下放劳动”去了，每星期，劳动时间多，学习时间少，一心向学的都大失所望。于是，不约而同，都以香烟来打发苦闷的心境。

同房八个人，只有我和另一位印尼侨生是不吸烟的，其他宿舍的学生吸烟比例，亦大致如此。

“烟民”对我们少数“非烟民”，手段十分阔绰，递过来的，都是他们珍之藏之，认为最好的烟；他们的吸烟表情，也弄得十分舒适陶醉。在这生活艰苦的年月，是一种很大的诱惑，尤其是天寒地冻、缺粮缺肉之时，那烟头一明一暗的火点，真给人有浑身温暖舒泰的感受！（中国的烟民那么多，实在与当年的学习会议太多、生活单调有关。）但，“一烟在手，快乐优游”也好，“饭后一支烟，快活过神仙”也好，我是不为利诱，不为所动的，一律来者必拒。经历过数十次耍手兼摇头之后，烟民们终于向我低头，并承认我有不被缭绕的烟雾所打扰的权利。

——到了后期，连不像样的烟也买不到了，木糠加芭蕉叶的“香烟”面世，吸烟已是条件反射式的机械动作，何乐趣之有？

1985.8.23

一烟在手破坏形象

走出社会工作之后，结识的一班朋友，大部分都是不吸烟的；但同事们却有吸烟吸得“很狠”的人。

同事吸烟，你既不能禁止，也无从选择。

吸烟的同事中，亦有一个与外界印象相反的现象，就是要看你同“事”的什么。在出版社工作，吸烟的同事极少；在报馆工作，吸烟的同事多些。离开文化界，到缺乏文化、只论薪级职位高低的地方工作，吸烟的同事就越多，多到泛滥成灾的地步。

如今的烟，老的固然吸，嫩的也吸，男的少不免，女的也亦步亦趋。

男孩子吸烟已经很不好。求学时的一位舍友，对外是嘴巴硬，鼓吹香烟如何好如何好，天花乱坠，实际上，他自己亦觉苦恼。小伙子要追求女孩子嘛，苦恼的当然是外表。他的外表是挺英俊的，就是抽烟抽得牙黄缝黑，食指与中指被烟熏得焦黄。他怕女孩子说他烟瘾大，凡有约会，必先用鲍鱼刷猛洗猛擦手指，洗之不去，便用剪刀，宁脱一层皮；牙齿擦不白，便去饭堂讨一把炉灰——这土东西、土法子比任何洁齿牙膏有效。门面装修妥当，才去赴约。女孩子吸烟，就更不好了。（男孩子吸得，女孩子就吸不得？）这不关乎“男女平等”，是“观瞻”、“形象”问题。玉手织织，蔻丹艳艳，是美的，但挟一口烟——姿态庄重的，已属“不雅”；荡一点的，已近似“坏女人”。

1985.8.24

戏院内的观影道德

提起吸烟，和游泳池水一样，“文革”之前的中国内地，在看电影、听音乐、赏话剧之时，观众入场后，是一律不准吸烟的，这种为观众视线、为不吸烟者的健康、为大众安全着想的措施，一直执行得很好。(“文革”后的情况就不清楚了。)“烟之瘾者”(仿日本语)要么是不去过那美妙的文化艺术生活，不然，只好“忍”，忍到中场小休时，才急急跑出场外或厕所去，集体猛吸烟，吸个饱。

这个极优良的措施，在香港，只有文化艺术的核心点——大会堂办得到。(陆续建筑起来的文化点，都能继承这个好传统，是值得欣慰的。)

出外旅游，根本没时间去看电影，所以不能将外国电影院与香港影院做一个比较。若与内地比，香港影院的设备，当然是相当不错的，然而观众的观影道德，却绝对不敢恭维。以前看电影，大伙都是高高兴兴、斯斯文文的，如今不是没有这种场面，只是要看影片的种类、性质了。古灵精怪而又拍得水准低劣的电影，往日的观众只会自叹倒霉；今日，“为发泄而愤怒”的青年，会一刀把簇新漂亮的椅子划破！

——香口胶黏在椅子上，让不知就里的人坐下去，把裤子、裙子弄得一团糟。

——臭脚架在椅背上，让前排敢怒而不敢言的人憋着一肚子气……比起这些，吸烟的惹厌，反倒像小巫见大巫了。

1985.8.25

烟卷把你熏成烟肉

我每坐在公园椅子上，你走过来吸烟，我可以避开你。我倚栏看人垂钓，你走过来吸烟，我可以避开你。

但你在戏院内吸烟，你在挤满乘客的公共交通工具上吸烟，我可就避无可避。这是对不吸烟者的不公。

有一趟同事们举办棋赛，八个人分开四局，困在一个小室里对弈，七位仁兄都吸烟，只有我一个不吸，人在局中，当时并不觉得如何。几小时后回到家中，妻和儿女都大嚷："你好臭！"我说："一身汗，怎会不臭？"妻说："不是汗臭，是烟臭——哼，你吸烟来了？"我这才醒悟：自己被烟民熏成"烟肉"了。不但肉是烟肉；内衣有烟臭；衣袋里的东西有烟臭；睡眠之后，翌日的枕套也有烟臭。可见"香烟"里的"烟"，实在懂得钻营。由"倾向吸烟"到"拒绝吸烟"，再到"害怕吸烟"，是我自己的成长过程。当年，倘若我的师友吸烟；倘若已有电视，又常见烟哥烟姐吸烟；又倘若，自己把心不定的话……怕早已成了烟民。自从科学家证实，两人同处一室，"'不吸烟者'比'吸烟者'受害更大"，"更易患上肺癌"之后，烟民们喷出来的烟，在我们非烟民的眼中，何止是"讨厌"而已，简直是望而生畏的"毒烟"了！

有了那么多的宣传教育，有了那么多的"吸烟有害"的医学研究资料，那些吸烟者，当掏出烟包想"一烟在手"时，会否想道：它对自己有害更累及他人？

1985.8.26

机不可失

写稿人旅游的苦恼

好不容易打破了“储蓄罐”、“假期罐”，挪用了大部分的存款和全部假期，约同三数友人，决心做一次中距离的旅行。

去意已决，大事既定，首先要解决的，当然是每日见报的文稿。

行程十天，就必须赶起十二天的“存货”，这数字对于一个职业作家来说，是一个相当沉重的负担。比如你每日以四千字糊口的，旅行之前的十天中，就必须每日完成八千字；每日写一万字的大作家，每日则要加倍至两万字。这可不是玩的。幸而我只是个业余，但也是已经忙个不亦乐乎了。

十多年前，眼看着朋友们一个个天南地北远游归来，钦羡不已，海辛兄便拍着我的肩膊说：“贤弟，几时择个吉日，我们兄弟俩也大江南北走一趟，瞎子开开眼！”两个穷措大，十划不得其一，却已说得口沫横飞，浸死许多人。

十二年后，不必忧柴忧米，可以“驿马星动”，近距离闯一闯了，海辛兄却已由兼职作家落难为职业作家，手脚已被方格子牢牢地缚住，唱句“行不得也哥哥”了。

我因为生性懒慢，不能多写，倒能享点旅游之乐。行前，“正职”工作特别忙碌，幸好我已编排了写作进度，并且告诫自己：无论如何疲倦，每日功课“只可超额，不能减产”。结果，终于超额完成任务，翩然起行，玩水游山去也。

1985.11.15

第一次坐机的感受

第一次坐飞机，心情十分兴奋，比预定时间早了两个小时到达启德机场。临入闸前，为了儿女们在家中能凭窗和我们的班机说再见，又特别从口袋里掏了个一元硬币，打了个电话：“我们的班机九时十五分起飞，到时候飞起的那架机，就是我们坐的，我们会在飞机窗口向你们挥手。”孩子们高兴得不得了：“我们会边挥手边大叫‘爸爸妈妈再见’，看你们听得到听不到，入住旅馆之后，写明信片告诉我们！”我说：“哦。”结果，飞机叭叭地翘首飞升，一霎眼，已过了鲤鱼门，“家”在哪一头都找不到，遑论窗？遑论窗中的小手？不过，我真的听到了儿女们稚嫩、兴奋、依恋而好听的声音。

开航不久，空中先生小姐向每个乘客派发明信片，并声言免费空邮，于是一个个放下餐板，奋笔疾书，颇有文化气息。（我们写了两封，旅行之后回抵家门那天，刚刚收到；不用说，旅途中所寄的各封“空邮”信件，也一律顺延至十多廿天后，才陆续回收。我这个不敢写草书的写信人，正好兼了读信、解信、信外补充课程的“讲师”。）航机座椅上，每人配备一套耳塞听具，扶手上有控制键钮，任凭各自的喜爱选择各式音乐。头顶上，有属于你的一份冷气喷孔、氧气管、召人按钮、照明。看着别人的动作，约莫知道那冷气孔可以转动方向，却不知道可以旋紧截去冷气。冷得没法，只有加衣。

1985.11.17

不拿机上一针一线

据说，飞机上的不锈钢餐具，质地特佳，造工精美，阁下如果“欣赏”，大可以予取予携：其他的诸如厕所小件肥皂、化妆品、小方巾等，都可以不明目张胆地“取用”云云。

但，事前我看过一篇报道：因为飞机上小件物品失窃过多，航空公司特别聘请了心理专家，在飞机洗手间内安装了录影机，仔细观察旅客们的行为，结果发现，无论董事、经理、贵妇抑或打工仔，进入洗手间后把门一卡上，也就无分阶级贵贱，人人平等，而且男女“同工同酬”，值钱的小巧东西固然牵走，就连厕纸，也毫不放松地顺手拉它一把塞在袋中。我怕出洋相，规规矩矩地进去，规规矩矩地出来。餐具呢？进餐前每人例行派出一套，用透明薄胶袋封存着，颇卫生的样子，拿出来看，除了笨重之外，却是既不精也不美；而且餐后是整套收回的，根本没机会下手，那就更玉成我“清白之身”了。然而，抵埗之后，白天游览，晚上组成了小圈子，各人“交浅言深”，谈得高兴，各自捎出了坐飞机的辉煌“战果”，藉以炫耀：有拿了两套不锈钢餐具的，有拿了半截椅套的，有拿了七八条小方巾的，有捡了肥皂的……真是“美不胜收”。我敲敲自己的后脑勺，说：笨蛋，人家拿得，你就拿不得？好，下一站捎它一两件，留个纪念，也“不虚此‘坐’”。嘿，航空公司有电子感应，往后的航机上，已改用纸巾、胶餐具，“欢迎取用”。

1985.11.20

未坐飞机爱坐飞机

最爱坐飞机。

因为它是高级的交通工具，不同于六毛钱的电车、一块钱的巴士。

最爱坐飞机，因为自己从未坐过，很想坐一坐。——如有大红请帖，邀请免费旅游者，更佳。

听人谈及坐飞机时的眉飞色舞、口沫横飞，艳羡不已。暗自惭愧：胡子、头发、皱纹一大把了，不但未坐过飞机，甚至，连飞机里面是啥个样子，也不清不楚，那像话吗？

于是，储存了稿费，克扣了菜钱，省下了零用，买了机票，由老妻拖着，坐飞机游埠去也！

手上的机票，明明是十八行，第三四号位，是拆不开的鸳鸯座，登机之后才发觉，每行六个号码，中间剖开作行人道，每边分两行三座位，一二、二三，或三四、四五都可并肩拖手仔，唯独三四号分离，一如“河汉清且浅”，可望而不可及，我嘟了嘴，大不乐。

五号位的中年妇人见状，说：“你们是新婚蜜月旅行吧？”我听她的口气与神情，知道有转弯的余地，便点点头，把“老婚”扮作“新婚”，因而双方都乐意地换了座。

进餐时，妇人大赞甜品可口，我立即奉上自己的一份：“我不爱甜食，您多尝一口。”妇人嫌猪扒硬，坏胃，问我要不要，我连忙接过，连三称谢；妇人口渴要水，我立即代办……“感恩图报不已”。

1985.11.21

何止“一览众山小”

某些方面，现代人比古代人幸福，比如登山，比如登高之后极目远眺。古人爬上千把两千尺山之后，就要高声吟唱“一览众山小”，比起如今高空上的飞机乘客来，是真正的“小巫见大巫”了。

民航的一般飞行高度，在九千尺至万二尺，远离云层，在无云或少云带飞行，这个高度比世界最高的山峰珠穆朗玛峰还要高出一点点。爬上珠穆朗玛峰的，世界有几人？而且，即使上达峰巅，已是只可顾及喘气，无心赏玩风景了，哪里比得上机舱里面的乘客，可以悠闲地饮着红酒或是鹅黄色的橘子汁，凭窗鸟瞰的写意？

所以，每逢坐机，我总爱拣选临近窗口的座位，由开机至着陆，从不轻易放过欣赏窗外的任何一刻钟——除非是窗外漆黑一片的夜机。坐飞机赏景，有一种迅速、突兀的快感，起先，是宽阔的田野、巨大的货车、钻天的树，很快，随着飞机的爬升，什么都缩小了，缩小了，成了儿女们图画纸上蜡笔涂成的彩色之外，还带有粗心、大意、不羁、天真的真实与不真实……

向南，飞出鲤鱼门，透过晴空下薄薄的云层，看见天，看见海，海天一色，浑然一体；揭示海洋秘密的，是大轮船翻出来的一条丝巾一样的雪白浪花。向北，飞越珠江，飞抵桂林上空时，一座座石灰岩形成的翠绿山峰平地拔起，鸟瞰，如花港金鱼身旁的睡莲，一朵朵含苞待放。

1985.11.22

天上云海变幻莫测

飞机上看云，看云海，千变万化，真是一种至高无上的享受。

桂林的山秀、水清、洞奇，是世界知名的，那里的钟乳石组成的山洞奇景，看得人瞠目结舌，不由人不赞叹大自然造物的奇妙。巧合的是，游罢桂林，在飞机上，又一次观赏到秀山奇洞。不同的是，这些山不再是独个儿平地拔起，而是一组组、一排排、一群群；这些山不是抱绿叠翠，而是雪白剔透；这些洞景不是倒悬，而是由低处“长”上去，造型诡异，安排巧妙，衬在蔚蓝清澈的天幕中，涤荡澈明，一如观世音散步的所在。

坐螺旋桨飞机由马尼拉飞住碧瑶，看到了奇景之一的“梯田”，觉得气派不大，山势倒还有点排场。不久，彩云却排空而至，一环一环的整整有条，填充了“梯田”气派的不足，令人刮目相看。

杭州开航的一次加班机，是夏日的傍晚，正好赶及无限好的夕阳，与它并肩，散步在一望无际的，刚翻了新土的云田上；飘过一组群狮搏击的山头，我们来到一处三角洲，看到了“江水奔腾日夜响，河水万里长”的黄河；经过长长的防风林，眼前出现了万头攒动的羊群，那些羊很别致，起初是雪白的，后来变了灰色，往后，变成深灰色，背上、耳上却镶上一层金环。我提醒：鲤鱼门上空那几只疏疏落落的小白羊，是不是从这厢走失的？夕阳不语，躲在羊群背后的帐幕中，只泄露一道道金灿灿的笑容……

1985.11.23

坐过飞机怕坐飞机

最怕坐飞机。

怕坐飞机，是游罢菲律宾之后归来，首次坐夜机时开始怕的，那一小时机程，真是惊险万分，一生难忘。

——我们坐的是包机，全机都是香港客，那季节又刚巧是“芒果成熟时”，人人没有一箩芒果也有半箩，外加“白花芒”、“猪腰芒”若干，牛骨、牛角、木制雕刻品，巨型木制装饰刀叉等等，更是“游菲必买”手信，飞机超载情形可见；这机呢，又仿佛专为亚洲人而设计，坐位窄窄的，椅与椅之间的空间又少，给“随身行李”一放，双脚都无处可放了，是名副其实的“无立足之地”，只可以“骑”在行李上，“吊”着脚板，那种酸麻感与看在空姐眼中的尴尬相，可以想见。

——这不算，飞到半途，机外搞起了风雨，雷声震震，电光闪闪，每一度闪光都像划火柴，我们的机翼就是被磨擦生火的工具，我的座位正对着机翼，看着一度度红色的闪光，真是吓煞人。

——风雨的关系，气流变得复杂，机翼像升降时一样，重新向机身尾部方向延伸，与气流激战，发出了虎虎的吼声，机身震动且摇晃。机长发出缚紧安全带的指示。空姐们都安坐了。全体噤声。

——在沉默的恐惧中，飞机像失了空气的支撑，突然下跌！大家哗然，十几把尖锐的女音夺喉而出，仿佛飞机就此一跌不起……

1985.11.24

庆幸能够安全着陆

——机往下跌，人往下跌，芒果牛角木叉亦住下跌，只有人人的一颗心悬在机舱顶上，扑通通狂跳不止。

——幸好，跌到令人受不了的一个位置，被空气承接住了，仿似神仙拖了一幅厚而有力的云，救驾来了，把我们托回了心儿可以回归心室的那个高度。

——经过一而再的闪电、跌升、尖叫、震颤，我们终于透过云层的空隙，看见了灯火通明的香港。

——人说香港夜景是世界第二美，经此折腾，“第一美”是谁，“第二美”又怎样，还有谁去鉴别欣赏？

——飞机未能进入有盖停机坪，我们只能在大雨中下机。……雨又算得了什么？只要踏踏实实地踩在安稳的陆地上，再大的雨、再响的雷、再凶的电闪又何妨！回到家，打电话给至亲好友，说：“我回来了。”话语里含蕴了多少惊险与庆幸！——但，亲友们都轻松平常地说：“呀，回来啦？好玩吗？”回到家，见到了老母亲，叫声妈，仿佛有很多心事要倾诉；但老母亲只对那香喷喷的芒果有兴趣。回到家，满以为用眼泪和跺脚反对我们外出旅行的小儿女，会飞跑出来拥抱我们，可是，儿女们太年幼了，惯了早睡，已支撑不来，横着、竖着睡倒在沙发上。拥抱着他们，有一种难以言喻的实在感。我把进入马尼拉机场时买来的茉莉花环，戴在儿女的颈上，让花香去告诉他们，爸妈安全回来了。

1985.11.25

飞机着陆突然加速

有了游罢菲律宾回程时勾魂摄魄的乘机经验，日后每有搭机旅程，都有了戒心，不幸，由杭州乘机往广州的一趟又有了波折。那趟不知是机上的日本游客买的“金华火腿”多了，还是另有别情，飞机降落广州白云机场时，轮子的着陆声是正常而稳健的（我每听到轮子碰在跑道上的隆然一响，便放下了心头一块石：既然着陆，再有什么风险，也有了七分安全保障，不至于在半空中那么恐怖），我正要舒一口气，“金华火腿”们却会走路，飞机从减速中突然向前加速，似要重新飞离跑道！那种轻飘飘不能安坐的感觉，真令人魄散魂飞，怪不得全机搭客齐声惊呼了！幸亏引擎的怒吼迅速转为柔顺，坐在机舱内，明显地感觉得到，机下的轮子滚动在跑道上的声音是平实的，那硬硬实实的感觉证实着：我们真真正正是安全着陆了。在飞机着陆后突然加速的一刹那，我不是害怕，而是恐惧，十分的恐惧。“十分”之中，占了三分为自己，占了三分是为飞机，占了四分是为朋友：在杭州机场候机室，我们拍了照，喝了咖啡，闷坐着看我们那架将要乘坐的三叉戟飞机，机肚下横七竖八躺着坐着几个维修员，他们看旅客的衣着举止，不专注于维修机件，早令我失了三分信心；余下的四分，是与我同机的友人，是九代单传只生一女的英俊小生，他从不坐飞机，此次是经我的怂恿而破例，若有什么闪失，我如何向他妻女交代？

1985.11.26

鹰蛇相缠

君临雀鸟天下的鹰

有幅国画，竖长方形，上方一只展翅的鹰，下方几线轻笔，淡墨的云，整幅画面留下一大片空白，很能包涵“鹰击长空”、“鹏程万里”、“展翅高飞”、“目空一切”的意境。这是我所见的，以鹰为题材的画作中，结构最佳的杰作。

在旷野，在山之巅躺下来，仰卧在青草地上看天，轻轻的云，淡淡的雾霭在你身边飘过。鹰，却在比山还高的万里晴空中展开双翼，悠闲而缓慢地盘旋、徜徉，此时，你会不期然地把这景象，重叠在那幅画上。

作为鸟类，鹰的地位是优越的。

上天赋予它一双不必怎么费力就能在高空处浮游的翅膀，这双大翅膀，增加了它“君临天下”的霸气。

鹰在云端游弋时是神闲气定的，一旦猎食，却是气势惊人。我看过一只鹰，为了追捕一只负伤的小鸟，竟追扑到马路上，差点给汽车撞死，而司机也给猛然一吓，几乎出事坠山。

鹰的子孙们在互相追逐搏击时，比现代化战机的空战场面还要惊人，它们在你头上不足三尺处互斗，扇起摄人心魄的翼风，而尺把长的羽毛就在你面前击脱。我想，它们要是用这样的气势袭击人类，人类将如何抵抗？

无论从毛色、钩嘴、利爪、锐眼和体形上看，鹰是威猛的；但鹰的叫声却幼弱可怜，一如婴孩。

数千年来，鹰被无数人歌颂。我独厌弱肉强食的鹰。

1985.3.12

坐山雕与鸢肩鹰爪

鹰、鸢、鹫、雕等，同属于“猛禽类”。

查字典“鸢”字，“上颚钩曲而被覆下颚，上体几全褐色，微带紫，头顶及喉部白色，两翼黑褐色，腹部淡赤，尾尖分叉，四趾皆具钩爪。天晴朗时，常圈翔高空，历久不停，其翼甚大，飞时不甚振动，若静悬空中然，视力锐敏，有所搏击，则自空疾下，常攫取蛇鼠鸡雏等，亦嗜食腐败之肉，俗谓之鹞鹰，又称老鹰或老雕。茶褐色亦称鸢色，以其色似鸢也”。根据字典描述，我们日常在港澳上空所见的“鹰”，应为“鸢”，亦即字典所说的“鹞鹰”、“老鹰”、“老雕”，我们口头上叫的“麻鹰”。麻是黄褐色，与“鸢”色相同。

但字典描写的“鸢”，毛色似乎“缤纷”了些，与我们所见“麻鹰”一色的褐，大有出入；而“头顶及喉部白色”，乃是美国国徽、濒临绝种的国鸟——金鹰。我在香港看鹰看了五年，还未见有“白发齐颈”的鹰。再查“鹰”字，拉丁学名与英文名均与“鸢”不同，所以“鸢”不等于“鹰”。我们就把它们拉扯在“表姐妹”、“堂兄弟”的亲属关系里，来勉强解决这个“鹰”、“鸢”的纠纷吧。“鹰眼”、“鹰嘴”、“鹰爪”、“鸢肩”（两肩上耸如鸢），加上“圈翔高空，历久不停”的双翼，上天对这类猛禽真是赋予甚多。但何以叫声却如此凄楚柔弱？——难道这种“缺憾”，也是诱敌的天赋？

1985.3.12

麻鹰捉鸡仔与勤王

早在孩童时期便对鹰没有好感。

玩“麻鹰捉鸡仔”，年纪最大、性情最猛的总爱自荐做“麻鹰”，女孩子、排行最高的，自自然然便站到了前面，成了保护雏鸡的母亲；我呢，年纪最小，个子最矮，躲在鸡行的行尾，也是最先遭殃、领略“鹰爪功”味道最多的不幸仔鸡。

玩这种剧烈游戏多在晚上，玩完了去睡，在梦中仍不得脱身，所以对鹰的第一印象就是可怕。

后来看了很多“勤王武士”之类的英国电影，那奸的一面的贵族，常养了鹰去袭击、伤残对手，更对鹰增加了恶感。

看过一部纪录片，有一节是鹰扑杀珍珠鸡一类在地上活动为主的鸟类，只见一圈白毛升起，鹰已杀了猎物；及至另一只鹰要追杀另一只鸟，这鸟竟然奋起，啄下鹰腹的一团毛，把鹰隼吓退了。这以弱惩强的镜头，真使我看得开心。

往年，九龙佐敦道横街，有专卖野味的档口，常有笼中鹰、笼中鹫可见，尤其是秃鹰，落魄猥琐之外，空余一对无神大眼，再无一点狰狞霸气了。曾询问过鹰隼有何用途，卖鹰者言：用来炖天麻，可治头风。以“威风”治“头风”，确也玄妙。

当然，一弊必有一利，鹰隼凶猛之外，也不是无益的，它们善于捕杀蛇鼠，从而在生物环中，把蛇鼠控制在一定的数目上。

1985.3.13

遍布毒蛇的中学校

中学的母校在郊区，所以有很多蛇。

教历史的温老师是个背部微弯、行动敏捷的长者，那时候他已经白发满头，再也找不到一条黑发了。他曾在课室里告诉我们：这里的蛇真多，有一次我清理宿舍，要把书台下安放的一叠报纸搬去厨房，报纸下面垫了两块防潮用的红砖，岂料报纸抽起，两块砖之间的空档，正盘睡了一条眼镜蛇！——要不是这小伙子正在睡觉，我这条老命怕就没了！

（温老师是个老顽童，爱看小说，特别是爱情小说，他介绍《灰衣人》，男主人翁有两个女友，大家都以为他的未婚妻是校内的两个女友之一，到头来，他的心上人却是学校以外的。我受这本书影响，当时从不把校中的女同学看在眼里。中三毕业那年，他回乡去了，说是“落叶归根”。要是健在的话，今年该有九十多岁了。）

学校太大，一半租给别人做耕地，另一半做体育场。操场与耕地之间没人理，长了高高的野草，我们玩捉迷藏，就躲在长草里，有时，人伏在草上，蛇就伏在你身旁。

除了操场，校中还有一角设有双单杠、沙池。沙池可做跳高跳远之用，往往跳高跳到一半，或是三级跳跳到了第三级，人在半空中，才看见一条间黄间黑，或是间银间黑的蛇在沙池上游走，跳高者或跳远者就狼狈不堪了！

1985.3.14

飞鹰毒蛇黄狗相斗

一天中午，草丛中沙尘滚滚，有鸟叫声有狗吠声，叫声都非常惶急，一位高年级的同学跑过去，看见鹰抓了蛇，蛇缠了鹰，狗却又咬住蛇尾不放，便顺手捡了条树枝，向企图脱身的鹰打去。鹰本来被蛇咬了一口，中了毒，被这迎头一击，便不支倒地；蛇也受了重伤，跌在地上翻腾着。结果一棍打下二物，制成了“鹰蛇斗”的标本。

（以后每有鹰、蛇标本，均作相斗之状，可见这种现象相当普遍，就不知道有没有我们校中的标本那么真实。）

（又，这同学姓谭，画得一手好漫画，我以为他会在漫画上发展，却不料进入银行界，成了胆要大心要细的押款员。）

由于入学人数激增，学校发展得异常迅速，校舍盖了又盖，加建又加建，原有的场地已不敷应用，校方便只好通知务农的那户人家迁出。几经周折，才得收回那半幅土地。当教务主任宣布，准备由同学们自己动手，把运动场填起来，全校都欢呼了。因为气力有地方发泄，那段日子是有意思而令人兴奋的。草场的一角是乱石岗，堆叠了一大堆花岗石，上面蔓生了牵牛花和有刺的臭树，而最麻烦可怕的就是里面藏匿的蛇。蛇真是多，有黑的，有黄的，有灰的，有黄黑相间的，有黑白相间的，有花腰的，有青身的；还有长尾巴、四只脚、会变色的“蛇舅母”。

1985.3.15

传说会复仇的毒蛇

蛇群之中，有“眼镜蛇”，和后来才知道名字的“金脚带”、“银脚带”，恐怕还有“过山乌”，都是最毒的蛇。但那时不懂蛇之名，不知蛇之毒，反而一点儿也不害怕。

但最怕一种蛇，这种蛇体形不大，一抽开石头却空群而出，四方八面游窜。高个子的同学认识它们，称之为“七姊妹”。

听同学们说，这种蛇很毒，而且合群，不打便罢，一打便要七条都打死，才没有“后患”，否则剩下来、逃跑了的，会找人“报仇”。听得我毛管直竖。

刚巧，学校四周又长满了状如玫瑰、茎有刺、花开起来一簇簇、异常灿烂的“七姊妹”（蔷薇）。把这个名字与四窜的蛇群一比拼，更觉花的诡艳与蛇的恐怖。但我查字典“七”字，七字条下“七叶树”之后是“七曜日”、“七宝烧”（景泰蓝制法），一跳就是“七七事变”，并无“七姊妹”之条。所以至今不知“七姊妹蛇”为何物，有毒无毒，学名叫什么。另一种令我犹有余悸的，是一种蛙。这蛙与别不同的是，由头至背部尾端，皆是草绿色，恰似覆盖了一片鲜叶子在它身上，油光闪闪，很是可爱。我不知死活，伸手就要去捉，衣领却给一只手抓着，原来是专管学校花草什物的黄伯。他警告道：“这是身有剧毒的‘青面鸡’，千万捉摸不得！”我不禁倒抽了一口气，想不到如此漂亮的东西竟是毒蛙！

1985.3.16

形如蚯蚓的铁线蛇

另一种值得一提的是“铁线蛇”。这种蛇我一直只是听说：铁线那么粗，铅笔那么长，踩之不死，剁之不烂，一如铁线。

那次开发操场，终于发现了“铁线蛇”，它果如粗铁线一样，灰黑色，却只有铅笔一半那么长，极似蚯蚓。因有“踩之不死，剁之不烂”的传言，便在泥地上踏着它，把身体的整个重量压下去，做做实验看。脚抽起来，铁线蛇果然不死，只是满地打滚；不过，把它放到混凝土地上，踏着它擦擦磨磨，它还是会死的。

把蛇身的灰黑颜色擦下来，放到眼前细看这小蛇的尸体。我发觉这蛇一样有鳞状的蛇纹；再用铁铲把蛇切开，亦发现它不外也是血肉之躯。它“难死”，可能是它的身体滚圆，而且体积小，不易受力。这种蛇太过袖珍奇妙，样子又不可怕，我好奇心起，有一次竟把它放在小长条的玻璃瓶里，作为“宠物”般养起来了。

“观察活动”自然放在上课时间。由于有玻璃瓶身阻挡，人与蛇之间各各有了个保护罩，我就把自己变成了“大人国”中人，面对面地看着这条小蛇。——起初没有什么，及至它以电光的速度，闪出了一条幼如发丝的、分了叉的长舌，我才意会到：这是一条身体虽小却五脏俱全的、真真正正的蛇！

请注意的是：曾有两个去过郊野的人，突感不适，入院后其一迅即死亡，死因是全身内出血，疑是被铁线蛇所咬。

1985.3.17

铁线蛇是否能杀人

铁线蛇咬人致死一事是这样的：一对夫妇驾车入新界，妇人回家之后觉得很不舒服，腹痛，其夫立即送她入院。问她吃过什么可疑食物没有，回说没有，不久即昏迷、死亡。

昏迷期间曾验血，死后曾解剖，血与肠胃均查不出中毒现象，死因是“内出血”。

两日后，一个小童去郊野旅行后，感到不适，入院，说腹痛，并说曾给“铁线蛇”咬了一口脚板，医生马上给小孩注射血清解毒，救回一命。但想及两日前死亡妇人之入院症状，与小孩相同，所以怀疑妇人是在新界旅行时，给铁线蛇咬了一口而不自觉。

当然，这纯属“怀疑”，且由旁人转述，做不得准，但写出来提请读者及父母们注意，免使无知少年学我当年一样，捉铁线蛇来玩。

其实要试验铁线蛇有毒无毒，倒是不难，只要捉只老鼠去给铁线蛇咬一口，看它事后死不死就知道了。——不过小朋友们千万不可轻率尝试。（读者们如熟识七姊妹蛇、铁线蛇及青面鸡的，请不吝指教，惠及读友。）

有关“青面鸡”，几年前我在港岛山顶公园发现过一只，也有个小孩要去捉，轮到我抓他衣领，劝他不要。

但当我要“除害”时，一位长者却说：“此物虽毒，却能治皮肤病，放它一条生路吧。”在下当然遵旨。

1985.3.18

“过树榕”能够过树吗

“七姊妹”固然可怕，“青面鸡”固然可怕，然而另一种蛇更可怕，那就是大名鼎鼎的“过树榕”。

听一位年纪稍长的同学说：“过树榕”大名之由来，是因为这种剧毒无比的蛇，能够身不贴地，由一棵榕树，飞身而过，冲扑到另一棵榕树上。

说时，我们正在一大列榕树下走过，听了这种解释，颈背不禁一阵冰凉。

怕的是：“过树榕”在过树之时，过到一半，气力不继，掉在我身上；又或者，蛇老兄患了近视、散光，拿我作树，飞缠在我身上，发觉所缠的是暖乎乎的人而不是树，慌慌张张地咬一口，才“蛇曳残毒过别枝”，那就倒霉透顶了。

蛇有可怕的一面，也有可爱的一面。令人食指大动的蛇羹，就是其中的一样。

蛇羹的好吃，在于它本身的鲜甜之外，还有鲜菊花、柠檬叶切丝和脆麻花之类的配料，集野、艳于一身。倘若蛇肉嫩滑、充足，鸡柳少，火候到家，另加松脆榄仁的“炒蛇丝”我也爱吃。鲜、香、熟、脆的酥炸蛇丸，倒是一流的下酒菜。

不过，我已经两年没参加任何“蛇宴”活动。——闹哄哄、土里土气固是食蛇的气氛；不过过分的吵嚷与个别宾客的放肆也破坏吃蛇的气氛。

何况，千篇一律的例行菜式，未免也耳熟能详得令人生厌。

1985.3.19

蛇不犯人人不犯蛇

经常有人自告奋勇，要与蛇共处一室，希望创一个“人蛇共处”的世界纪录。

这大抵可以证明：蛇主动咬人的可能性其实很小。

既然蛇不主动咬人，而每年死于蛇咬的人又为数极少，那么，我们人类何必要无端端打蛇、杀蛇？

是否可以定下这样一个原则：蛇闯到了家居，或在家居附近，对人类或牲畜的性命有所威胁时，我们才打蛇；在郊区，与蛇相遇，除非你是有意拨草寻蛇的“蛇王”，否则，在你不想吞蛇胆，又无意食蛇肉之时，是不是可以做到“蛇不犯你，你不犯蛇”，各行一步？要知道，你出来散步，它也出来散步，在大自然中，人与蛇应该是地位平等的。

自从我知道了蛇的种种价值之后，像在学时随便乱棍、乱锄打蛇的傻事，已早知悔改。想及当年打杀那么多矜贵的金脚带、银脚带，杀蛇又无所用，真是罪过。

“悟道”之后只打过一次蛇，那是“青竹蛇”。原因之一是对青竹蛇十分忌惮而又从未谋面；原因之二是它很毒，却又未闻它的胆可吞、肉可吃，“效用不明”。那次事出匆忙，见一条尺半长、比竹蔗还粗的鲜绿色东西由竹林跃出，飞蹿着要横过马路，便夺过花王的铁铲，拦腰斩下去，把蛇打得重伤，却还是让它逃入林中去了；我亦因紧张过度，用力太猛，自己震裂了虎口，鲜血直淌。

1985.3.20

丢弃蛇胆的捕蛇客

朋友李君爱捉蛇。爱捉蛇的原因，并非是他深谙蛇性、蛇毒、蛇药，一如本地称为“蛇王”的专家；也并非为求两餐拿去卖；更非贪玩求刺激。——只为他工作的地点是终年云封雾锁的山区，他知道蛇可以驱风治湿，便捉蛇来吃，一年例要给他捉吃十来二十条。他说：“不吃蛇，这副老骨头挨不下去。”同事们都说：老李真会吃蛇。然而蛇到了他的手上，先斩首示众，然后连皮连胆都不要，干要那副肉。他是在浪费蛇。

他捉蛇的工具是一把铁叉一张刀，谁告诉他有蛇，他就提了刀叉跑去，对准蛇颈一叉，叉尖陷进泥里，蛇就给箍在叉缝里，动弹不得，只会昂头张口。他手起刀落，蛇头给斩脱了，那副蛇身就是他的战利品。有识货的人偶然遇上这个“捕蛇者”，知道那蛇是个好品种的话，要给钱请他“让”出蛇胆，鲜吞。他说：“我不要蛇胆，只要蛇肉，你要，拿去吞，不要钱。”欲吞蛇胆者，倒给这位捉到鹿不要角的傻子弄得莫名其妙。有一次我到山区探他，和他边喝酒边剥花生边下棋，总觉着棋盘下面的苹果箱有东西在抖动，便问他：“有老鼠？”他摇头，若无其事。我忍着。终于，饭锅盖咕咕地响起来了，我说：“明明有老鼠。”他说没有，且把一个大铝锅拖出来，揭开盖子给我看：“是蛇。一小时前捉的。”那名为“蛇”的东西没头没脑没皮，赤裸的身子还在不停扭动。

1985.3.21

有龙者象的大蟒蛇

早几年去泰国，参观过座落曼谷市中心的“蛇园”。“蛇园”里不但分别饲养着各式各样的蛇，还分池饲养各类鳄鱼。

当我们走过一个大玻璃橱窗时，管理员通过翻译说：里面是一条长若干、重若干、年纪若干的大蟒蛇，它这几天不大舒服，但欢迎各位抚摸。所谓“若干”，是那些数字我都忘记了。

那蛇的身体有少年人的大腿那么粗，它的皮肤在阳光的照射下，泛着紫蓝色的光泽，隐隐然有“王者”之气象。——有人说，这样的蛇该是“龙”了。

包括女团友在内，每个人都抚摸过它。那时是暑天，接触到它冰凉的肌肤，倒也有舒服感。

管理员说，狗喜欢被人搔胳腋窝，猫喜欢被人搔耳背，牛喜欢被人拍肩膊，马喜欢被人拍屁股，蛇则喜欢被人抚摸尾背。

如此说来，大蟒蛇虽然“抱病在床”，仍然得到旅行人士的亲切问候。

小时候听人家说了不少大蟒蛇的故事，有说吞猪吞羊吞人的，看“蛇园”里那条大蟒，要活吞一个小孩，恐怕毫不困难；至于说海南岛开发时，两个农民去山头开荒，掘了老半天却掘出了一摊血，原来那是一条巨蟒盘睡成一座小山，蟒给惊动，吞噬了一个农民，另一个急急去请军队开炮，才把巨蟒轰毙之类的故事，则是“纯属虚构”的吧？

1985.3.22

蛇皮与川剧《白蛇传》

蛇每年都会脱皮，念大学时，宿舍靠近山边，晨早出门，每见一副二副的蛇壳，在树下，在梯上，甚至在行人道上，由于屡见不鲜，既不知道它可药用，也没想到“蛇皮脱多少”，也就若无其事，处之泰然。

蛇皮是有趣的，我那位捕蛇的朋友，每捉到蛇，就把蛇皮张晒起来，拿回去给儿女玩。

他送过一个蛇皮鼓给我，我怕鼓声吵耳，转送了他人。

如今他的儿女大了，都不玩蛇皮了，他的蛇皮没处去，只好劏一蛇丢一皮，都浪费了。

但如有人向他订购蛇皮，回去制造蛇皮皮鞋、蛇皮皮带、蛇皮银包、蛇皮手袋，倒是互利。

我们去菲律宾时，曾买了一圆一方两个蛇皮银包回来，可惜太太大意，失了个圆的，只剩下个方的了。

蛇是冷血动物，但艺术家们给了它热的血和火样的感情。

流传民间，广为传颂的《白蛇传》，正是一个很好的例子。

四川剧团往港公演时，《白蛇传》的人物，更有突破和更有深度：剧本把丫环“青蛇”说成是追求白蛇的堂堂男子，后来知道白蛇心中另有所属，才化为丫环护卫在侧。

所以青蛇在武戏处理上是男性，在文戏时是女性。爱而不私，爱而不恨，倒比我们人类伟大了十倍。

1985.3.23

蛇胆真能治风湿吗

蛇胆越卖越贵。去冬在街头看人卖蛇，一副“过树榕”的胆，索价百元。围着想吞蛇胆的，都是七老八十、面黄肌瘦、眉心皱起，一副副被“风湿”折磨得左酸右痛的老骨头；而等着别人交易成功，便可以以二十块钱买得整条蛇肉的，则是三四十岁、一个个知悭识俭的主妇。

有一次去上环，经过一间蛇店，看见店前停了辆名贵房车，一个保养得很好的穿长衫妇人，正搀了一位衣冠楚楚的长者，在耐心地等待吞胆。于是驻足。只见蛇王在蛇的中腹处，用刀轻轻一划，裂了指甲大一个口子，左手一捏，蛇胆便出来了，他右手起出了蛇胆，左手仍把蛇放回笼子里，回身把蛇胆挂在绿豆青碗的碗边，腾出手来斟了小半碗双蒸在碗内，晃个圈，倒了；再斟半碗酒，拿蛇胆在酒里挤压清洗一下，泼了酒；最后，斟了小半碗酒，让蛇胆滑入酒中，双手递给长者。长者一仰头，连酒连胆一并吞下。卖胆者与吞胆者，双方都同样熟练。我有意思想吞一副，始终提不起勇气。——还是卧薪尝胆的越王勾践能成大事。蛇胆是否真如传说中那么有益？查《本草纲目》，一般说明：蛇头有毒，蛇肉无毒或小毒，蛇胆无毒或微毒。以“金脚带”、“饭铲头”、“过树榕”三合一的“三蛇胆”说明：“则可治风湿性关节炎、瘫痪、气管炎、消化不良、神经衰弱等症。”从我们南方患风湿的人越来越多，而又屡医不治来看，“蛇胆”似乎并不那么神奇。

1985.3.24

珍惜林木

前人种果后人收

夜看新闻，美国又发生森林大火了，飞机虽然投下威猛的灭火弹，但执笔时，火势还未受到控制。希望林火快点熄灭吧。

我一直鼓吹“前人种果后人收”：把一棵果树种下去，眼前得不到好处，绝对没有关系，只要它能开花结果，后人终能尝到美味的果实，那就好了；或者，后人走路走得热了，来到你所种的树下乘凉，得到片刻的荫蔽；甚至，它能在那根生土长的一角，增添了一份天然的景色，那就是你无声地给了后人、给了大自然的一分恩泽。

眼光不要那么“远大”，脑子里不要那么势利，别斤斤计较于：这棵树是我种的，那棵是孔子种的，这棵是孙中山种的，那棵又是谁种的。

谁种的，都没有关系，只要肯种就是。

少生一些人，多种一些树，地球会漂亮些，环境会可爱些，空气会清新些。

香港刚刚相反，人太多，树太少，空气太污浊。

二十年前，跑一天街，鼻孔会发黑；如今，在外头跑两小时，鼻孔就黑了，呼吸就不自然了。

验尸官要在香港人的胸膛里，找一个粉红色、漂亮的肺，怕是不可能的。

我是喜欢种树的，可惜香港没有地方可以种树。可惜肺部不能种树，否则我会在左肺种棵银杏，右肺种棵相思。

1985.9.16

林木愿君同珍惜

1979 年 8 月，听说有人故意纵火，欧美各国都发生了猛烈的森林大火。

听闻这种消息，就想对纵火者质问一句：何必做出这种不利己又损人的愚蠢勾当？这火，既毁了国家资财，又坏了本土风光，真是何所为而来！难道树木也犯了你、惹你厌不成！

“十年树木”，如今刚刚过去五年，不晓得当年在法国、葡萄牙、西班牙、美国差不多同时发生的森林之火，扑灭之后，有了勃勃生机否？鸟兽昆虫重获栖息繁衍之所没有？

“绿化”，不但可以让各种各样的动物有栖身之所，而且有保护水土的作用，有美化环境、美化地球的作用，同时，在光合作用下，对我们所需的氧气、所呼的二氧化碳，有吐故纳新的作用。因而，“绿化”早已是世界性的大课题。

孩童时代，并无真真正正地去爱过树木，因为那时候的树，无须人类喜爱，也能健康地成长。那时候也没有爬树去偷摘果子吃，那并非出于对树木的爱，而是自己胆子小，兼且没有爬树的本领。有的只是一种天然的感召：不要去破坏树木，花草树木是人类的朋友。

有意识地去爱护每一棵花草树木，去爱护每一片有生命的绿，是到了香港之后——那是因为香港太过“寸草不生”的缘故。

谁愿意一个城市光秃秃的，缺少红花绿叶、了无生趣呢？

1985.9.17

努力绿化城市的人

香港有个“渔农署”，渔农署辖下有个林木组，这个组不但“种”树，也“锯”树，把飓风过后倒下的树加班加点清理掉；也“修”树，和人们理发一样，把长态不佳的枝叶剪掉；也“找”树，派专人往山头野岭，找寻稀有品种或是气宇不凡、有型有格的树加以移植、栽培，中区遮打公园的某些树，就是这样移植过来的；也“殖”树，就是剪枝分株，培养出千千万万的树苗，分植到各地；也“买”树，由邻近地区买入各类长成的树；也“换”树，与外国交换树苗，种出友谊之树。这是官方的绿化工作。民间呢？——弥敦道美丽华大厦兴建时，为了迁就路旁一棵细叶榕，水泥雨檐特别为它开了个洞；港岛的南洋戏院大厦，也为门前的树而特别设计；坐缆车上山顶，途经麦当奴道，有座大厦的停车场，也为三数棵树而穿了一层又一层；地车中区添马舰地盆内，当初百年老树林立，在“清场”之时，工程师们也小心翼翼，把那些不妨碍工程进行的树，都一一保留下来，每棵树都加了保护罩；旧“差饷物业估价处”身旁的一条汽车天桥，当年设计，工程师也费尽心思，才尽可能地把原有的几棵大榕树保存下来；筲箕湾中心对面的东区走廊工程，亦挽留了两棵石栗……对他们的努力，真有说不出的感激：一树一木，要在如此挤迫的混凝土森林中挣扎图存，是何等不易！倘若没有官方和设计家们的爱心，它们的命运是不可想象的。

1985.9.18

不重视绿化的表现

看香港的市容，就知道完全没有“城市设计”这回事，现在有了，又未免迟了些。

香港岛的马己仙峡道、薄扶林道、般含道、威灵顿街、皇后大道、德辅道和九龙太多街道的狭窄挤迫，就知道香港是如何的“一向”不重视绿化。

在绝大多数人车争路的情况下，我们能期望在道路两旁植树吗？

湾仔的海旁大道很像点样了，树也种起来了，却是种得太少；特别是路中心的一长列，种假槟榔不及白千层、红千层好，而且太疏落。假槟榔徒有树之名却无树之实，红白千层则横枝少，落叶少，不怕水旱台风，易种易理，是极佳的“马路树”。

香港环境不可能种上一排排有气势的树，“分点法”，尽量利用土地空间（不碍车辆不阻视线），来种上一棵半棵，应该是可行的。

每年，进入深秋以后，“黄色”、“红色”火警危险讯号就会天天挂，野外活动的人，一不小心留下火种，把一大片一大片的郊野树苗烧去，事后发言人就会说“烧去林木多少万株”。这当然是个触目惊心的数字。然而，负责植树的人，并不全都认真负责，运出去种的树苗一千株，种下去的可能只有四百株，其他六成几经辛苦栽培出来的树苗，就会被一箩箩倒进密林深处、山坑、崖下，让它们夭折、暴毙。让这些人来绿化，的确可悲；植林数字由这些人报上去，烧毁的，可能要少得多。

1985.9.19

怎样辨别香港市花

翻开小女儿的“自然”课本，有一张图片说明写着：洋紫荆（羊蹄甲）。

我问女儿：“老师怎么说？”“老师说，‘洋紫荆’即是‘羊蹄甲’。”

我告诉她：“洋紫荆”不同于“羊蹄甲”。

“课本是这样说的，难道你比课本还要强？”

“课本是由人来编写的，人总会有错。我们成年人有句话说，‘尽信书不如无书’，就说明‘书’也有错误。不过，作为‘课本’，是向学生灌输知识的书，就应该尽可能地完美、正确。这本书的出版社犯了错误，应该负上责任。”

早年，曾请教过一位花王，他说：洋紫荆与羊蹄甲外形极似，一般人的确是很难辨认，但如果你明了个中要诀，不但保证不会搞错，而且，日后欣赏这两种树来，还会觉得特别有趣。

洋紫荆的叶较大，色泽较深，叶端的裂嘴较显著。羊蹄甲的枝条较粗硬，向上；洋紫荆的枝条相对地较软垂。用硬物或指甲去刮开一点点树皮，洋紫荆呈现较青绿，羊蹄甲的内皮较暗。

花方面，洋紫荆的花只有纯紫色一种，朵形较大；羊蹄甲的花较小，色较浅，称为“宫粉羊蹄甲”。白花羊蹄甲是宫粉羊蹄甲的变种，所以凡有白花者，不必理会其他特征，一定是“羊蹄甲”。

1985.10.5

茂盛树木被人谋杀

晨运是一种老幼咸宜、有益身心的运动。

香港的晨运人士，因时间、工作与体力的不同，而分长、中、短程。

港岛方面，长程自然由山脚上到山顶，短程则选择动植物公园。

湾仔区有条路程颇佳、游人众多的中程晨运线：由湾仔肺病医院对面的坚尼地道到油站，斜路上宝云径，一边往“因缘石”，一头抵“宝云道花园”，同程向东，落湾仔峡道，由大道东湾仔邮局出。

“因缘石”处，每日有热心人义务煮水泡茶，免费供应晨运同道，每月农历逢六，游人更多，为求“因缘”也。

除步行往“宝云道花园”外，还可以由中环坐十七号往扫杆埔的单线循环巴士，至宝云道下车，步行十分钟即可抵达。

园内的花草树木，“早”为晨运客输送新鲜空气；“日”为附近的学生提供良好的体育环境；“夜”为情侣们山盟海誓作见证。

可异，园中的九棵印度橡树、两棵洋紫荆，一夜之间，竟然被恶作剧的人，在离地三尺左右，整整齐齐地铲去了一圈树皮。

起先，人们还企图挽救这十一棵种植了多年的大树，可是，支撑了两个月，树木们终于因脱了皮而叶黄脱落，凋谢了，只得忍痛锯去。——这，已是多年前的事，未知那位谋杀树木的凶手，内心可曾愧疚。

1985.10.6

毕业廿年

光阴似箭日月如梭

“雁哥，还认得我吗？”电话里传来一个男低音。

“你是球兄，怎么不认得？”大家都笑。

“毕业二十年了，澳门同学说要专程来港搅一次聚餐，问你参不参加？”

二十年了！是二十年了。读书时，国文老师爱拿“光阴似箭”来讪笑一些俗套而缺乏新意的文句，然而，此情此景，不用“光阴似箭”，似乎没有适当的话可以形容。

我把流湍着的光阴，泼一点点入电话筒中，仿似二十年前约会的兴奋，“我一定参加。”

热。下班时，衣服已经湿了大半。回家洗了个凉快的冷水浴，穿一套便服，出门。

和二十年前一样，早到的依然早到。我们围坐着谈别后，谈国非，谈国是，谈儿女数目，谈儿女教育，也学着古典戏曲、粤语残片笑语着为儿女“对亲家”的事……

八时了，那些习惯迟到、品性难移的，才陆续登场，被我们这些调皮鬼一本正经地指名道姓，罚这个抄书，罚那个留堂，罚穿西装的写悔过书，罚蹬高跟鞋的站立，在班主任教导主任面前，肆无忌惮。

一些在商场中有酬酢往来，学会打麻将的，更不以“同学”相称，而以“书友”（输友）相叫了，弄得那些纯情的，不知他们在开些什么玩笑。

1985.10.8

二十年春光倏忽去

个别同学，是毕业廿载，未曾见一面；有些虽曾见一面，也是道左匆匆，交深言浅，打个招呼罢了。

廿年前，个个都是十多二十岁，精旺力盛的小伙子，“十年人事几番新”，“廿载人事几番旧”，小家伙如今都变成大家伙，再过廿年，就成了不折不扣的“老家伙”了。

二十年前，学校彩旗招展，歌声悠扬，早上我们举行了隆重的毕业礼，拍了毕业照，下午进行了多种球类比赛，晚上聚餐联欢，个个一声声干杯，一声声珍重。惜别依依，离情是有的，伤感则绝无。其中一位姓庄的同学提早退席，乘夜船往港报到上班，成了第一个就业的人。另一位孙同学，忠厚朴实，毕业不几天，就由父母授命结了婚，成了班中结婚的第一人，并且家学渊源、子继父业，做了中医兼药材铺的老板，如今已是六个儿女的父亲，且快要荣升家翁了。——然而班中尚有五六人，至今依然婚嫁无门呢。

班主任与教导主任是夫妇，我们去他们家中开会时，孩子们还小，如今，主任俩已抱孙了。为了这些变迁，因而有人认老，但男儿爱俏不认老，硬说“男人四十一枝花”，嘴是这么说，可惜面皮不认账。一位貌似潘安的钟姓同学，廿载重逢，已是两鬓侵霜，身体发胖，一派银幕上“华探长”司马华龙的样子。但也有青春如故，甚至青春有加的特殊例子。——同是用“光阴”这个牌子护肤的，“却有幸有不幸”。

1985.10.9

忆同学少年多抢食

觥筹交错之际，有人问:“下一个‘二十年聚餐’在何处？”我说:“仍旧选这间酒楼这个厅嘛，不过，到时可能要请老板多预备一排铁架。——用来挂放拐杖啦。”笑声中，大伙都反对廿年一叙。

于是有人提议十年一叙，有人提议五年一叙，有人主张年年都叙。

每年一叙似乎频密了些，因为在港谋生的人多，很难叫人多的去迁就人少的，而每年要那七八位留澳同学风尘仆仆地往来一趟，又实在不合理。争议下来，始终没个定论。提出十年一叙时，菜已上了一半，我指着将要搬走的烧鸡对会长说:“十年后点菜，叫半份就够了。”他问何解。我说:“四十岁不到已这么小量了，五十岁时还吃得下吗？”

因而话题转到了食字，由今日的“小食多滋味”，谈到往日的“食得是福”：同学少年，凡有喜庆日子，就有歌有舞有灯谜有游戏，压轴例必是甜丝丝的“糖水”一道。那费用是预早收的，每人五角。当晚，人人梳洗整齐，另带搪瓷口盅、匙羹各一。糖水自有“入得厨房”的女同学负责。一声“吃啦”，那自备的口盅匙羹就派用场了。胃纳大的，有个绝招，先来半盅，易于搅凉入口，再来满满的一大盅，慢慢吃。

佩服那些连尽四五盅滚热烫喉的“莲子百合红豆沙”的人，他们的口腔肠胃，必有抗高温的先天装备。

1985.10.10

群英齐叙出类拔萃

按照毕业人数作比例，到会的人未免少了些。

往日，生活困难，父母能够供给子女完成小学课程，已算尽了教育的责任，有机会升读中学的百分比不多。我们竟要分开甲、乙班，每班接近七十人，算得上是澳门开埠以来的一个纪录。

学生来自不同的小学校，奇怪的是，讨论“社名”时，百多人竟不约而同，都爱上“雁”这种合群的飞禽。从此，我们由一个篮球场分隔着，度过了六年长的健康、快乐、多姿多彩的群体生活。

那段日子，在我们的生命里，是一段极璀璨的时光。

凑巧的是，前后几届都人才辈出，在外间比赛，夺了不少奖项；而我们社，则曾经获得全澳书法冠军、美术冠军、戏剧冠军及个人演技优异、篮球埠际男女子代表等，可谓群英齐叙，拔萃出类。

我是个不大爱好运动的人，“田径运动会”之中，何者为“田”何者为“径”，都弄不清楚。不过，班里却有两位杰出的高手。一是黄绍华同学的百米跑，破了澳门纪录，颁奖嘉宾马万祺先生特别送出一对金笔，着人乘夜刻名，以兹奖励；另一位是汪宏同学的标枪，一掷之下，仅次于广东省的省纪录，这个成绩，港澳两地，多年以来都未闻有人破得了。难得的是，两位体育健将都并非四肢发达头脑简单之辈，功课也好呢。

1985.10.11

人生有多少个二十年

拍照留念，预备，一、二、三！……我想起了二十年前。

在艳阳下的篮球场上，背面是参天的石栗，侧边是爽甜的杨桃和胭脂红的石榴，我们百多个全身雪白整洁，拿着结了红丝带毕业证书的同学，和全体教职员一起拍了照，也是“预备，一、二、三！”余音袅袅，“言犹在耳”。——二十年了，二十年前，担任摄影师的，是书法冠军世雅兄，想不到，二十年后，执机者仍是世雅兄。

“咔嚓”一声，只需一秒，但，相机快门经此前后一按，已历时廿载。相机的厚度不足四吋吧，想不到那暗黑短促的时光隧道，竟摄走了二十年的岁月！

人生有多少个“二十年”？

第一个二十年，占了四分一时间穿开裆裤、玩泥沙，其余时间是面壁苦读（兼单思、相思、三思）。第二个二十年，是“经济调整期”、“繁荣安定期”、为儿女买奶粉与换尿布期；余下的四分一，是在街头吸尘，等校车，带儿女上下课，过那“迎送生涯”。第三个二十年，临近“晚景”了，六十岁的人，到时能不能“聚餐”，已成问题，即使容光焕发，“翩然莅临”，恐怕也和病魔死神做过几番争夺战了，话题全是“取”字，不是“取胆取肾石”，就是“取景娶媳妇”。第四个二十年，能挨得一半，已是“古来稀”，再能长跑到达酒楼聚餐者，恐怕是全女班了——“秀色可餐”当如是解耶？

1985.10.13

一张旧照片的联想

往日载货、搬家用的运输工具，是两个大轮子的木头车，车有一码阔、三码长、一码高，除了轮子的外皮护以旧汽车轮胎之外，全是木做的；车由一条条木方组成一个透风的平面，如微微张开的手指。运货时，后面一个握着左右把手外，前面另加一个拉绳；物主则在旁边翼护着，遇有烂路阻轮，便帮着推，遇有杂物震跌便俯身捡拾。

有一次，学校要办大型展览会，组织了一班体壮力健的同学，用这种木头车把学校历年储存的文件，由小学部运往中学部，用以提供“学校发展史”的资料。

我们戏剧组排戏排得晚了，走出校门时已暮色四合，路上竟有一张照片，我意识到是搬运组遗下的，便拾了起来，一看，赫然是大哥的初中毕业照；转个弯，走到路尾，又看见一张照片，拾来检视，竟又是那款毕业照！我为这事怔忡了不少日子：为什么两张照片同时丢了，又同时落在照相者的弟弟手上？世事就真有这么巧！

于是，私下留了一张。灯下细看那不足二十名的男女，有适龄的，有年纪稍长的，但都是一脸稚气，双目炯炯有神，充满了青春和希望。这里面有我认识，也有不认识的。认识的，都已光华尽去，憔悴了；另一位世家子弟，则已妻离子散，那花园大宅，已改装成了教堂。其他的人呢？都像大风吹散的浮萍，在茫茫人海里，是浮，是沉？

1985.10.14

啊，那飞扬的神采！

而今，轮到我们拍初中毕业照，照片里的人，也都适龄，也都不适龄；也都一脸稚气，也都双目炯炯。只是，拍照之后，有一部分飞往别处，有小部分则在大伙起飞之后，才发觉他们不飞了，像一片羽毛，卷失在人海的漩涡之中，二十多年了，就此永不相见。

而今，轮到我们拍高中毕业照，照片里的人，稚气未除，神采飞扬，脸庞、胸脯、肩膊，甚至头发、眉毛，都由“青春”充盈着，一个个显得器宇不凡。眼睛朝着同一个目标，心，也朝着同一个目标。

五年后，校庆，大伙相约返校庆祝，晚餐前，和班主任一起在校门内拍了照。

当照片在手，灯下细看时，我不禁惊觉：相中人的身材是丰满了，衣着是光鲜多姿了，但那一个个失尽华采的眼神，和那憔悴的脸色，是何其相似，是何其熟识！

是了，是大哥那款初中毕业照中，我所认识的人日后容颜的再现。

——然而，这仅仅是五年罢了！那充盈的青春呢？那飞扬的神采呢？那不凡的器宇呢？

当希望破灭，信仰失落，一个二十出头的青年人，真会颓败萎顿至此？

我不禁蘸了笔，在照片后书写：

“怀着同一个理想离开，

幻灭多少个希望回来？”

1985.10.15

断鸿声远魂断蓝天

“李金笑过身了。”在医院化验室工作的班长说，语气平静。

“什么时候？”我问，也是语气平静。

“上个月。”

语气平静的原因，是我们都知道，她患的那个病，迟早要夺去她的生命。

早就听说，她患的是“红斑性狼疮”，绝症。边工作边治疗，拖延了七八年才去世，上苍似乎已经给予她足够的时间。她虽然比我大一点点，但今年也只是四十或四十一呵，何况有四分之一的生命要同死神搏斗。

她的名字很怪，我总爱笑她“见金笑，见银哭”，她总是忸怩地一笑，去打篮球，去踢毽子，或是去跳绳。她是班里的篮球代表，少说话，多上篮。

老师嫌我调皮捣蛋，有意编排我坐在她的旁边，冀望以静制动。初中时，我未发育，身子矮小，必坐第一行，而多数女同学已发育成少女，因怕她阻碍后排的视线，只好安排我们一对同桌靠边坐，这已给她委屈。而我讨厌被隔离惩罚，故意反抗，把一肚子怨气都发泄在她身上：桌子椅子都暗暗划了楚河汉界，稍越雷池，便用木尺打她大腿，用手指戳她臂膀。她只是摸摸惨受酷刑的地方，没有怨怼，甚至连一个不满的眼色也没有。

初中毕业，升上高一，不见了她。下课后探视乙班，也不见她。心里有说不出的落寞：她是少数散失的雁，不知飘零何方。

1985.10.16

安息吧早逝的雁友

她的头发棕黑之中带点金色，长年梳着两条草率的小辫子。她总是白衬衣蓝工人裤，朴实无华，是一个全身散发着乡土味、洋不起来的小姑娘。在我想象中，她日后会是个戴白军帽白围裙的纺纱女工。

有一年，我去医院，为护士们编排一个小型歌舞剧。在拱型长廊上，一位白衣天使向我微笑招手，走近一看，才意外地高兴：是她！李金笑。那一身白，穿在她的身上，犹如天鹅，特别匀称好看。

我在想，一只雁，栖息在这样的地方，多么宁谧合适。

翌日，我又到医院，又遇见她，怕失了机会，赶快提及同桌时给她刑罚的事，腼腆地向她道歉。她说："这许多年了，谁还记得这种小事。"

我像涤尽内心的歉疚而感到轻松，可是，万万想不到，"刑罚"动不了半点颜色的人，绝症却会这么早地隐伏在她的身上！

能说什么呢？——老父的一点积蓄，为她耗尽了。——丈夫也染了这个病。那么，儿女呢？会不会……家姑不断埋怨："是她传染了他！"站在同学的立场，她的家姑过分，然而站在母亲的立场，又怎能对老人家深责？

她丈夫也是个篮球健将，高大英伟，听说婚后待她不怎么好。但即使错在男方，如今眼看绝症缠身，却要折磨好些日子，这"报应"未免太重。以她的宽厚恕道，这肯定是她所不愿见的。

1985.10.17

同气连枝

浓雾弥漫中的联想

在砵砵响的汽笛声中睡去。在砵砵响的汽笛声中醒来。全身像给胶纸、绷带、封条包裹着；又像碱水粽、咸肉粽似的，给芦兜叶、荷叶和水草捆扎得胀胀鼓鼓、黏黏腻腻。

四肢不得伸展。所有关节都发霉锈蚀了。或者是：昨夜才用纱布蘸了过稀的胶水，急就章地糊起来的，动弹不得。

空气湿度高达百分之九十、九十七、九十九。

墙壁、地板、电视机、雪柜都出水，只有金钱，像抽湿机似的，缺乏应有的水分。难怪小巴司机说："膨胀了！不是银纸，是'通货'。"

对着弥漫的雾，真是睡不想睡，醒不想醒。

"暮霭沉沉楚天阔"，"'雾水'沉沉"呢？"'港'天"更阔。

平日，人墙林立，大厦林立，难有"万里无垠"的意境，浓雾来了，站在山头俯视港九，一片白蒙蒙，不见陆地，不见房屋，不见海洋；但闻雾海之下传来砵砵的轮渡声，和嘟嘟的汽车声。

世界阔大了，大得近在咫尺的"东方之珠"也看不见。距离远了，远得朋友相逢，谁也看不见谁。世界细小了，小得地球的另一半就在眼前。距离近了，近得反方向行驶的汽车，超越中线，撞在一起。

警号在响，谁也不晓得那是警车、消防车还是十字车。那刺耳的号声仿佛腾云驾雾而来。

1985.4.4

春天竟是这样可爱

春从大地走过。

冰封万里的北方，因为你，融掉了皑皑积雪，暖阳的手，又可以抚摸大地。

南方的草，因为北风，已经氧化，有的锈蚀成铁色，有的现出了铜绿，它们奄奄一息，肯定将要死去；是你，带来杨枝甘露，将它们的生命，从死神手里夺回来，为营地上合家欢聚的笑声，点缀一束小黄花，为公园学步的幼儿，垫上油绿松软的地毡。

差点儿窒息的蚯蚓，可以出来晒晒阳光、做做柔软体操了；尘封已久的居室，也有了力气打扫，看样子，不必勉强儿子结婚“冲喜”，就让他们慢慢去恋爱成熟。

草蜢、叫哥哥（纺织娘）、蟋蟀、草龙、金蝉和变色龙这个歌舞什技团，本来已经因为经济困难而解体，现在，金蝉爬上枝头，登高一呼，又都来了，欢聚一堂，会跳的翩翩起舞，会唱的拉开嗓子，会耍什技的——看，草蜢孙们不是穿得花花绿绿，怪模怪样地在翻筋斗吗？

青蛙、蛤蟆一对堂兄弟，既是什技家，又是歌唱家，更是喇叭手和鼓手，这郊野歌舞什技团少了它们，将会大大失色。

春从大地走过。

你迷蒙的雾纱，增添了三分妩媚。你绵绵的丝雨，洒绿了禾苗，洒绿了少男少女的心田。

龙牙树为你点燃生辰的烛光，炮仗花为你爆响鞭炮，杜鹃与红棉，首先为你呈献赞美之花。

1985.4.3

春天竟是这样可恶

春从大地走过。

你曳地的长裙，把积雪扫去，大地又现出毫不雅观的面目。

杂草已经枯萎，油头粉面的绿草，已给寒风折腾得不成样子，甚至脊梁亦已弯下，伛偻着背干嚎，它们已经奄奄一息，再折磨一下，肯定将要死去，这样，将会省去花王多少剪草的力气？省去农夫多少除草的麻烦？——是你，带来杨枝甘露，不分好歹地把它们救起。

蚯蚓本来在暖洋洋的泥土下面，食斋念佛，养性修心，是你用阳光和花香引诱它们出来，却教雀鸟们的利眼看见，赔了它们的性命。

草蜢、叫哥哥、蟋蟀、草龙、金蝉和变色龙这些天籁的艺术家们，本来已经告老归田，在小桥流水的故乡颐养天年，是你，用"惊蛰"，用闪电和雷声，把它们唤醒；还动员它们幼弱的后代参加表演。——蛤蟆和青蛙正在高声抗议：保护儿童，保护少年。

春从大地走过。

没有你洗面、擦台、揩身、抹脚的纱巾，人类的衣衫和鸟类的羽毛，又怎会那么黏腻？绿水和青山又怎会那么灰头土脸？龙牙应该用来雕刻，炮仗花应该留给孩子，杜鹃花和红棉应该留给中医，用以治理咳嗽和腹痛，何以为了你，都各各离了本位，跑来为你奉献？

稿纸湿了，炸雷吓了我一跳。都是你：春天！

1985.4.6

七十六年才来一次

每七十六年才回归一次的哈雷彗星，于 1985 至 1986 年跑近太阳，向我们做一次短暂的访问。

“七十六年”才回归一次，说长不长，说短不短，有些人一生也看不到一次，有些人却一生可以看到两次。

无记忆的观测是没有意义的。六岁开始，已有记忆能力，七十六年后，只是八十二岁。倘若六岁的记忆力不牢固，那么，十二岁对特别发生的事物的印象，该相当清晰了，这年纪看一次哈雷，七十六年后，还不到九十岁，很有机会再看一次。

一生人能看两次哈雷，与一次也看不到，比较少有；绝大多数是一生人能看一次，如我，或者加上你。

所以我不怠惰，不能让惰性对我说：“算了吧，有什么好看？”一懒，哈雷跑了，就再也没机会见面。

1985 年 1 月，当哈雷越过木星轨道后，迅速增亮到十七至十八等星的亮度，进入天文学家可以全面观测的时期；业余爱好者则要到 11 月，当它增亮到八等左右才有可能看见。

可是我一直找不到哈雷彗星。资料显示，1986 年 1 月 17 到 2 月 26 日的四十天内，在地面上无法观测到哈雷，我去找过，当然没有；1 月 16 之前，我仍然找不到。

儿子比我主动、积极得多，然而他要考试，我不让他过分热心。

父子俩交替着找，但哈雷似乎拒不见面。

1986.3.14

夜夜看天寻找星星

1986年2月9日，哈雷彗星通过近日点，这时离太阳最近，只有九千万公里，但可惜它被太阳的光芒所掩盖，所以看不见。3月份，哈雷彗星又重现天空，太阳升起之前它升起。3月份的头两个星期，拂晓前，是观测哈雷的最好时间。3月17日，它在人马座之东，亮度是五等。再过，北半球的人已不可能观测到。4月中旬，它又出现在傍晚的天空。

4月11日，离地球最近，只有七千六百万公里，亮度为四点五等，比3月份可观测的时间长。

（有作者在《举目看哈雷》一文中说“这个月份最接近地球，‘距离约九百万公里’”，有误。“明知”版《都市灯光影响，仰首难见哈雷》一文，说“一等星最亮”，也有误，最亮的是太阳，负二十七等。）

4月底，哈雷逐渐升高，光亮为五等，但受月光干扰。哈雷逐渐离开地球，五六月份仍可见，5月份的第一个星期，亮度为六点五等，无月光干扰，到月底又受月光干扰，往后，业余观测已极困难。

同一文中言：“三月初的亮度是四等星，而且位于摩羯座附近，这个季节，摩羯座白天才升起，因此看不到哈雷，直至三月廿一日，哈雷飞近人马座，凌晨两点便从东北方地平线升起，变成三等星，天亮之前可以看到。”这段话也有误。我看到哈雷，是3月5日和3月7日。

1986.3.15

终于看见哈雷彗星

香港是一个十分繁华的大城市，夜景之美，也是世上数一数二的，唯其如此，灯光的污染，也特别严重，这对天文爱好者而言，是一个很不利的因素。你要看天，天边一片红晕，多少星星，都在这片红晕中消失了。

近年也就少去“举头望明月”。但哈雷彗星不同，那是必得要看的稀客。前文我说“一直找不到哈雷彗星”，那是碍于月份不巧、天气不巧、时间不巧，多时又因为必要的酬酢与工作，分不了身，那才“找不到”。3 月 5 日，虽然寒冷，但天朗气清，看准了这个大好时机，我和儿子跑去石澳海边，挨了一夜，终于看到了哈雷。——与我们一同挨夜而毫无露宿设备的，还有皇仁书院一群天文学会的发烧友。我想，根据那个方位，我家的天台不可能看不见哈雷。于是我选择了 3 月 7 日，星期五，再上天台看一次。（老妻说，要看，星期六嘛，星期天可以睡晚一点。幸亏我和儿子都不同意，因为当晚竟刮风、密云、下雨。）

我与儿女四点半起床，四点五十分上天台，一找就找到！气温低，可能只有三度。

摩羯、人马与天蝎，成一个小弧度，几乎并排在蓝黑色的天幕上，一钩下弦月挂在摩羯与人马中间，哈雷大约以五等星的亮度，悬在摩羯座的右下方，如远处高山顶上的一支小型探照灯，大致可以辨别出彗星、彗发、彗尾。

要用小型天文望远镜。因受月光干扰，肉眼看，只隐约看到一团粉白。

儿子在我的影响下成了皇仁书院天文学会会长，又在全港观星赛中荣获金奖。

1986.3.16

缺乏缘分的父子情

父亲生于1901年，卒于1976年，享年七十五岁。在香港当年的男子平均寿命上，有岁数均给别人，也算是长寿了。

我和父亲的感情并不好，应该说，母亲和兄姊们与他的感情都不好。相应地说，他和姊姊较好，和我较差。小时候，高高的押店是我和母亲经常走动的地方，家里穷得没米下锅，经常要挨稀粥佐片糖过日。上学期的学费累积到下学期还未能完全清缴。雨天，不敢奢望有一把油纸伞，只敢抖着手写信给父亲，要钱买一顶竹篾做的大雨帽，然而，这最低的请求都不得如愿。我一直以为父亲的日子过得和我们差不多，所以没有一点怨言。后来，实在渡不了难关，母亲只好带了我来港，才知道他另外娶了人，生了孩子，生活比我们好得多。

毕业了，找不着工作，在家里吃愁眉饭。他说:“现在，你独立了，我没有再养你的义务。”我当晚就拣了几件破衣服去睡骑楼底。

看起来，父亲是个寡情薄幸的人，但他的为人却刚刚相反，是个既长情又厚道的老好人。他帮助过很多朋友，他照顾过很多亲戚，有一些，甚至是一生都依赖了他的汇款才能生活的。夫妻失和不应罪及子女，这是他的不当。

我婚后，他试图与我和好，我也试图接近他，但始终没有成功。分手时我说:“我是一个好人，你也是一个好人，然而我们合不来。”他同意我的见解。

1985.4.7

我又站在他的坟前

我是一个有强烈感情的人，也就受不得冷漠。父亲对我，显然是冷漠。所以，年轻时，我在心里暗暗发誓：老了，我不去照顾他；病了，我不去探望他；死了，我不去哭他送他。

然而，当我有了儿女，做了父亲，每当我半夜摇抱着啼哭的孩子，母亲就说父亲当年也是这样；每当我为儿女洗洗抹抹，母亲就说父亲当年也是这样；每当我紧张儿女学步，操心他们上学放学，母亲就说父亲当年也是这样；……每一样，都令我念及父亲爱子之心，以及呵护之切，竟致于令我解去怨怼的武装：老了，尽可能去探望他；病了，尽可能去宽慰他。

那日夜半，姊姊打来长途电话，说父亲病情恶化，我们正急急收拾行装，准备坐第一班水翼船赶去，清晨六点，第二个电话来，说父亲“去了”！

他脚板上生了癌，虽然有了三年长的心理准备，可是在那一刻，我的心里产生了遽尔失去父亲的大悲恸，放下电话，竟会不期然跪倒在地嚎啕起来。

跪倒在地的双膝关节，是受了“父子之情”的牵引吗？想不到，年轻时的誓言，竟抑制不了亲情的冲击，那神奇的举措，是无法用笔墨加以解释的。

冒着雨，我又到了澳门。冒着雨，我又站在他的坟前。“天下无不是的父母”这话并不尽对。但看着他墓碑上的遗照，我尽想着他的“是”，尽想着他的好处。他毕竟是我的父亲。

1985.4.8

眼部动了个小手术

视力一直非常好，每次身体检查，视力都是零点五。年纪大了一点，工作稳定了，不必再去考这样的试那样的试，自然不必再去接受颇严格的健康检查了。

年初，右眼肚内自觉有点发炎，买了眼药水滴滴以为没事，岂料越来越厉害，那发炎点居然结成一个小疮，阻塞了眼内的一条小管的正常活动，肿胀的程度，连骤一见面的朋友也看出来了，都关注："你的眼睛怎么样了？"怪不得用手按下去，感到有一个硬结。

我是一个疏懒的人，每见政府诊所的人龙，便把我吓怕，令我再三踌躇却步的是，据说要看专科的话，必先要看普通科，普通科医生认为你有看专科的需要，才会给你介绍信。这排两次队的折腾，无形中便给了我精神上的负担。

妻说："眼睛呀，不是等闲事，花时间也得去看。"给她一吓，不得不硬着头皮去排队。看了普通科医生。医生很客气："看样子要动手术了，我给你写纸去看专科吧。"专科医生一看，说要立即做手术，着我坐到走廊去。

护士问过我的名字，便为我滴眼药水，说是麻醉药，要等"药力发作"。

我望着放了三张椅子、站着三位医生的窄小房间，感觉似是小型理发室多过手术室。担心着：万一手肘互碰，后果……

1985.5.25

被迫只眼开只眼闭

满以为如今医药发达，滴了麻醉药是一点事儿也没有的，何况是小手术。

岂料医生拿了手术用具，若无其事地说："刚才替你滴的，是止痛剂，但不是不会痛的，手术过程你会知道，而且有点痛，你要忍着，不要避开或者把手递上来。"我一听，紧张系统立即召集报到，双手已经不期然抓紧了扶手。

医生边说边动手，告知你何时会小痛，何时会较痛。

一件仪器深深地挖下去，很不好受，医生却说得了！护士给我敷药，叫我压紧伤口，避免流血。之后，取药，可以走了。

一身松。

我的眼只生了一粒小疮。另一个只有两岁半的男孩，却生了两粒。止痛药滴下，他已痛哭不止，就不知道医生是怎样动手的。

我一听见弱小民族哭——例如小孩子哭、女孩子哭，就手软，所以肯定这一生吃不了外科医生饭。

医生们都很年轻，看他们熟练而不疲地为病人除去病根，觉得他们比我们写作的，要辛苦得多。

从而更加肯定：一种人吃一种饭，实在羡慕不得，也悔恨不得。

又，以为包了一只眼，还剩下一只眼，没什么了不起的。

岂料验眼时，患近视的正是那只"好"眼。

右眼包了，剩下那只满以为“永远是零点五视力”的左眼，走起路来模模糊糊的，简直想回头申请一杆“盲公竹”。

写稿？不到一篇，“好”眼便发痛。

“老啦，老公！”

1985.5.27

时间躲到哪儿去了

租人房子，做住客，最委屈的是厨房的占用权。往日，厨房较宽阔通爽，二房东还可以通融住客安放两个炉子；现在，七百呎的“大”单位，灶台也只得那么三呎长，又能够容纳得下多少个炉子？

幸好，电饭煲可以省去一个炉，有了它，可以躲入房中蒸蒸煮煮，厨房里自己占用的独一无二的炉子，便肩负起日间煲汤、早晚煎炒的任务。如此一来，手脚快捷的巧妇，半小时内便可以开饭。长年累月如此，不知可以省下了多少时间。

这是发明电饭煲的伟大。另一伟大发明是洗衣机。

洗衣，真是费时用力的苦差事，何况，讲究的，还要浆要烫，家庭妇女的一生，就花在煮饭、洗衣、浆烫、喂奶的烦琐工作上。现在好了，晨早把一堆汗臭衣物倒进机里，一按机关，到了时候，它就会啤啤地叫你取出干净的衣物晒晾，快捷妥当。日日如此，也不知省下了多少时间。

这是电器化、科学化给人类带来的好处。

照理，现代人应有大量时间放在艺术上进行磨练，从而在书法、绘画、诗词歌赋上，比古人有更佳的造诣。然而，没有。

那么，省下来的时间躲到哪里去了？——电视机抢去了一半；麻将又抢去了另一半。如果爱赌狗赌马赌天九沙蟹，那么，不但不能从煮饭、洗衣上省得时间；不但无暇握笔拿书，相反，还得超时“工作”、“工作”！

1985.10.29

电饭煲造福煮饭界

童年知己之一，本来是同学，再后，弃工从商，给他把握了一个机会，宏图大展，不几年，已经成了发达之人。

昨日，知己要去英国接洽生意，行前专诚拜访旧日老板，旧老板喜上眉梢，托他带一个电饭煲去给留学英国的长女。

临别叮嘱再三：电饭煲务必带到。——父母疼爱子女之情，真是无日稍减。

我们替她父亲工作之时，小丫头还在念小学，想不到如今已经亭亭玉立，就快大学毕业了。怪不得老一辈的人都爱说：十年人事几番新。

提起电饭煲，那真是日本人对食饭民族的一大贡献，可以略略赎一点二次大战的罪过。

遥想孩童当年，母亲因肺病入了医院，家中只留下我一个人。我那时只得八九岁，为了一日两餐，不懂煮饭也得懂，熏出了两眶眼水，好不容易才能烧旺了柴火，把饭锅放上去，腾出手来斩瓜切菜，岂料瓜未切菜未洗，背后的柴火已霹雳啪嘞落地，于是，顾得捡柴钳炭，忘了蒸鱼，顾得蒸鱼，又忘了炝葱油盐，一个不留神，柴火跌在脚背上，烫得呱呱叫，忙乱之中，忘了添柴，饭煮到一半，火力不继，成了三夹底……此种狼狈情状，经历过“柴炉”年代的人，不易忘记吧？现在燃料改善了，电饭煲家家都有了，贪方便的话可以连蒸带煮一锅熟，省了不少时间。

1985.10.31

“情人眼里出西施”

何谓“美”？

美是分种族、国籍、高矮、色素、肥瘦的。

——肌肤胜雪，美；

——古铜色皮肤，型；

——黑得发亮，健康；

——白里透红，可爱；

——黄皮肤看黄皮肤，特别相亲；

——蟹箝脚对蟹箝脚，分外亲近；

——高看矮人是小豆，矮看高人是怪兽，等高相遇是佳偶；

——肥笑瘦人是柴干，瘦笑肥人是水桶；

——缠脚歧视天足，天足瞧不起缠脚。

——长裙曳地的一定给“迷你裙”吓晕，“迷你裙”必然给“热裤”气死；

——正襟的怕开襟，开襟的怕斜襟（好佬怕烂佬，烂佬怕泼妇）；

——有认为阔袍大袖的才美，有认为束袖束腰束裤管的才美；

——天体的认为赤裸最正经，密实的认为危坐正襟才得体；

——爱好运动的认为刚健、方正是美，风情万种的认为婀娜多姿才够韵味；

——缅甸人认为他们长脖子的少女最美；旗人认为剃光了一边头的脑袋瓜儿最美；印度人认为包卷着发网的胡子最美；美国人认为吃汉堡包之后，舔干净五根手指的姿态最美……

1985.9.4

外在美还要心灵美

怎样才是美？

——有些人腮帮太阔，不美；有些人颧骨太高，不美；有些人单眼皮，不美；有些世界小姐的嘴太大，不美；有些人脚板太大，不美；有些人小腿太粗，不美；有些人身太横，不美。

——像某国储妃，艳惊世界，美不美？美，但落楼梯时的八字脚难看。再看远一点，是她的身材相似其父，少女时已如此“纵横”，日后难得玲珑。如今，电讯说，她每年耗在衣着上是若干万英镑，“是世界上最讲究服装的女士之一”云云，就更与穿西裤羊毛外衣教幼稚园时的清丽，相去越远了，再下去，与一个庸俗的贵妇人有甚分别？

——影星伊利沙伯·泰莱，美不美？美。但，谁愿意自己的偶像结了又离，离了又结，六次之后，“再来一次”？

——早忘了《战地钟声》的故事，但英格烈·褒曼在战壕中，骤遇史钊域·格兰加时，那心如鹿撞的少女情怀的美态，令人难以忘怀；晚期，有关她与癌病搏斗的故事，更增添了她的另一种美。

外表的美是多样的，内在美只有一样：心灵美。心灵的美是最圣洁的。像跛脚的女校工，她的同情心要比无情的美人，美上十倍；像“阿就叔叔”，他是我最木讷寡言的朋友，也是我交往之中，最完美可亲的知己。

广博的学识，良好的嗜好，可以赋予一个内外皆美的人以更高尚的情操和内涵，这样才是真的美，完整的美。

1985.9.5

荷塘月色移入厅堂

往日的富家大宅，喜爱选用同一款式、相对图案的大缸，放在内院大门两侧，长长的走廊上，缸里种了莲花，缸水里养了金鱼，红莲白莲一缸缸分隔，绿荷与红白金鱼辉映，很是清丽幽雅。难得的是，荷花吐艳，淡香盈室，不但旷心怡神，且令人暑气尽消，真是无上的佳品。

香港地居住环境挤迫，要种一缸这样的莲花来怡情悦性，很不容易。有三尺阔走廊的，肯定放不下一个大水缸；名字好听的“客饭厅”，换一副尺寸稍大的电视机，尚且要费尽心思“腾”出位置，水缸？水缸又岂能“叨陪”；客厅宽敞，阳光不一定宽敞，窄窄的一线阳光，“我来啦，我走啦”，那是不行的。

荷花爱阳光，金鱼也爱阳光。没有阳光或缺少阳光，荷花长不大，也易枯萎：金鱼则会越养越褪色，越养越呆滞，终于形销骨立而死。

再者，荷花不是随便种的，要去花墟购入“荷花种”，才能种植，此“种”价值不菲，一不小心调理，便会霉烂断根“绝种”者也。

养在水缸里的金鱼也不易服侍，现代化了，金鱼苗给“气喉”娇生惯了，一旦养在缸中无“气”，便会因为缺氧而断气。

不养金鱼行吗？似乎不行。水中没有金鱼，将会失色，此其一；香港蚊多，没有金鱼吃去水中孑孓，恐怕会吃官司，此其二。

不过，如果你能够克服这些，而又条件许可的话，种一缸莲花罢，将会令你的客厅生色不少。

1982.7.17

一缸清水浮朵白莲

澳门的家家户户都差不多有井，井水水多而清甜，食用都倚赖井水。大伙都用瓮缸盛水。“清贫”而不致于“赤贫”的人家，到了暑天，都舍得掏钱买一朵莲花，浮泛在缸水之上，让她慢慢开花，吐香、吐艳。

清水映着白莲，特别澄净淡凉。用这种水煲汤煮饭，洗脸擦牙，别有一番芬芳在口腔。

莲花开尽，用那雪白的花瓣沏茶，那就更使暑气俗气全消，不会写诗的也会吟诗了。

香港没有塘，有塘都是咸水的。香港没有莲，有莲都是塑胶的。香港没有月色，有月色都给“月儿像柠檬”的身历声时代曲吓跑了。

我买过几趟莲花，放在塑胶桶盛着的水喉水里，聊表雅兴，欲追索一点少年时代的回忆。然而，莲花买回来时明明是含苞初放的，隔了两天反而合起来了，既不吐艳，也不吐香，就这样萎谢了。

（我怀疑那莲花是经过雪藏并且由花贩用手把她撑开来诱人上当的。古有训言：莲花“只可远观而不可亵玩焉”。上帝说：“你有罪了。”）

旧居客厅的阳光甚佳，早晚都有太阳“光临”，可惜地方浅窄；新居的客厅宽敞，太阳却十分吝惜，只是晌午跑进来笑一笑，就跑了，所以想种一缸莲花的心愿始终不可得。

往日的皮蛋缸是送人的，甚至“送”也不一定有人要；如今，出钱向杂货店老板“让”一个也难，那就连试种莲花的机会也没有。

1982.7.18

一阵浓烟扑鼻而来

正想写稿，忽然嗅得一阵焦臭味，往外望，原来是对面街发生火警！

第一个念头就是想报警，但是在浓烟的间隙中，看到街上的大群观众，自觉多余，便在家中引颈，成了另一个观众。

救火车可爱的鸣鸣声赶到时，现场已为浓墨的黑烟所笼罩，有一群人还在火警现场的天台上弯身鸟瞰，直至火神把浓烟扯上了半空，这些人才后知后觉地作了龟缩。

在灭火喉的喷射下，黑烟很快地减少了。

射水的目标与出烟的地方好像是二楼，云梯却升上了五楼。消防员爬上去，有人被救出来。

看热闹的人站得满满的，连较远的填海地盆，也站了不少后座观众。

这火救得似乎相当顺利。

烟散得七七八八。

机场跑道横瓦在远处。一架雪白的飞机无声地起飞，在夕阳照耀中，隐隐看得见机尾处航空公司的徽号。

因到桌子旁，写稿，就以现成的火警为素材。写了半张稿纸，转过头去看看，不知何时，那熄了的烟又升起，更黑，更浓。

挡住了所有前座的观众，只间中在浓烟的缝隙处，透出那救火车闪动的红光，很是骇人。

记者们的相机也在闪耀。明天，报纸的火警新闻未必触目；今夜，多少个家庭不能合眼？

1985.4.22

火能穿屋能过马路

从电视新闻的另一拍摄角度下，看家居附近的一场火，只见五六条伸着火舌的浓烟奔腾而出，那一条条救火的水柱，幼如竹制的牙签，相形之下真是过分渺小。

我们可以在电影《冲天大火灾》中，领略到火灾的可怕。但是真实生活里的火灾，有两件令我印象难忘。

1979 年 5 月，英国发生了一宗被评为“历史最大、最难救的火警”。当年电视所见，有人在浓烟中拼命挥手，云梯却升呀升，升到老高；有人迫不及待，一跃而下，生生跌死；最无辜的是，冲出火海的幸运者，却被路过的汽车撞死！

没有记错的话，那是 1961 年，一个不冷不热的季节，我在九龙上课之后，步行往深水埗，准备从那儿乘船过海，行经南昌街，看见一群人在围观，想起了昨天的一场大火，不禁也驻足观看：一排旧楼被烧成木炭似的。人们指着楼梯脚那个凹陷处，说是它害死了多少人。据估计，是浓烟封闭了楼梯，走火的人心乱脚慌，闭着一口气，只望冲落楼梯，便可逃出生天了，却忘了梯口那个陷阱，脚一挫，身子扑倒。随后的人给绊倒了，一个压着一个，就这样，连累了数十人进入枉死城。——一个浅浅的凹陷点，竟能坑害那么多人！

回头，看看马路对面被烧焦了的招牌，想象火舌竟能跨越这样一条宽阔的马路，便不禁惊惧：这场火有多凶猛！

1985.4.23

你吃玻璃库房吃钱

下午茶时间，一名工人在啜饮某瓶装饮品时，发现里面有玻璃碎，立即向食物卫生部门投诉。该饮品公司的法律代表出庭认罪，法官判罚款五百，另付化验费二百。这事发生在香港。

《国王与我》的主角，光头明星尤伯连纳，与友人在某餐室进食烧排骨，五日后齐齐病倒，告上官府去，他本人要求赔偿三百万美元；一双友人要求百五万；其妻另索五十万“寂寞费”。这事发生在美国。（下回不知如何分解。）

有一年香港暴动，人人抢购罐头，身为王老五，不能不抢购一份，其中一罐是“水鱼”。一个晚上，三个王老五开水鱼下饭，谁料“水鱼”入口不久，三个人都冲入厕所，各据瓷盆、厕所、浴缸，“乞吐”连声，因为不备热茶，漱了几盅水，都没法子清洗掉口腔内的腥臭味。——事隔十多二十年了，一经过国货公司的罐头食品部，看见“水鱼”二字便要反胃。

拿这样的罐头去告一状，会如何？

我没有去告状，因为我怕麻烦；麻烦的另一面，是我预知结果：充其量如发现饮品内的玻璃碎的案子一样，罚款了事。

我弄不明白，吃不洁食物落肚、误吞玻璃碎、肠穿肚烂、上吐下泻、受苦受难的是消费者，是原告，何以判罚之后的款项，归入库房？是我弄不明白香港的法律，还是立法者和执法者弄不明白这些法律？

1985.4.13

炒面有蟑螂怎么办

以前喝鲜奶，一般都要去士多铺预订，他们每日晨早有专人送货。

由于“鲜奶有益健康”，我也订购了。

可是喝了十瓶，倒有五瓶是肚子受不了而泻到厕所里去的。

后来发现，未饮用的鲜奶瓶上，经常有肥肥白白的虫子在爬行。

去该商店交涉，好不容易才换得一瓶；第二瓶也换，第三瓶不换了，理由是“虫在外面，不是在里面。你特别腌臜多事！”

只好“戒奶”。

在茶楼酒家、餐厅饭店进食时，你或他也许曾遇上这样的情形：在炒粉炒面中，忽然发现一只小蟑螂；或是在灌汤饺里，露出一只肚子胀鼓鼓的苍蝇。

你会吃惊，作闷。

修养特佳的，会把这样的食物推过一边，息事宁人。反应正常的则是召来部长伙计理论一番。

中国人的性格是：只要对方低声下气赔罪认错，答允赔偿一碟，已经很感满意；极少人会去官府告状的。

——然而，告了又如何？

倘若事情发生在美国，那牛奶瓶上肥肥白白的虫子，那炒粉炒面里的蟑螂，那灌汤饺中的苍蝇。要是打起官司来，恐怕要逐只算，而每一条虫，每一只蟑螂苍蝇，大抵价值百万美元。

1985.4.19

石栗夹竹桃不宜多

湾仔海傍大道，近大东电报局水晶大厦那一边的人行道上，自从梅花间竹地种了石栗、夹竹桃之后，已经绿树成荫，炎夏一到，已能负起荫蔽行人的作用，颇收到“美化”与“绿化”的效果。

据说，有一年山顶公园亦有意大量种植夹竹桃，树苗已经运到，并且动手种了一批。但是，附近外籍居民一知道这个消息，立即写信给市政事务署署长，提出反对，夹竹桃有毒，怕无知小孩闯祸。

署长认为有理，接纳反对意见，取消种植夹竹桃计划。

未种的固然要运走，已种的也要连根拔起。

石栗与夹竹桃虽然都有“快高长大”的优点，但事实上，作为休息处的遮阴与美化，都有它们的缺点。

石栗长大成材之后，每年都会开花结果，那青绿之中带点浅棕色的果子，就叫石栗，比胡桃大，有二三两重，一树累累，成熟之后辟呖卟碌往下掉，打在头上身上，不是玩的；尤其是情侣，正在卿卿我我之际，石栗打下来，有点煞风景。

再者，香港飓风多，石栗树身脆，容易折断，固亦不宜多种，试看海旁大道那一列石栗，每有飓风吹过，总是折臂断肱，东歪西倒，就是实例。

夹竹桃有毒，差不多是人所共知的，夹竹桃花季颇长，花株又多，多嗅无益。

1985.2.15

夹竹桃全身都有毒

曾经请教过康乐市容组的负责人："何以明知夹竹挑有毒，却遍植于各花园之内？"答复是："差不多所有中国人都知道夹竹桃有毒。"

"差不多"不是"所有"。我就是将近高中毕业时，才知道夹竹桃是有毒的；在此之前，连它的样子也不知道。

中一时候，看见一位何姓同学经常把玩一个小木鱼，很是袖珍趣致，便问他哪儿买的。他神秘地笑了笑，带我到教导处后面的一个斜坡上，指着一棵绿油油、柳叶刀形树叶、开着黄花的树木说："就是采摘这种果子做的。"我们便攀上树，摘下那一个个熟得裂了口的绿色木鱼状果子，回去用雕刻刀，把里面的果仁挖去，刮掉果皮，拿去炉火上烘一烘，口子会张大一点，髹上颜色，就成了一个敲得响的袖珍木鱼了。

直到十多年前，涉猎植物学书籍，才知道当年那棵树，正是夹竹挑的姊妹——黄花夹竹桃。书上说，夹竹桃的根、茎、叶、花、果，都有毒；甚至花香之中，亦含有少量毒素。这才不禁暗暗捏了把汗！几年后有一则外电：某地一队露营者，拾了一堆夹竹桃的枯树技，用以生火烧烤肉类，结果集体中毒。

倘若该批露营者所中的毒，纯为夹竹桃的烟熏食物所致，则可见夹竹桃的毒素有多厉害！何不在夹竹桃的树身上挂个"有毒"的牌子，以作警惕？

1985.2.16

由汽车废气到煤屑

五年前，一位英国电器工程师，在工余时间自制了一辆用电磁发动的小汽车，不污空气；西德亦发明了由电磁控制的大型巴士，载客量多而不吐废气。

那时，我已在热切期望：制造商们，快点生产这种不喷废气的汽车及巴士吧！到那时候，整个世界不是清洁得多、可爱得多吗？

现时，汽车驶过，尘土飞扬，行人成了“自动吸尘机”。我想：最好发明家能够设计一种在车底下附加吸尘器的汽车，车一走过，路上的尘土尽被吸去，你好，我好，扫街工人好，“好立克”饮品广告唱的：“大家好噢！”

港澳地区的“厨房能源”，一向用柴、松柴、杂柴、坡柴；高级的用炭。普遍地用“火水”弃柴炭，是60年代初期的事；普通地，尽量少用“火水”，大量改用“石油气”、“煤气”，则是70年代中期之后的事。所以，中年人一般都烧过柴。

烧柴的年代，主妇们别想边煮食边看电视边打麻将了，而且煤屑满天飞，厨房内固然灰头土脸，床铺台椅、晒晾的衣服上，都沾满了一丝丝一点点黑黑的煤屑，实在讨厌。烧火水的年代，煤屑已有减少，但不是没有。只有大伙儿改用煤气、石油气，才干净可爱得多了；可是，随着石油的广泛利用，我们也在日夕吸纳着文明燃料产生的大量废气了。唉，焉得两全其美？

1985.9.29

不破坏生态的能源

在工业发达的国家，百分之九十的能源来自矿物燃料和核燃料。

这些燃料源源而来，五十年内不会出现“能源危机”。但是矿物燃料和核燃料都有缺点：

一、这些燃料终有用尽的一天；

二、燃料在供应能量时，会有“不可还原”的损耗，比如汽车燃烧汽油时，超过一半油量成为热量，真正推动汽车机件，不及一半；

三、矿物或核燃料都是靠燃烧产热，这过程会产生大量热能和增加空气中二氧化碳的含量，这就会带来阳光之中，红外线逸出大气层的后果，最终是增加了地球的表面温度，损害地面的生态规律；

四、污染与辐射的影响，危害生物极大。

可以说，人类一方面在享受文明，另一方面又在毒害文明和人类自己。

幸好，科学家为我们分忧解困：这种情况将在太阳能源研究取得相当成绩之后彻底改变，1957年后，人类会有用之不竭的能源，及免受污染和辐射的威胁。

太阳照射在地球上的能量，廿二分钟就相等于全球一年消耗能量的总和。所以太阳能是肯定要利用的。其次是利用太阳来改变水、氮、二氧化碳，使它们成为可储藏的燃料。

可惜五十年太远了，唯望儿孙们能享受这种清（洁）福吧。

1985.9.30

横行的车吃油的藻

香港电视台曾有过《明日世界》与《科学展望》的好节目。

现时行驶中的机动车辆，马路上的也好，农田上的也好，我们所熟知的是：只可冲前、退后，弯左弯右。我记得《科学展望》介绍过一款车子：它既可前进后退，又可以向左向右横驶。

原来这种车的四个轮子设计得很特别，像在每个轮子的两边，“八”字形地缠上一个个有规则的“麻花”，样子古怪，却能发挥奇特的功能。

孩子们每看见漏油污染海滩的新闻，便提出疑问：“不能用更简单的方法处理吗？”

《科学展望》又为我们展示了一个工厂油污的处理新法：在河水里培植一种“绿藻”，这种小东西嗜油，吸食石油之后变得肥肥白白，成为人类很好的营养素；它的排泄物有利于一种水草生长，这种水草既有清洁水质的能力，又具有经济价值，因而一物三得。我在想：油船漏油之后，往日是损失了大量宝贵的石油，更造成大面积的海水及海岸污染，清理起来，既耗金钱又浪费时间，有了这种食油的“绿藻”，日后有无可能把漏油收集起来，作废物利用？甚或提炼再用？像《明日世界》《科学展望》这样的短片，是最新科学的短讯，对充实青少年们的科学知识，启迪他们的创造力和科学幻想，是有帮助的。国内很应该购进这些片集，去满足新一代的求知欲。

1985.4.20

打开科技的小窗子

念小学时，有位涉猎博杂的自然老师，他往往把趣味性的科学新知识，用他富有吸引力的语言向我们介绍，大家也就特别喜爱自然课。

他为我们打开了好奇的小窗子，展示了明日的科技新世界。

他说：以后将会有一种安坐在家中欣赏的电影。——这，就是今日的“电视”。

他说：以后外出，不一定要“行路”了，“站”着不动也可以到达目的地。——今日的自动电梯，就是这种设想的一部分；机场的行李输送系统，工厂里流水作业的输送带，也是这种设想的一部分；而，某些机场大厦的短程行人轮送带，则是这种理想的袖珍本。

他说：以后坐火车，到站时火车不用停，因为“月台”的转速和车速一样，动，等于不动，旅客自由上落之后，时间一到，火车绕着月台的圆周“切出”，又“抛物线”似的开走，省去了很多时间。——这一设想，在三十年后的今天，未见实现，但是已有科学家准备用于航空运输上。他说……

《科学展望》一类的电视片集，正是今日的自然老师，它所展示的未来，有些已经实现，正在推广、改良；有些将会实现。当然，某些“展望”，我们这一代未必能够看见，不过，却是青少年一代明日的世界。知道自己未来生活在怎样的环境，享受着怎样的科学新设施，总是一件有趣的事。

1985.4.21

年年灭蚊年年有蚊

又见“灭蚊运动”开始。

所以要以“运动”来对付，当然是因为蚊儿不但去叮木屋区濑尿虾的光屁股，也去热吻半山区的麻将脚。

然而，可惜，每年只闻楼梯响，始终不见灭蚊的人下来。

香港以前只有“木虱”而无蚊，现在是倒过来。（可见难逃被吸血的命运。）

60年代中期的蚊，每户只有两三只，后来是三四只，如今怕有二十只。每户平均五个人，每人被分喂四只，已经刺痒难熬，何况蚊这种东西，极不喜欢“平均主义”，它们和人类一样都嗜食香肉，对皮光肉滑的儿童，更是“幼吾幼以及人之幼”，钟爱有加。因而，家中倘有二十几只蚊，孩子们必然分占了一半；白马王子、肉香如我者，又吸引了另一半。

小学时候听老师说，蚊只有一日生命。

后来捉了蚊放进瓶子里，不给饮食，它却可以生存两天。那蚊大概是练习瑜伽的。

几个月前读了一篇有关蚊的文章，对蚊才大致有了个认识：雄蚊是不吸血的；雌蚊在吸血之后，就利用那血囊去孕育虫卵；而蚊卵竟能在干涸的情况下生存五年！水一到，它们立即破壳而出，变成孑孓，化成蚊。

吾家每年来两次戴口罩的黄衣人，给钱呢，在门前洒点蚊油，不给呢，门口干干净净。

蚊类当然希望人类如此这般“灭蚊”。

1985.4.16

我要捏着蚊的耳朵

有些人既不吸引人又不吸引蚊，有些人既吸引人又吸引蚊；我呢，虽不吸引人，却吸引蚊。

男男女女同往郊野，青草地上泛光灯下说地谈天吧，蚊子空群而来，虽说每人头上都分得了一柱蚊，而来到我跟前，咿咿嗡嗡表达爱慕之情的，则显著得多。

无可否认，蚊蚋对我有好感。

专家的研究报告说，蚊的针形嘴巴，不是由一支吸管构成的，而是由“一束”器官组成。里面包括有“探测器”、“定位器”和“吮吸器”等，记不清是“三管”齐下还是“五管”齐下了。

本来，二十只蚊子一起来吸个饱，也没什么大不了的，少说话多吸血行不行？吸血之后不疼不痒行不行？嘿，可恨婆娘们偏要轰轰响地耀武扬威，偏要烦得令人左搔右抓的睡不稳贴！

最要命的是叮在脚指头及脚板窝的嫩肉上，啊，那种痒法，真比笞刑还要难受！

这当儿，他妈的，不睡就大家都不要睡，你收拾我的命，我也来收拾你的命。

于是关门，亮灯，与蚊决一死战。

这些吸血鬼倒也灵光，灯一亮，便高挂“免战”牌，避而不战了。

好不容易找到一只，我会剪了她的吸管，看她再凭什么去折磨人。且还要捏着她的耳朵说：回去告诉你的姊妹们，我不是好惹的！

1985.4.17

鉴别宝石的新仪器

香港的大学，已不是单纯向学生灌输理论了，也有了发明创造。比如港大的于森博士和希礼博士共同发明的“空气边界折射计”，就是一个很好的例子。

于森博士指出，现时的折射计，其最高折射率是一点八一，用来鉴别折射率一点七五九的红宝石和蓝宝石，还能勉强应付；但是对于市面上一种成本低廉，美其名曰“苏联钻石”的人造宝石，却无可奈何，因为它与真钻石极之相似，而折射率又都在一点八一以上。

因此，成本低廉的“苏联钻石”，就以高贵的身份，充斥市面。

他说，把折射率一点五四三的水晶石英，与折射率一点六一的黄晶，放在新的折射计上一照一量，真假立见，无所遁形。

现时折射计的缺点，是很难找到折率高于一点八一的液体，所以不能量度折射率高于一点八一的很多名贵宝石；而且，这种液体“已具厌恶性”。

新的折射计无须借助折射液，所能量度的折射率却高达二点六，所以连钻石也能鉴定。

这种发明，对珠宝商入货提供了方便，但是，如果珠宝商不老实，对消费者未必有用。

不过，自此之后，是否有“宝石鉴别公司”出现，就很难说了。为保障消费者利益，消委会该有这种收费服务。

1985.9.28

女人喜爱染色石头

摆地摊卖“玉器”的小贩，港澳各地，几乎每个街市都有。他们之中，有些是流动的，有些是固定的。

无论是流动的或是固定的，每天都麇集了一班上街市买菜的、上了年纪的妇人。

这些流动“玉器”市场，货色多而价钱大众化，“丰俭由人”。便宜者，十元八块有交易；贵者，数百元也有，而以数十元至一二百元者最抢手。

七八年前，我看过一篇报导，说是一般街头“玉器”，均有玉器制造厂生产的，方法就是将一块块打磨好的石头，拿去漂染上色，大抵是和染布一样，经过九蒸九晒九漂之类，然后上蜡磨光，论斤地称给小贩们，拿去诱骗无知妇人。

时髦少女们流行玉鈪时，更有人盗走坟头云石墓碑，回去加工切割车磨，充当名贵“玉器”出售。——看着有知、无知的人戴着一块块染了色的石头，真是又好笑又可怜。做珠宝生意的朋友对我说，市面上，十居其九会把“水晶石英”当作较贵重的“黄晶玉”出售。由于水晶的折射率是一点五四三，而黄晶的折射率是一点六一，肉眼很难分辨，加上珠宝店的装潢，很多人都会深信不疑。

——想不到，穷的，“吃”大排档的“玉器餐”；富的，则上茶楼大酒家“吃”那豪华型的“珠宝玉器餐”，怪不得“大排档”与“大酒家”都生意兴隆。

1985.9.26

钻石与海员的玉器

有一种名为“方晶氧化钴”的人造宝石，一卡只值八十元左右，但以“苏联钻石”的名义售出，一卡可值数万元。这种宝石与钻石极为形似，其二点一五的折射率亦与钻石相近，故此特别容易冒充。

看，“八十元”变“数万元”，这是“芋头”与“人头”的分野。怪不得珠宝店自己人“内销”，可以照价五折。

可见做这买卖的利润（别以为我会眼红）。

读者们不知有没有留意：隔一段相当长时间之后，便有一位卖玉器的“海员同志”出现。此人瘦削，微微烫发，油光可鉴，穿内地工作服，西裤，功夫鞋，在几件玉器前面，用箱头笔在瓦通纸上写着“各位同志，本人乃行走内地船的海员，带有走私玉器数件，平价卖给港澳同胞”之类。玉器不多，只有三件心形坠，数粒戒面，可是款式如一、大小相同，且玉色碧绿油润，每个心坠只索价三百二十元。

“海员”来香港，称市民为“各位同志”，已够奇怪，还有式样大小划一整齐的“走私”货色，就更奇了；最好笑的是，他还讲咸淡不调、广府话音底多北方话少的“国语”，真是欲盖弥彰得过了分。

亲眼看见摆地摊的玉器小贩，买了小店子，落本装修，择吉开张，摇身一变，成了玉器商了。

1985.9.27

视死如归学吃榴莲

去南洋旅游的时候，导游说：“只要榴莲季节一到，这里的妇女就会拼命吃，吃穷了、吃狠了，卖了身上的沙龙也还是要吃。”

他又说：“榴莲是一种很补身的生果，特别是有胃病的人。吃了对胃有好处。榴莲应该是果中之王。”

我学会吃榴莲的日子很浅，首次尝试即告失败。

“学会吃”，倒不是为了它是“果中之王”，而是办事处一位年老女工的一句话：“人家说榴莲怎么难吃，我昨晚头一次吃，就受得了，嘿，有得吃，还怕难！”

我就想：你吃得，我吃不得？我不信吃榴莲会难过写稿！

当日下班，便买了个胀鼓鼓的小榴莲，让小贩开了壳，拿回家，捧了个痰盂在身边，准备受不了吐个死的。

儿女问我做什么，我不哼声，只管视死如归地吃，哈，这下子倒越吃越甜，越吃越香，吃得满面笑容，吃得小女儿也大着胆子吃，吃了添食，引得小儿子也吃，吃了不添食，引得母亲也吃，吃了无所谓好吃不好吃，引得老婆也吃，吃了乐意陪我吃。

从此，便多了一笔吃榴莲的颇大支出。榴莲已由我排除万难去学会吃的二元六角一磅，年年涨价，涨到今年的十二元一磅。

其间相差只有六年！

百物腾贵，为省支出，今年吃榴莲恐怕要节制了，否则，何止要卖“沙龙”。

1985.5.1

又是榴莲喷香时节

榴莲的香是很霸道的。

它不肯香时，即使你的鼻头嗅近尖刺，它也绝不透露半点香的讯息；它要香起来，无论早午晚抑或三更半夜，都把浓香慷慨甚或神经质地，把你整间屋子喷洒个淋漓尽致。

浓香一旦奔放，便一发不可收拾，你应该在一日之内剥食，否则，便会由一个点，向周围扩散霉烂。

买榴莲不要贪图个子大。大钉眼、胀鼓鼓、重甸甸的就是好货。每一个圆拱即是一串果肉，圆拱多，果肉就多。

急着要吃的，买那果壳脱尽青绿，而披上浅棕色外衣，微微裂口而浓香四散的最佳。棕色的部分，按下去有弹性，是熟透了的表示；按下去松软无力一如败絮，而用力点又会出水的，说明果肉已经开始腐烂，倘若剥开，周围有汁液，果肉缺乏韧力，散发出一阵浓烈酒味的，这种肉能不能吃？抑或吃后更补？不晓得。我自己是不敢吃的。

南洋的朋友说，“榴莲暖胃”。

但凡什么东西，都不要过分。榴莲补益过度，会燥火，据说可用玉竹解之。“玉竹”也是南洋的特产之一。一位印度尼西亚朋友则说：“用榴莲壳盛开水饮之，即可解去燥火。”真是一物治一物。

一位搞话剧的老导演说，榴莲核可以煮来吃，其味一如“红芽芋仔”。

我煮来一试，却酷似吞咽变质的万能胶，黏腻滑溜，淡而无味，直觉印象是：坏胃。

1985.5.3

天真童稚

小孩学“超人”跳楼

澳门一个四岁男童，学“超人”，从外婆家二楼的露台上飞身跳下，落在楼下檐蓬上，再反弹落街，四肢折断，脑部受伤，新闻稿说：“性命危殆”。

美国也有两个男童，学“超人”的举止，向窗外跳出去，白白送了性命。我以为这种悲剧，只有我们这一代的儿童期才会有，科学发展到今天，本不应再有人相信“超人”一类的荒诞故事了，想不到50年代初期的事，到了20世纪80年代的今天，仍会发生，可见故事神奇怪诞的电视电影制作，对少年儿童的影响是何等厉害。这四岁男童的一跌，令我惊觉：孩子到底是孩子，别以为他们聪明伶俐口舌乖巧，就是思想成熟了。一想到这件事的严重性，即使很忙，即使明知自己一双小孩不会做出这样的傻事，也不得不拿了晚报，叫兄妹俩坐在我身边，点着大字标题，指出仿超人跳楼的傻榜样不能学，而且，搬出自己的童年，向他们作了讲解。

自己孩童时代，根本没有电视，“电视”还只是差利在“摩登时代”的一个设想。那年代，孩子们迷头迷脑在看的，是飞檐走壁的剑侠连环图，很多人给“峨嵋”、“崆峒”、“华山”与“少林”派武功，迷得不可开交；加上战后物质差，两餐一宿难得温饱，长辈心情当然不好，对孩子们打骂多，而流氓小恶棍欺上门的也常有，因此，练成金钟罩铁布衫的“大侠”心理，便特别强。

1985.9.6

“上山学法”的年代

那时候，很多香港摄制的武侠电影，都描写小孩子上山学法，学得一身本领，后来成了打遍天下无敌手的大侠；或者，襁褓中的婴儿，被人遗弃在树下、墙角，给高人路过发现，抱上山去抚养成人。镜头一转，流水淙淙，打出“十八年之后”字样，婴儿已成了英俊潇洒、文武全才的侠士。在连环图和武侠电影的灌输下，“上山拜师学法”的事就时有所闻。

我的一堆穷朋友之中，有一个挽了包袱，偷偷溜走了，他说过要去“拜师练剑”；另一个想“飞檐走壁”学“轻功”，从楼梯跳下，跌断了脚。他们都只不过八九岁。我对儿女说：陆小凤跃上“紫禁之巅”，狄龙穿破屋顶的广告，固然是假的，就算是《北斗星》《天虹》《猎鹰》之类的警匪追逐，也是经过摄影处理、特技安排、技师剪接的假象；更不能学“超人”、“飞天侠”，即使是三四级楼梯，也跳不得。当年，谁也买不起票子去看武侠电影，都是央长辈带去的；看剑侠武打连环图，亦很少掏得出租书的钱，多数都是去简陋的平民理发店，坐在矮凳子或门槛上看。理发店大多是一个人干活，为了留着顾客，都向租书档租来一批连环图，供顾客尤其是小顾客看，三日一换，一个月计数。要去看书，总要一个去理发，那个去理发的我们称他“大王”，我们叨陪末座的称为“喽啰”；下次有新书到，派一个大王去刮头，我们又可以饱看一个下午。

1985.9.7

看连环图苦练武功

胆敢对我们无礼的理发店，以后不去光顾。识抬举的，成了老相好，便给店主指点迷津：“这几套是一个月前换出去的旧书，你给人家骗啦！”于是，每当租书的挑了一担连环图来，店主便委托我们代为挑选，如此懂得“礼贤下士”的理发店，大伙自然乐得光顾。

在连环图日积月累的熏陶下，对那一剑走天涯的侠士，对那不知秃山还是密林的少林、峨嵋、武当，也就或多或少有了点憧憬。

加上当时的武侠，比较“现实主义”，一招一式，有路可循，具有一份“苦练必可成功”的真实感与诱惑力。例如练“铁沙掌”，没有炒热的铁沙，我们就插那烈日当空的热沙，练“泥沙掌”；方世玉一出世，他母亲就每日打他一顿，然后浸药酒，以炼其筋骨（如今不告她“虐待婴儿”才怪），我们没有药酒，也没有女中豪杰的母亲，再说，十岁八岁，要打也迟了，只有用草绳你打我我打你，边埋怨“我为什么不是方世玉”；没师傅教轻功？不怕，书上说的：种一棵小树，每天都练习跳过去，树长高了，人也跟着长高，但树干长得比人快，等到树木长成，“轻功”也练成了。嘻，恰巧，学校附近的一条路，两旁刚种上膝盖高的大叶合欢树苗，大伙儿放学，便背着书包一棵棵地跳过去，苦练轻功。如今，那两行大叶合欢有丈把高了，我这个“大侠”即使跳水，也不大敢。

1985.9.8

青春小鸟一去不回

小学时候唱："太阳下山明早依旧爬上来：花儿谢了明年依旧一样地开；青春小鸟一去无影踪，我的青春小鸟一去不回来！……"甚感轻松快乐。因为那时自己蕴藏着的大量青春尚未开发，一如玉门、大庆、南海、渤海湾的油田尚未开采，而用来点灯的一大桶火水还刚刚开罐而已。

三十过后唱这首歌，一唱到"青春小鸟一去无影踪"，心头便打个突；尤以小病卧床，哼到"我的青春小鸟一去不回来"，更是百般滋味上心头。

十岁八岁时，"理想"的风帆真可以扯到新疆那么远。

十六七岁时，就更像蓄劲待发的宇宙火箭，想到哪个星球就到哪个星球，想穿越哪条银河系就到哪条银河系，青春是用不完的。青春是吃不尽的、一人独占的大盆年糕，随时可以切一块出来煎呀蒸呀，"款客自用，两皆佳妙"。

投身社会之后才发觉，"青春"不是你的，是一股激流，你站在浅滩，即站在学校的篱笆内看去，青春是浩瀚、澎湃的；然而，一旦涉足，就人在激流，身不由己了。——转两个圈，已是廿五，再转一个圈，已是卅五：看看父执辈，已一个一个卷进"水眼"之中，再无依吖哀鸣的余地。

三十九，则是挥手告别"三字头"的时候。哼"青春小鸟"，已不是节奏轻快的小调，而是"咏叹调"。

1985.8.30

莫等闲白了少年头

到了四十，由生辰的第一天开始，心头就有阵阵莫名的、无奈的激荡。“十”字头，当初是摔脱得多么急迫；“二”字头，是来得多么令人鼓舞；“三”字头，是成熟而满足的；噢！“四”字头就令人倏忽惊惧于要与青春话别了！什么“男人四十一枝花”，什么“四十才是开始”，什么“如日方中”，只是梦者的呓语。

内心是忐忑的、酸的。秋草的郁郁。

什么玉门、大庆、南海、渤海湾“尚未开发”的油田？打开来，原来是美国那些已经枯竭的油井；或者，是不动声息的地壳变动，存油从这个“大陆棚架”，流向另一个“大陆棚架”去了。存油不属于你，青春不属于你。甚至，连一大桶只点亮几夜油灯的“火水”，亦在不知不觉间挥发了，缩少了，剩下的小半桶，却额外地增加了煲水煮饭的开销。

这当儿，像沉了船、流落荒岛的鲁宾逊，别说是饼干、牛油、火药、长短枪了，就是一把钝斧、一口锈钉、一截麻绳，也是宝贝呀。

这当儿，还期望什么“青春小鸟”回飞？就像客厅中的一根孔雀羽，藩王冠上的两尾雉翎：只要小鸟儿一朵浅绿的绒毛，便足够回味、留恋、炫耀青春了。既然已由绚烂归于平淡，不接受“中年心事淡如水”，又该如何？既然还有一半、一小半赛程，要继续发愤，应该尚有可为。何况你，还在雄姿英发之年？莫等闲，白了少年头，空悲切！

1985.8.31

不适合儿童的歌曲

“太阳下山明早依旧爬上来，花儿谢了明年依旧一样地开，青春小鸟一去无影踪，我的青春小鸟一去不回来，我的青春小鸟一去不回来！……”儿童本身就是“青春小鸟”，由青春小鸟去唱“青春小鸟不回来”，自有一番天真未凿的趣态。何况这首歌的旋律优美，由童音唱起来，清脆爽朗，令人感到，青春小鸟怎会不回来？那是飞而复返的云雀，在集体歌唱哪。因而，选入“儿童歌曲”，是可以的。

奇怪的是，翻开《小学生歌集》第三册（注明是1977年修订本），第一首竟是《马车夫之歌》:“达坂城的石路硬又平呀。西瓜大又甜，那里有个姑娘辫子长呀，两个眼睛真漂亮。你要想嫁人，不要嫁给别人，一定要你嫁给我，带着你的嫁妆，领着你的妹妹，赶着那马车来。”看，分明是一只癞蛤蟆想吃天鹅肉，食了大头菜，发着白日梦，想想也就罢了，却偏要“你要想嫁人，不要嫁给别人，一定要你嫁给我”:“一定要”已够脸皮厚了，还要带“嫁妆”，还要“领着你的妹妹”，还要“赶着那马车来”。娶姊姊而要别人领着妹妹来，身为“马车夫”而要别人赶着马车来，摆明是光棍兼无赖。这样鄙俗的歌、鄙俗的词，出诸成年人之口，已觉浮滑轻佻，怎可以教小学生来唱？负责编辑的有关部门，能否做出考虑，将这首歌，从歌集中删除出去？

1985.9.1

儿童小说的想象力

大河马有个小故事:

大河马嫌自己身躯太庞大，体重惊人，动作不灵巧，希望自己变小。

一觉醒来，大河马心想事成，变成了中河马，可以和猴子、兔子、山羊做朋友了。它很高兴。又一觉醒来，中河马变成小河马，可以和池塘里的乌龟、金鱼同游戏了。它更高兴。

再一觉醒来，小河马缩成了小小河马，小得和蚂蚁一样，它便混在蚁群中，和蚂蚁同游戏。但蚂蚁玩罢，忙于工作，它不好意思独自耽懒，便和蚂蚁一起工作，结果，把不惯操劳的河马累得半死。

那一晚，它祈祷：变吧！变吧！我要变回原本那么大。

人类也有个故事:

有个野心的科学家想，我可以缩小、缩小，小到等于无形，而又能够发挥原来的体能，从心所欲地为所欲为吗？他发明了一种药水，给猫服食之后，功效奇佳，不等还原药的制造，便迫不及待，把自己的躯体透明、隐蔽起来，穿州过省去干那企图统治全世界的勾当。小说家把这个故事写成《隐身人》。

也有想着由小变大的：——蜥蜴变成恐龙；——蚯蚓变成翻江蛟；——人变成“月宫宝盒”中的“瓶魔”、“阿拉丁神灯”中的“灯神”;——变不成“瓶魔”、“灯神”，就把其他的人缩小，成了“小人国”，自己是“水中无鱼虾为大”，唯我独尊。你可以创作更多的故事，成为出色的儿童小说家。

1985.8.29

仰天长啸壮怀激烈

绝不是以鸡狗喻人，但你看过狗儿见到草地时的蹦跳狂喜吗？你看过鸡群放进草地的振翅欢腾的样子吗？人也是这样。

小孩子一看见草地，都会情不自禁地翻起筋斗来，或是热情亲切地在软绵绵的草地上打滚，像回到久违了的远古时代的家一样：宽敞、自然、无拘无束。

我们学生时代的旅行，就是一夜辗转，摸黑起床，刚抵达目的地，便兴奋地奔向山头野岭，奔向清溪小瀑，去踢水，去拥抱树木，去亲吻草地，去沾一身绿。

去贪婪地呼吸空气。

去像穿梭蝴蝶一样，把色彩点染得缤纷。

去淋漓痛快地奔放笑声。

人类与生俱来是带有点儿兽性的。狼不是爱长嗥么？你我不是也有学“泰山”叫、学“狼嗥”的冲动吗？

当你从熙攘、窒息的市区，走到空旷的高山、原野，你就会不期然地游升起一股“回到”大自然的感觉，仿佛聆听到野性的召唤，这刹那，你就有“回应”“仰天长啸”的冲动……于是你叫，你会大叫，像骏马一样人立嘶鸣，震动云霄。

我们的孩童时代，就经常在绿草的怀抱中，娇纵、亲昵、任性地度过的。

可惜，香港的孩子们不能享受那青春豪放的绿。

1985.9.11

港澳的土地不长草

我们童年时候的土地，长的是“野火烧不尽，春风吹又生”的草。

香港人的童年，土地上长的是水泥、柏油。

这里蔓生的，不是车前子、酸味、崩大碗，这里蜿蜒的，不是牵牛、紫藤、蔷薇，而是汽车、月台、灯柱、电视天线、霓虹灯饰，和高高的高高的房子。

这里不飘花香，不飘草香，不散发土香，只喷汽车毒气、工厂废气、冷气机热气和名利场中的俗气。

这里没有翩跹的彩蝶，没有威武的蟋蟀，没有聒噪的蝉，没有全身草绿、啁啾鸣叫的纺织娘，没有牙尖嘴利、样子丑陋的土狗仔，只有飞机，一生享尽佳肴美食的蚊，高空掷下的樽、罐、衣裳、打字带和吵耳的声浪。

一亩亩蔗田，换作一方方了无味道的别墅。

一波波柔软的稻浪，化作一车车折射夏日的刺眼阳光。

一湾湾流水，变成一街街挤迫的人潮。

怀念滴翠的竹，怀念滚动珍珠的荷，怀念绣一塘紫花的浮萍。

还有憨直的牛、驯服的羊，和最有办法捉田鼠的黄毛阿财。

我们的胸中没有藩篱，心中没有块垒……

香港的小孩，却在四方城的墙外、房与房的间隔里、屋与屋的玻璃纸皮石内、人与人之间的隔膜中长大，因而小气、近视。

1985.9.12

苍白少乐趣的童年

倘若问：香港的儿童是怎样长大的？答案一定很多。

——是在钉了又拆、拆了又钉的木屋区长大的。

——是在电梯升、电梯降之中长大的。

——是在赶校车、挤公交车、挤电车中长大的。

——是在夏天西瓜蜜梨、冬天炖品边炉的美食珍馐中长大的。

——是垫坐在狗马报纸电话簿上、看父母打麻将中长大的。

——是在考了一试又一试、经试场上过五关斩六将中长大的。

——是在物质刺激下名列前茅、堕落榜尾则飨以皮鞭的赞赏与谩骂声中长大的。

……

谁家父母不愿意自己的子女白白胖胖、活泼趣致地成长？但是，孩子们三岁一入学，便开始日渐消瘦了，伤风、气管炎、脚软症亦随之而来；中学生们则利用寒假暑假，多长几两肉，又去与沉重的功课血战五个月。

中国人有对子女如珠如宝的脾性，没得吃、有好吃的，固然是让给孩子吃，待到衣食无忧，也是“无限量供应”，不必细表。然则，何以还那么不活泼好动、缺乏朝气？这，恐怕是少和阳光招呼、少和清新空气亲近、少和大自然嬉笑拥抱的缘故。

三岁，甚至两岁半就要吸吮着速溶奶粉啃书的童年，不会是怎么快乐、甜蜜的童年吧。

1985.9.13

彩雀似的童稚在响

学生时代，上了一课西红柿，放午学便站在厨房门口跟母亲唠叨：西红柿怎么好，含有多少维他命C，维他命C对人体有什么功用，不能老火，老了火会杀死维他命……上了一课马铃薯，放午学之后又会站在厨房门口跟母亲唠叨，马铃薯怎么好，含有多少淀粉质，含有多少卡路里，发芽部分如何有毒……其实母亲都知道。

现在，儿女们上了“健康教育”，回来挨着我的书台啁啾了：放学或放工回家要洗手，否则脏手拿食物吃，吃了肚子会生虫……其实我都知道，都教导过他们。

日前，与一群快将中学毕业的年轻人聊天，他们是教徒，谈不几句便向我传道，其实……我问他们：“向一个有成见的人传道，不是一种浪费吗？”他们说：“传道等于散播灵魂的种子，播出之后有四种可能，一是播在马路上，得不到人们眷顾；二是播在岩石上，不能生根长大，只好让小鸟啄食；三是播在荆棘丛中，看似可以成材，却是先天受到束缚；四是播在泥土上，发芽生长。”“你们说我是‘石头’啰？”“不，你是来啄食的小鸟——能够喂饲一只鸟，让它为天籁增添一点唱和，这粒种子已尽了它的本分。”

有信仰的人就是那么纯洁可爱。我有过信仰，但现在没有了，所以不那么纯洁透亮。——当他们在厨房里，在书台前，听彩雀似的童稚在聒噪时，自会尝到那份入心的甘甜。

1985.2.13

亲子有方

黄昏时候飞来相思

黄昏时候，正在家中用膳，老妻则在向街的窗前收衫，忽然捏着喉，神秘地说："蝴蝶，有蝴蝶飞了进来。"

蝴蝶遇见我，等于遇见救世主，因为传说蝴蝶的蝶粉会令人"烂掉鼻子"，其次我不想无端端害了一条色彩缤纷的生命，所以我一定指点迷津，引导它飞出生天。儿女不同，特别是女儿，爱蝴蝶爱得呱呱叫。这一下听见母亲说飞来彩蝶，哪有不兴奋雀跃的道理？"在哪？在哪？""咦，刚刚还听到它扑翼的声音，怎么忽然就……噢，在这！在这！"女儿蹑脚走过去，叫道："不是蝴蝶，是小鸟！"

"鸟？"我给惊动了，"怎会有飞进屋来的莽撞鸟儿？"边说边走，果然，扑翼声奇大，它飞去月历抓滑不留爪的粉面纸，抓不牢，飞到塑胶花中喘气。我一伸手，不慌不忙便把它捉住了。是一只白眼圈的相思。我的手感到它暖乎乎的体温，和它剧烈搏动的心跳。儿女们很高兴，静静地看着它，它也静静地看着我们。母亲赞美它长得漂亮，它听不懂，只管张着小嘴喘气。我说："看它怪可怜的，不如放了它吧？"两个小的大声抗议："我们要养！"我说："家里没有笼，没有相思的粮食；而且，离开了它的爸妈，它的一家一定会很伤心的，你们忍心吗？"他们终于同意。我走近窗口，摸摸它的头，也给孩子们摸摸，说："走吧，回家去，妈妈等着你。"放开手，它飞了。

1984.2.19

相思黎明飞而复返

说是放走鸟儿，让它们一家团叙，其实是童心未泯，怀中还是耿耿的；孩子们“舍不得”的心情，比我更重，那当然可以理会。

我要打破沉寂：“你们想想，小鸟这下子回家了没有？”（话刚出口，心中不觉黯然，天将齐黑了，它哪能认路回家？）女儿说：到了。儿子也说该飞到了，他是根据对面山头的距离作计算准则的。于是你一言我一语，设想着它们阖家团叙的欢欣。

睡前，我吻了他们，说：“倘若有人捉了你们，今晚，爸爸还能亲吻你们吗？”他们摇摇头。我说：“那么，我们放了相思鸟，是做对了，是不是？”他们点点头，回吻我。……安祥地入睡。

谁料翌日晨早，家里有鸟儿噍噍的叫声，起床最早的女儿狂喜地跑来推我：“爸，是昨晚的相思！它又飞来了！”

这次，我和孩子一样兴奋，来不及穿拖鞋，便去看那飞而复返的相思。我去捉它，它不大害怕。我立即喂它喝水，立即向对门老太太借来鸟笼、鸟粮；傍晚下班，买了鸟笼、相思粉、草蜢回家。——未进门，已欣赏到它那斯文婉转的歌声了。

自此，它每天用歌声唤醒我们上班上学，又用歌声迎接我们回家。

女儿吃面包、饼干、苹果、提子、朱古力，都要与相思分甘同味，他们很快便成了好朋友。

1984.2.20

黄伯养的海南鹩哥

黄伯养了一只毛色黑得闪着紫色光泽、两颊各飘着一朵线条流动的黄彩斑纹的海南鹩哥。

据专家们的研究结论，认为鹅黄衬在乌黑上，是最能吸引视觉的设色。海南鹩哥是最懂衬色的鸟类。

叫起来，海南鹩哥的声音是洪大的，但当你和它细语，它会侧着头，用一只眼睛注视着你，那样子，和“倾听”一词所要表达的意思完全吻合。海南鹩哥是最能倾听的鸟类。

听黄伯说，它会说潮语、粤语、英语。海南鹩哥是个语言专家。“鹩哥”之名是听来的，因怕写错，贻笑读者，所以特别去翻了字典。我一直以为“鹩哥”就是“乌鸦”，只为世俗多忌“乌鸦”之名，才改叫“鹩哥”的。所以先查火字部一个“乌”字。“乌鸦”条下写：“大嘴乌，全身亮黑，性机敏，狡猾而大胆，多栖于近山之地，常独自觅食于水边，鲜有成群者。”没有注明乌鸦就是鹩哥，只说乌鸦简称“雅”。“鲜有成群者”令我大感意外，因为鹩哥一来一去，总是数十只，甚至百多只，成群结队的，独来独往的反而少。看来“鹩哥”不同“乌鸦”。

1984.2.22

旧屋上捉来的小鸟

是小一还是小二？很可能是小二，暑天，学校举办全校旅行，地点是我们小孩子心目中认为很偏僻的“渔翁湾”。

那儿有一湾清清的水，有幼白柔软的沙，有可供中学部哥哥姐姐们钓的鱼，有细浪刚可以攀到、树荫又能触摸的平滑大石块，更有一间被人弃置了的大屋。

要换泳衣的，就利用这大屋作更衣室。我们小孩子不准下水，只能在沙滩上玩堆沙，拾贝壳。

屋顶上有小鸟在起飞、降落。一位高个子认定那屋顶上有鸟巢，便想办法爬了上去。果然，他捧着一只雏鸟下来了。

很多人围着雏鸟看。高个子让它试飞，但它飞不远，只是张着口，一脸惊惶。

玩腻了，他问我要不要。我说要。他便把鸟儿送给我。我从无产者一下子变成有产者。为了保护这有生命而幼弱的私有财产，我颇费周章。忘了用什么收藏它的，回家之后又从哪儿弄来一个鸟笼。只记得那笼子是旧的，由母亲在墙上打了口钉子，挂在乌黑的长廊尽头。完全不知道雀鸟们有分门别类的“雀食”，我吃什么，就给它吃什么。难得它什么都吃。它特别爱吃虾。把虾弄成酱，它能吃去一整只，食量惊人。

高个子每天都来课室问我:“小鸟怎么啦？”我说活得很好，他便高兴了，我也高兴，我不晓得他为什么那样疼我。

1984.3.3

小麻雀终于飞走了

鸟身是棕色的，大家都说它是麻雀。

喂鸟时是在门前的行人道上，平日玩在一处的小朋友都来围观。大家都希望它快快长大，会飞，会唱歌。

每次，我都把它捧在手心上喂，感觉到它热乎乎的体温和剧烈的心跳，便增加了一分亲切和乐趣。可是有一次，它刚吃了一口虾肉，便被二楼的小顽皮猛地一吓，小鸟给吓得飞上了天，躲在别人阳台的栏杆上。我非常生气，但那时救雀要紧，没时间生气。

我不知如何是好，只管吹口哨，做手势，请它下来。它不肯下来，噍噍地叫。吵声惊动了母亲，母亲叫我提起笼子给它看，然后吹口哨。——嘻，这法子灵，它一见熟识的笼子就飞下来了，可是不肯进笼，啄了一口虾肉便又飞了，飞了又回来……就这样飞去又飞来，它终于学识了雀鸟们飞翔的天然本领。我很高兴，看得出小麻雀自己也很高兴。自此以后，每天的喂雀，便成了小朋友们重要的娱乐节目。小麻雀也由战战兢兢、技艺粗浅，到飞降自如、技惊四座。小虫子、蛋黄和甜饼屑，都得到各方捐赠。大家都亲切地叫它“麻雀仔”。我该提防二楼的小顽皮，但我太大意了！一天，母亲带我出门探亲，回来一看，笼门打开，小麻雀不见了！我冲上二楼找小顽皮，回说他们已举家去了香港。大家提了空笼子到处找，但是“麻雀仔”终于不再回来。

1984.3.4

唱歌似弹琴的画眉

有首民歌，开头两句是“画眉唱歌似弹琴，妹子唱歌哥来吟”，说明“画眉”的声乐造诣，是远近驰名、众所公认的。

画眉体型大，食量惊人，你把草蜢除翼除脚丢进笼子里，它能整只吞下去，面不改容。

喂相思时，你把草蜢的腹部剪成一小圈一小圈的给它，那一圈草蜢皮也会套着相思嘴，弄得它颇为尴尬。

拿相思的食量与画眉比，真是小巫见大巫。

画眉的名字是漂亮的，但外貌与衣着却土里土气。——你说，黄褐之中带点塘泥的灰，这样的羽毛漂亮吗？

但它眼盖上的一抹蓝，却十分惹人注目。——画眉，也就名实相符。港澳丛林、旷野、山头，都有大量画眉鸟。它们喜欢近地觅食，弄得枯枝干叶沙沙地响，人们晨运、行山、远足，常把身旁这沙沙之响误以为是“蛇”而吓了一跳。（不过，在低矮茂密的丛林里弄得沙沙响，以为是蛇在里面活动的，不止画眉，还有山鸡、鹧鸪和一种体型、毛色都与画眉相似的鸟，这种鸟的鸟身比画眉大些，毛色也相似，只是黄褐之中靠近绿，没有一条灰蓝色的眉，不会唱歌，只会吱吱吱地叫。我向雀鸟爱好者们请教，这种雀叫什么名字？由于他们是“土专家”不是“洋专家”，所以不懂“学名”是什么，只有个有趣的名字：“黑面神”，或叫“大花面”。）

1984.3.5

喜上眉梢与猪屎喳

画眉的音域阔，能高能低，歌声百转千回，流畅自然；它一开腔，百鸟噤声，山岳为之动容；它有时又会恶作剧地弄几句怪声吓人，学两句猫叫吓鼠。怪不得它能博得万千爱雀者的欢心。

画眉是个“文武全才”，因为它不但是个“歌手”，也是“打手”。

画眉打起架来的凶狠，完全与它女性化的名字，和它婉转的歌声不相衬。

爱养“画眉”的人，一般也爱“猪屎喳”。

“猪屎喳”和“画眉”有很多相似之处：——它也是个高音歌手；———它也是个“文武全才”的“歌手”与“打手”；——它也有个声音沙哑、不会唱歌、外貌相似的同类。

“画眉”的冒牌货是“黑面神”，前者名字漂亮，后者名字难听。

“猪屎喳”的冒牌货是“喜鹊”，有趣的是，名字的好坏，刚好做了个颠倒。

“猪屎喳”黑背白肚，双翼与尾羽都有白毛，体型与画眉近似，不过形态比较潇洒英伟。

“喜鹊”也是黑背白肚，双翼与尾羽亦有白毛，然而体型之大，则近似母鸡了。

据说“猪屎喳”也有体型大小之分，产自南洋的，比港澳的要大，

一般由海员运入本港，身价不菲。

1984.3.6

喜鹊身躯似轰炸机

“猪屎喳”的歌声嘹亮清脆，唱歌的时候尾巴翘起，十足是个风流倜傥的绅士。

“喜鹊”声音沙哑，不会唱歌，只会“哈！哈！哈！”地叫，比乌鸦好不了多少，不知道民间何以会欢迎喜鹊而厌恶乌鸦？

“喜鹊”脚高、身大、翼阔，两翼开展，翼距怕有三呎多。

它喜欢飞下草地觅食，尤爱啄食由泥土下钻出来作日光浴的蚯蚓。

由于身型大、身体笨重的关系，喜鹊“着陆”时，要滑行一段距离，双脚在草地上跑一大段才能把身子定下来，近似巨型 747 珍宝客机或 B52 轰炸机；待到有人来，它也懒得飞走，迫不得已，“危机”太接近了，才跑一段路，麻麻烦烦地“起飞”。

每看到这种笨重的鸟，我就好笑。

每看到这种笨重的鸟，我就想：这种名为“喜鹊”的鸟，会不会终有一天被人类饲养为飞不起来的鸡的另一种，称为“鹊”的家禽？

国画家都爱画喜鹊，并题一句“喜上枝头”或“喜上眉梢”之类，这大抵是民间爱“喜”之故。

“喜”相对于“悲”，爱喜是好事，拿一点什么东西来“寓喜”，得到大众认同，相信也是中国文化之一。

喜鹊之所以受欢迎，是显而易见的事。

乌鸦的乌是黑的代称，自然不受欢迎。

1984.3.7

心中喜则万事皆喜

小女诞生那天，我在医院里与妻凭栏眺望，见庭院中有喜鹊三只在欢腾闹叫，那时求女心切，晚上果得一宝贝女，日间见喜则视为“好兆头”。但我经常行山的日子，每日沿途所见之喜鹊，多则十数只，少也有七八只，“日日见喜不见喜”，一年到晚，安稳而过，不知“喜”从何来。

可见“喜”之一事，可见而不可见，心中不喜，事事平常，心中有喜，则万事皆喜。

（或者，“一年到晚，安稳而过”，则是“四季吉祥”，已是可喜可贺了。）

喜鹊体型肥大，望之令人食指大动。去冬，对门阿婆不知如何网到了一只飞来鹊，把它关在原本用来养鸡的铁网笼中饲养，引来同楼很多小朋友去看。不过，被困笼中的喜鹊，每夜聒噪个不停，颇扰人清梦；把它移上天台，噪声一样入耳，终被阿婆宰了，也不晓得去问一句：喜鹊肉好吃否？喜鹊虽属大鸟，但从未见它们争吵打架，一派乐天知命的样子。这种祥和之气可能是惹人爱的原因。“猪屎喳”与“画眉”则不同，一打起来，“翻脸不认雀”，非要拼个你死我活不可。人类就利用它们这种弱点，“和平时期”听它们的婉转歌声，“战争时期”看它们挥嘴舞牙。为了把它们训练到“态佳势勇”，在笼棍上包上砂纸，每日带它们行山，以便练它们的腿力和磨利脚爪。如此磨刀霍霍，不外为求一战。

1984.3.8

绿毛白眼圈的相思

我们日常所见的相思，又叫“白眼圈”，当由它眼部的一圈白色而得名。

不过，要把相思的眼圈养得又白又圆，可不是易事。相思要养得羽毛贴服、紧身细腰、毛色油润，才显出养雀的功夫。

雀友告诉我，分辨相思的雌雄，要看它的胸毛，胸毛泛黄，而黄气直落腹部者是雄雀。又有人说，会唱的相思公，翼肢窝的绒毛也是泛黄的，但我翻过相思的腋毛看过，均无此现象。——或者，腋毛泛黄气的相思更佳。

有位朋友擅养雀，且能把相思驯得放出笼外喂食，不怕它飞走。他提着鸟笼坐小巴，小巴在闹市中停停走走，相思在笼内大展歌喉，赢得一位爱雀之人的青睐，立即出价三百，要买他的雀。朋友当年月入百八，三百是个极高的雀价，他仍不肯割爱。结果在一次放笼喂食时，不小心碰跌一个暖水壶，把相思吓跑了，他顿足道：飞走了三百大元。

相思和麻雀、八哥、燕子等一样，是合群的鸟类，一来数以百只，枯枝也添了绿叶，丝丝溜溜的，像斯文的女声小组合唱。

你在树下看书，它们在街上唱歌、嬉戏、追逐、笑闹，甚至在你肩头、耳边、头顶擦过，在这短短的一刻，会让你浑忘自己是人类，而同化在草绿色的相思世界中。

1984.3.9

美而亮的桂林相思

一种毛色以青绿为主，翼有彩斑、红嘴、黄喉、赤胸、灰腹，衣饰华丽而行动活泼，体型比麻雀大些，闪动着黑眼珠的鸟，称为“桂林相思”。“鹩哥”毛色是单纯的，“海南鹩哥”却因鸟耳后的两片鹅黄色肉垂而漂亮；奇怪的是，“相思”毛色也是单纯的，加上地方名“桂林”二字，羽衣也就一如桂林的山水，显得多彩多姿了。

论身型，“猪屎喳”挺胸窄腰翘尾巴，是鸟类的阿飞；“画眉”宽腰松肚，一如妇人；“鹩哥”黄眼黑毛吹胡子，像个黑社会的小头目；“相思”是个小灵精；五短身材的“桂林相思”，则近似蒙古摔跤手。

桂林相思的食量也不少，给它一只除翼除脚的小草蜢，它能够啄几下就吞下去。桂林相思的体型虽然比白眼圈大不了多少，但鸣声却响亮得多。它一唱，赤色的胸毛挺起，一如燃烧的火焰。桂林相思是擅唱而又可供观赏的鸟。有一次，办事处的一位女工提了个很简陋的雀笼回来，里面的雀正是桂林相思。大家对着这只漂亮的雀围观之际，忽然有人发现：“咦，这相思的脚好像有问题。”女工友才说：“是断了脚的雄鸟，雀店老板说毁灭了它可惜，问我要不要，我便带回来了。”

一心以为，这鸟是养不活了，岂料，个把月之后，它竟能软软地甩着那只残爪，在吱哩嗺溜地唱歌了。——可见，生命是谁都热爱的，何况人类。

1984.3.10

两毛钱买的一只龟

养过两次龟，一次在澳门，一次在香港。

头一次读中二，自己养。

第二次是儿子读小二，买给儿女养。

想到养龟，一是因为它是对人类有益的动物；二是长寿的象征，也因此，它应该不难侍候；三是它乃“龟兔赛跑”的主角之一，名闻天下；最后、最重要的原因，乃是它价钱便宜，我买得起。

母亲年轻时，身体很不好，我们的家距街市又远，我经常要负责去街市买菜，以减轻她体力的支付。

那次买菜出来，见街市门口有个汉子摆着一桶小龟在叫卖。

于是好奇趋前一看，只只昂首仰鼻，乱嗅乱爬，都想往外逃，样子很有趣，而手掌大一只，只卖两毛钱，于是毫不犹豫，买了一只回家。

先给它洗了个澡，然后放它在纸箱里，再放个小碟子，里面盛了水和饭给它吃喝。

不知道它是不习惯，还是不满意那间刚入伙的“居者有其屋”，要么是“龟缩”着一动不动，要么是乱爬乱动，把碟子都打翻了，一次又一次弄脏弄湿了纸箱。

我只好改变办法，每晚饭前给它洗澡，然后放它在饭桌上，与我们共膳。

如是者过了好一段时间，龟仍是那么谨慎而害羞，真使人看得不耐烦。

1984.3.23

龟辈进食趣怪笨拙

起初，龟总要在饭桌上龟缩一大段时间，才很慎重地把头伸出来，吃去面前的两三粒饭；后来，熟络了，一上桌子就知道有得吃，没饭粒给它，也懂得把脖子伸得长长的，找吃的了。

龟吃饭的动作是笨拙的。先看准饭粒所在，然后狠狠地“噬”下去，饭在嘴的右边，用右手机械式地一拨，饭于是左倾。

……就这样，左入一厘，右进一分，千辛万苦才吃去一粒饭；然后，又看准，又狠噬，进行第二项工程……

可惜这只龟养了一年，过一个冬天就死了。

大前年，路经湾仔市集，看见一个妇人在卖龟，儿女说要买，妻说不要，怕半夜踩着它会吓坏自己。儿女递上一线央求的眼光，我于是掏钱，因为我自己也想买。

不过这只龟养了一天就不见了，推想是开着大门时，它趁机溜走了。

这只龟不算数。

我们三父子赶快补买了一只，这只有成人手掌那么大。

仍是先给它洗澡，再放在桌子上与我们共膳。

仍是一口一口，慢吞吞地将饭推左拨右。龟吃东西时会发出声音，颇响。

——你有点手汗而去擦塑料袋时，所发出不那么好听的噎噎声，便一如龟辈们进食的音响。

1984.3.26

养龟所带来的乐趣

龟据说能够吃蚊。

不过，看它慢吞吞的那副德性，又怎么能吃得到蚊？而且，蚊也蠢不到伏在墙脚处等龟来吃呀。

我家这只龟，白天害羞地躲起来睡觉，晚上才敢出来走动。

妻不准我们把龟放到饭桌上，只得在晚饭后，在浴室的湿地上放了饭，让它自由自在地吃。孩子们看它吃得噎噎响，便开心地笑了。

书本上明说着龟是长寿动物，何以我儿时养的一只，只过得一个冬天就完了？老母亲总结经验：很可能是“营养不良”。

于是我们给龟增加虾肉、蒸蛋。龟吃得挺急迫，看它的食相，滋味倒是挺好的。我们更乐意给它这类营养食品了。

龟并不躲懒，它每夜都在无人监管下自动工作，只是对会飞的蚊不能构成威胁而已。

倒是不晓得龟如何辛苦，又到何处睡觉，晚饭后见到它，总是灰头土脸一身脏。小儿女因而增加了替龟洗澡的乐趣。

浴后，营养食品上场。龟已深知此乃天下美食，不再“犹抱龟壳半遮面”了，孩子们再也不必躲躲闪闪。

不过，给龟“进口”美食，它却“出口”臭粪，与环境卫生起了冲突，权衡之下，只得停止供应。

或隔若干日子才给它一点“好东西”吃。

1984.3.27

布置龟的美丽家园

这只龟和我儿时养的那只一样，活不过一年，冬眠之后，又长眠不起了。——完全是个翻版，查不出原因。

妻子下了结论：“是不是……——饥啦，旱啦，消化不良，食物中毒啦，当然‘死因复杂’。”

原以为是不再养龟了。

可是去年到北角午茶，我在人潮中买报纸溜了后，上到茶楼觅得妻儿，茶桌上已多了一个塑料透明箱子，箱底下攀爬着的，是两只全身青绿、两颊涂抹着橙红与浅黄色点线的“巴西小龟”。

我看看妻，看看儿女，“这是仙女送的礼物？”女儿昂着头，指指鼻尖，意思是她的功劳。严母送上一句：“你负责喂养才好！”女儿横着脸，“得啦！”有意门缝里看人，把她看扁了的不服气。

回家之后，我们为两只小龟精心设计一所“豪华海滨别墅”：在塑料箱的一角，放了一小盆挺立的风车草，有如亚热带的椰林；在“椰林”下堆叠了方的石和圆的石，再砌几块贝壳；

成了一个远离人间烟火的极乐小岛；剩下来的另一大半空档，注满了清水，便海阔天空任龟游了。

窗台的一角，放置一壶暖水、一壶冷水。

这窗台是近阳光的，就放置两只小龟的美丽家园，好让“椰林”和龟都能吸收点阳光，也便于欣赏。

1984.3.28

不识好丑离家出走

以为只有人类是“向上爬”的动物，岂料龟也是“向上爬”的。

——其中一只，模仿巴西大情人爬绳梯与美人相会，竟然沿着风车草爬出了豪华别墅，离家出走了。

哥哥埋怨妹妹添水太多太高，妹妹自知理亏，嘟了小嘴站着；哥哥再责备一句，她便发了狠：“我赔就是！”

怕战争升级，我只好扮演联合国的安全理事会：“小小一只龟，走得多远？找找看，一定躲在家中。”

全家总动员，找了老半天，仍然不见龟的影子。大家都呆坐着。

老母亲口渴，提起水壶倒水，惊喜地叫道：“你们来看看，这是什么？”大家走过去一看，才高兴地骂起来：“我们到处找你，你却躲在窗台角睡懒觉！”既然水太高龟会逃跑，便把水位规定在小岛的“岸边”——约莫一寸的位置。这就安全了，安全了吧？

可是翌日一看，又少了一只龟！

这次不用说，立即移开暖水壶去看窗角，没有；用鸡毛扫往窗台边的小几底一扫，小龟黏满一身毛头出来了！

“大概不关水高水低，是风车草做了它的绳梯。它既然不懂欣赏‘椰林月色’，我们只好搬走风车草。”

这次轮到妹妹理直气壮了：“听到吗，不是添水太多，不要什么都冤枉我！”小龟便安安稳稳地住下来了。

1984.3.29

飞毛腿勇救慢步龟

电视台举办过“宠物服从比赛”，其中一位参赛者带同表演的是一只龟，那龟会跟着主人走路、转弯、停步，很惹人爱。

龟是有灵性的动物，当你和它交了朋友，它会脉脉含情地看着你；只可惜龟不会说话，“相对无言”。

龟的灵性表现在求生本能上。

有一次，我在海旁散步，卖海鲜的小贩正忙于逃避管理队的追捕，龟和水鱼们便趁机会爬出了竹箩和塑料桶，逃命去。

它们逃走的地点，离海边起码有十五公尺远，但令我惊奇的是，它们竟一致地奔向同一个方向——海边！

旁观者都为它们着急，有些年轻人趁小贩们不觉，暗暗助了龟辈们一脚之力：一脚一脚地把它们踢向海边。龟的样子似乎是领情的，它们也似乎知道时机对它们的重要：它们爬走得很急速，已近乎仓惶的地步。

终于到达海边，它们毫不犹豫，一只接一只地，向海水跃下去，作四十五度角，游向深处，隐没在大海绿色的怀抱之中。

当后继者还在努力、还在拼命竞逃时，小贩们已避过追捕，反过来追捕龟辈。善心的妇人和小孩，急得尖声惊叫。几个胆壮的年轻人，恃着有一双飞毛腿，及时地拔刀相助——大脚一踢，在急如星火的一瞬，把龟辈们扫下海去，自己也就拔脚逃跑。

围观者不禁欢呼。

1984.3.30

相思患胆固醇过高

相思鸟飞来之后，应该还有个下文。

那鸟一入笼就熟络了，可见是有人养熟了，不小心飞走了的。

有一次，小女提了雀笼上天台，意思是让这绿色的小鸟，能与吊灯、狗牙、白蝉、石榴、朱锦、田七与杜鹃等，人工堆砌起来的“小自然”亲近亲近，可是不知怎地，笼子的门栅打开了，飞走了鸟儿，慌得她不知所措地提了空笼子下来，急忙问我怎么办。

我问鸟儿还在不在。

她说还在花树之间飞来扑去。

我马上提了笼子冲上天台，对着相思吹了几声口哨，它便乖乖地入了笼。

相安无事地过了九个月，一次，女儿吃盐焗蛋，问我为什么要“盐焗”，我说盐焗补身。她说相思鸟要不要补身，我说要。父女俩便剔了十分之一个蛋黄给相思吃。

它大口大口吃得挺高兴。可是，不一会，它没精打采的，翻一个身就死翘翘了。——就这十分之一！可能是“胆固醇过高”吧？

儿女们很伤心，捧在小掌上。不相信它是死的，要我立即为它做人工呼吸抢救。

我也是这么想，便一下一下地挤压它胸口，为它进行心外按摩术，但它始终闭合双目。

我并不是兽医，但已尽了最大努力，可惜，终于“返魂无术”，只有呆呆看着它。

1984.4.2

雏鸟死于急性肺炎

为了补偿儿女，我另外买了只初试啼声的小相思回来。

由于它年纪小，一有食物到，甚或只有手指、牙签递过去，它就振动两扇小翅膀，张开了捆黄边的“大”嘴，震颤着嫩音，吱吱地叫，怪亲昵可怜的。

它显然是需要爱护的幼雏。

小相思越“小鸟伊人”，孩子们越动了爱念，只要闲下来，就铺了报纸拿了剪刀，剪开草蜢，一口一口地喂相思吃。

我说：“前车可鉴，别喂得太多，以免害它饱死呀。”兄妹俩也听话，小心伺候。

大概是第七天吧？天气很热，我们早泳回来，正在淋花洒浴，女儿说相思一定也很热，不如把鸟笼放进来，让它享受一下人类淋浴的乐趣。

我想：大自然也经常会下雨的，雨势不会比花洒的水势小，何况相思每天都喷水洗澡，锻炼惯了，不怕；又何况，中午的阳光正猛，淋浴之后放在天台上晒晒，既能保暖，羽毛又易干。

所以“欣然俯允”。

花洒的水毕竟过猛，一喷下去，它便惊扑，把我们吓得不知如何是好，唯有马上穿衣，把鸟笼捧上天台，祈求阳光给它温暖。可是，它湿淋淋地抖着、抖着，没听它打个喷嚏就翻了肚。

唉，大抵是死于“急性肺炎”。

1984.4.3

油脂雀要双料进补

小相思之后，又买了只大相思。

——相思有多大？大不过一个小红萝卜吧？

所谓“大”，是它的年纪：已经成年了，不是雏鸟。

买回来时当然是雪白色的眼圈，衬着一双滚圆闪烁的黑眼珠，那件翠绿的外衣也宽肩窄腰，修长得体。

渐渐，羽翎飘落，双翼下垂，腹茸蓬松，褪去了一身光采，现出一副颓败的样子；歌声也由嘹亮，变成有一句没一句了。

去请教养雀专家、权威们。

一个说：“那是雀尾生了油脂瘤，你只要捉它出来，吹开它的尾毛，用针对准那雀屁股上的一点油黄小疮戳下去，几日之后，保证你的相思身光声亮，回复旧观。”

另一个说：“是天气冷，喂蜢不足。相思是要经常补身的雀鸟，越补、越燥火的食物，越合它的胃口。现在天寒地冻，草蜢都给大户人家预订了，普通人有钱也难买一只。我教你，去雀鸟档买些蚕虫干，买些草蜢粉，混在相思粉中一起给它吃，一定有起色。”

遵旨。回家把相思捉出来，吹开尾毛一看，果然生了一小点油黄色的小疮，便替它抹火酒，又拈了预先消了毒的衣针，替它动了手术。

术后，走去北角买蚕虫干与草蜢粉，回说没有。走去湾仔，有草蜢粉没蚕虫干。走去中环，两样也没有，但另有介绍：“水蚊”与“特制相思粉”。

1984.9.4

水蚊蚕虫干面包虫

水蚊？可未听说过。身价相当高，几块钱才一小包，回家拆开一看，肚子胀鼓鼓的，一点也不漂亮，难怪相思见了它们没有好感，一只也不肯吃。那尖嘴乱拨乱啄，连带浪费了不少价钱特昂的“特制相思粉”。

满以为双管齐下能见效、见大效，怎知道一周之后，一点儿起色也没有。

心想：水蚊可能是用油炒过的，因为一只只都油头滑脸肥肚兜。

是不是泄了气，不香了？

嗯，反正相思是要“补”，要“燥火”的，于是烧红了镬，放水蚊下去，再放进一点芝麻几粒花生，翻炒一遍。放凉了，倒进小石臼里舂成幼末，掺在相思粉中，让垂了翼松了毛的相思吃。

这回它肯吃了。

吃了，吃了，可是没有起色。

再去雀食店投诉式地请教：“吃了你介绍的东西，一点效力也没有呀。”

“这样吧，你试试喂它面包虫。”

“面包虫”？又是未听说过的小怪物：浅啡色、比蚕虫小得多的白浆虫，因为它们吃的是面包，所以叫“面包虫”。

妻子看了恶心。儿女看了大乐。相思看了也大乐：肯吃，爱吃。

过了五天，只是短短的五天罢了。

不知是营养过量还是食过量，相思又翻肚、翘尾巴，去了。

1984.4.10

一个笼子两只鸟儿

是笼子潜伏着不利于雀鸟的细菌？——把笼子里里外外洗擦个干干净净，拿上天台去曝晒了一整天。

听从专家们的劝告：不要饲养食荤的雀啦，养只食素的吧。

于是，下班之后，专程去买了只全身淡黄的白燕回来。

孩子们不知我（纸）袋中有雀，一见我回家，就绽着笑，兴奋地朝我冲过来：“又有一只相思飞来啦！”

看笼子，一只逢人就振动翅膀求食的小相思。

我提高了手中的纸袋问：“那，这一只怎么办？”

“哈哈，你又买了相思？”

“不，是只白燕。”

兄妹俩睁大了双眼，好奇了，因为一开始养的就是“相思”，从未听过有“白燕”这个名字。

未等我引见，他们已自行打开纸袋口，去瞄瞄这位新入境的贵宾了。我说：“急什么呢，入笼之后就可以看个一清二楚了。”

“笼呢？”兄妹问。我指指被相思占据了的那个旧笼子。唉，一山不能藏二虎，一屋无法藏二笼呀。只好委屈一下，把相思和白燕，共放一笼。（既然同一天来到我家，它们、与我们，总该有点缘分。）白燕在鸟类中算是娇小的，但放入笼里与相思一比，却是阔肩厚肉、昂首挺胸的大人物。——看它嫩黄整洁的毛色，在嫩黄中衬得特别乌闪的黑眼珠，就另有一番气派。

1984.4.11

先入为主后来是客

显然，看在相思的眼里，白燕的一身黄是出奇的。它蹬了脚，伸了腰，引了颈，定定地看着这位新同居，结果，它认定这位异族是英俊潇洒而可爱的。

于是它翻动筋斗，吱了吱了地唱着拙劣的欢迎歌了。——相思是天生的杂技家呵，看它：单杠大回环的雄姿；在平行木上追逐自己尾巴的游戏；同时，倒挂金钩，好整以暇地梳理自己羽翼的憨态，就知道我所言不假。相思呢，先入为“主”；白燕呢，后来是“客”。

做客的白燕，起初是龟缩的，后来，倒有点“大男人主义”地老实不客气了。

比如说吧，相思吃的是相思粉，它自己吃的是赤白两混的雀粟，却拽个遍地，吃相思粉来了。“隔壁婆仔饭香”也罢，有时忘了放雀食，相思楚楚可怜地叫来了快餐，抢在前头霸着吃的倒是白燕，相思去吃自己应得的一份，反惹白燕污言秽语地骂呢！

又比如，你掉点提子面包、栗子蛋糕、牛奶蛋卷、莲蓉月饼，或其他美味好吃的东西进去，“白燕”因是素食的，还未见过这种“大场面”，既是“见‘少’识‘窄’”，怕人家毒杀它，便按兵不动；“相思”不同，因为它是个杂食的家伙，“见多识广”，一看就知道是人间美食，怎可放过，于是“一马当先”……然而，先去取食的是相思，后来抢食的总是白燕。

1984.4.12

男女平等来者不拒

对待“畏缩在前，抢食在后”的霸道行径，最看不过眼的是女儿，她会握拳相向：“打死你！”

——还好，白燕还自知有“理亏”这回事，回避了。

……养下去，相思不会唱歌，才知道它是个女的，遇上白燕唱歌，相思便翻筋斗答谢。

“怪不得没有人要，原来它是个女的。”我说。

“为什么女的就没人要？”女儿问。

“因为它不会唱歌。”

“那怎么办？”儿子瞪着眼，一脸疑惑地问，意思是怕我不要相思。

女儿一脸不乐意，重复着先前的一句：“为什么女的就没人要？”

“你是男的吗？”

“我是女的。”

“爸爸有不要你吗？”

女儿傻傻地抬头望着我，应：“没有。”

“这就是啰，相思和人一样，飞到我们家，就是我们的了，既来之，则‘养’之，男女平等嘛。再说，它习惯了由人类喂养，放它出去，一定会饿死。”

兄妹俩各在我的左右脸颊上，高高兴兴、认认真真地亲了一下。

相思就在我家安居了。

一雌一雄，一黄一绿，一唱一跳，倒是“相映成趣”，就是时而亲热时而拌嘴的“俏冤家”模样，令人啼笑皆非。

1984.4.13

相思白燕共叙一年

作为“女儿家”，相思是斯文礼让的，它奉行的是“好女不斗恶男”。

饥荒过度，那就难说了，飞过去，把身一横，低头便吃，由你打骂，“民以食为天”。

不过，白燕的大男人主义也似乎并不过分，一到紧要关头总还有点风度——走过一旁，啄磨自己的本食了。

这对小冤家并不是只会吵嘴争食的，和气时候，经常你替我捉蚤我替你理毛，中午洗澡就更是互相嬉戏。白燕的捉蚤本领倒是仔细到家的，相思因而舒服得松了颈毛眯了眼。

白燕心情好时还为相思唱歌，歌词是李之仪《卜算子》的改写：终日思君能见君，共饮一杯水。相思因而倾倒。

白燕也会恶作剧，经常在黄昏之后对相思讲“猫来了”、“蛇外婆”的故事，吓得相思不敢独睡，要和白燕挤在一起。白燕不让它靠近，相思苦苦相迫，终于两相偎倚，睡到天亮。去年初冬，可能是“生理时钟”的驱使，白燕大唱特唱之后，居然在笼底的垫纸上营巢了，相思还撕了一条条纸碎帮忙。但，这毕竟是游戏，过几天又斗嘴争食闹别扭了。看着这一黄一绿的小顽皮，倒近似吾家的小兄妹。但兄妹俩是偏帮着相思的，因为它年幼顽皮，而且会在关闭了门窗的厅中飞翔玩耍，供兄妹俩半日欢愉。哥哥算着：一百日、二百日、三百日、一年了！兄妹俩每人掏了一元，买了只大草蜢回家，为相思入门一周年而设宴。

1984.4.14

有德有失

身体力行是“德育”

摸黑出门的时候，这个城市还没有醒来。

一路上小鸟和我招呼，我也和小鸟招呼；再有就是遇见钱老师徒步去买面包，或是郭老师踏着自行车，挽着搪瓷盅，去小街的粥店买白粥、油条、松糕回去给妻子儿女做早点。

我回校很久了，才见这些老师回来，可见他们在家中还有别的事要做。……这已是50年代的事。

当年的澳门，是个宁静的小城市，平日老师来家访，我们也踏着木屐去老师家串门，往往看见老师家中养了鸡，或是老师和家人一起做点爆竹、缝补衣服的副业；要不然，就是看见老师在洗衣服、改作业、备课、看小说或其他课外书。

老师的生活是十分清苦的。自已有产业的校长，却也相当朴素。由于我和校长的儿子是同班，暑假常在校长家过夜，也就常常目睹校长自己倒痰盂、洗衣服，做一些琐碎的家务。

是不是他们的刻苦、勤俭、朴素，以及对学生、对家长的责任感，早已身体力行地在我们的小脑袋里潜移默化，因而我们这些毕业了十多二十年的校友之中，很少听闻有离婚、作奸犯科或是工作不力而被开除的事例？

他们艰苦时的微笑，给了我们奋斗的勇气；环境改善之后，他们又给了我们不铺张、不浪费、不自大的谦虚君子的榜样。如今想起来，这正是最好的品德教育。

1984.6.15

文艺能够陶冶性情

先严也是舞过文弄过墨的，他向我展示过他的大作，我又喜又爱又敬，读得几乎会背诵。

而今，我这个做父亲的比我的父亲威风几倍，但我出的书写的字，我的儿子却看也不看。

为什么？因为，似乎，犬子与“文”性不相近。

“文”，一般都与“‘文’质彬彬”、“‘文’弱书生”带上关系，爱好“文”艺者，实质上也比较孱弱。无他，从小就吃饭看书，闲时看书，睡前也看书甚至坐车走路也看书，运动少，头脑虽不简单，四肢却焉能发达。但文艺是陶冶性情、培养高尚情操的一帖良方，因此我不得不向我的儿子介绍我的老师，和我的学生时代：

“文”的，固然在井头洗衣，在树荫下看书，或是给学生们拉去打一场篮球；“武”的，如数理化的老师们，也不光看三角几何物理，他们也看小说诗词，所以讲解物理化学时，牛顿、亚里士多德之外，一样能抛几句杜甫、白居易。文科老师向学生推荐文学书籍，讲解他们的阅读心得，似乎是他们“义不容辞”的责任；而理科老师也间中有意外的贡献；另外，图书馆购入新书，馆长很快就贴出内容简介，抢先的读者也很快就在壁报上发表读后感。

而今，我那与“文”性不相近的儿子，已在睡前为妹妹讲床边小故事了。

1984.6.16

恶爷长做电视主角

《上海滩》《千王之王》《人在江湖》《过客》《珠海枭雄》之类，哪一部不是以黑社会头子、毒枭、贼阿哥做主角，又把他们作为正面人物展示给观众，为那些社会所不耻的人物说话的？

为什么毒枭、黑社会头目们，都不约而同上了电视，做了长篇剧的主角？无他，因为他们的背景复杂，生活“多姿多彩”，有“丰富的娱乐性”，易于吸引、取悦观众。

电视对成年人是取悦，对少年儿童也是讨好。一些所谓“儿童节目”，便是娱乐性、趣味性大于知识性、教育性；而且，教儿童辨别好坏之后，为何不可以正正经经地说一声“对了”，而偏要怪声怪气地叫句“醒目”？“醒目”在我的理解上是有点邪气的赞美，正派的、有教养的人并不这样称赞小孩子。

电视广告呢，不是教人吸烟、饮酒，就是教人服药；好好一个“乖”字，宣读广告员之口，便成了邪声怪气的“乖乖”，“乖”得人毛管直竖，“系咁先”“先”得人反胃。

这样的节目，这样的广告，这样的声调，长期让青少年耳濡目染，结果，我们的下一代会变成什么样子？——好的，中毒不深的，是模仿着成年人“怡然自得”地吸烟饮酒的样子，口语里经常夹杂黑社会的术语；坏的，就以电视主角为师，动不动以拳头相向，或是“祈望发达一味靠揾丁”……你看，名利双收，不是“找到了”吗？

1984.6.17

不久之前的“往日”

往日，目不识丁的暴发户，怕人说笑他“暴发”、“没文化”，总得要央求读书人给他列一张长长的书单，托人“照方检药”，把中外名著塞满两书橱，放在客厅当眼处，以示“我不止喜欢铜臭，也欣赏‘书香’”。

这样子装模作样，虚有其表，到底也有“风来翰墨香”的雅趣，总好过光在大厅里放三座足金的福、禄、寿。

往日，祖母会坐在庭院里，边扇着风，边为躺在长条木凳上乘凉的小孙子，讲天上的仙女，讲人间的牛郎；或是年轻的母亲，在鹅黄的煤油灯下，边缝补、绣花，边为不肯入睡的宝贝心肝，讲远古的神话，讲山外的传说。而今，妈妈张着口各各迷着她们的电视，不会讲仙女、牛郎，不会讲神话、传说了；儿孙要听故事，留给会讲话的、用钱买来的、现成的录音带吧。

往日，爷爷在田间挥着汗，教名字一律叫阿牛、阿猪、阿羊的孙儿农耕的本事，婆婆在作坊里教儿女媳妇编织、家务的活儿。闲时便一起捉田鸡、捕田鼠、养猪喂牛，拿谁的辫子开玩笑，为谁的笨手笨脚展开追逐。感情就这样融贯着，极少代沟。而今，都相对无言，都不相闻问，都不看书，大老爷的官话儿：免啦！电视夺去我们的感情、时间、青春与回忆。老了，我们怎样去寻梦，寻童年之梦？靠一方再也不会言语的，冷硬的电视？

1984.6.18

尝试关掉你的电视

台湾有位著作等身的老教授，退休之后，一群尊师重道、出于爱心的大学生，怕老师清冷寂寞，日子难过，便合资送了一架电视机给教授，好让他得以排遣将逝的时光。

教授的本意是利用退休的机会，不必兼顾，可以一条心奋力写作；但既有电视，亦乐得在余闲与机相伴，调剂一下身心。

岂料电视机一开，这一辑是连续剧，那一辑是风光；上午是人间奇闻，下午是生活乐趣；深夜是渴望已久的名片，清晨却又是益寿延年的健身操……时间都被这样那样的节目，一小时一小时地吞噬了！

著作？乖乖不得了，一纸空白、空白、空白。

他给朋友的信，表现出他痛心疾首的悔恨；我不要电视了！再这样下去，我再也写不出一本好书，我算是完了！

美国有一个组织，劝人关掉电视。

你年轻，有长长的生命给你去挥霍。你也许还不理解那位台湾老教授“来日无多”的心情。但你是勇于尝试的是不是？你能否说服兄弟姊妹、父母叔伯，在每日全家齐聚的“黄金时间”，也来试试停开两小时电视，彼此谈谈天、说说地，回忆过去、憧憬未来？或者，婆婆腰痛，你为她推推背；爸爸脚疼，你为他捶捶腿？又或者，一个绘画，一个练书法，一个学琴，你则看一本闻名已久的好书。每天这样，还怕“代沟”，还怕没有成就？

1984.6.19

绝不容许胡作非为

渡轮码头上，曾有过一幅彩色夺目的巨型广告，红字大书：想做就去做。

从好的一面去理解：想写稿？想看书？想晨运？想缓步跑？想旅行？想练琴？想绘画？想学舞？……“想做就去做”，很有坐言起行、明快果断的格调。但从坏处想，那后果就很可怕。

——几个小孩子聚在一起，没钱用？得，亲戚办喜事，家里一定少不了金饰贺礼，何不上门“借”一条金链用？“想做就去做”，于是诓骗姑母开门，迫姑母交出首饰，不给？用软枕把姑母闷死了。（英皇道侄儿劫杀姑母案）

——同学炫耀家中有钱？先偷了他一把钥匙，候他家中无人，便捷足先登，上门去盗窃，恰遇户主提早回家，事败。（某书院学生入屋盗窃案）

从前，是踏入社会之前，老师们才语重心长地告诫：社会上人心险恶；害人之心不可有，防人之心不可无。想不到如今学友之间也得互相提防，小小年纪已要戴上“提防人心险恶”的安全帽了。

——劫杀计程车司机；——司机奸杀十九名少女；——殡仪馆经理绑架兄长；——恐吓勒索旧雇主；——杀死斥责过自己的地盘看更；——围斩多看自己女朋友一眼的少年；——安乐园两子一母被杀……“想做就去做”？（该广告已改为“应做就去做”，感谢他们从善如流。）

1984.6.21

功利之外应有德育

看似是一幅轻松得意的广告，一句无关宏旨的广告语，不深思，不深究，广告商自己恐怕不晓得本身已承担了那么重的社会道德与社会责任。

我并不是要在香港这个自由社会提倡“文字狱”，要“号召”有识之士“起来”，对每一句广告、每一句言论都寻根究底。我只是指出：小小一句广告语，已把我们社会的“功利主义”面目表露无遗。

要改变功利主义的社会本质是很难的，但能不能约束一下，不随便，不过早，不恣意任情地向新一代灌输这种不顾别人死活的功利思想？

（或者有人要说，社会既是“功利”的，不向新一代灌输功利，对他们日后有什么好处？难道要他们傻头傻脑地，见到金子也不会去捡拾吗？——倘若这理论是成立的，社会人士及教育界就无须谈什么“德育”，我这支秃笔，也不必长篇累牍在此探讨青少年的“德育”问题。）

公德，是属于整个社会大众的，大家都有公德，对整个社会就有利，大家都没有公德，整个社会就会蒙受其害。

“公德”又从“私德”累积而来的。香港有五百多万人，五百多万人都私德极佳而富有“公德心”，这个社会就太平无事；中国有十二亿人口，人人都有私德、公德，焉有不国富民强之理？

然则，“私德”是怎样来的？来自个性、遗传、学校教育、家庭教育与社会大众的相互影响。

1984.6.22

首先要为别人设想

——玻璃樽扔出窗外，击穿路人的头，“无罪”？于是电视机、火水桶、石油气罐、长沙发，都由高楼大厦向行人如鲫的街心抛出去。

（有没有想到，自己做的，完全是“杀手”行为？）

——暑假无聊，父母又没空带自己出去玩，反正旧书、旧练习簿、旧日历无用，何不折成飞机，扭成纸条，甚或干脆撕成片片，由自家高高的窗口飞掷出去，化成千只纸蝶，让自己在无聊之余，有点免费娱乐？

（有没有想到，清道夫因为你这一抛掷，要多做几许扫街工作，要多冒几次被车撞死的危险？）

——在铁笼子、假阳台上洗衫，累了，懒得把肮脏的肥皂水抽往厕所倾倒，侧身向街一泼，利落。

（有没有想到，别人湿了身，而又赶着去赴宴的狼狈情景？）

——烧焊工赚钱想快，工时要短，跨一脚出去，就滋滋地烧焊了，火点如雨，是楼下的事，是路人的事。

（有没有想到，别人身上的衣服？人被火灼伤，甚至毁容的痛苦？）

——在公园玩耍，为了发“泄”你自己，满足你自己，见着空秋千乱碰乱撞，见着美丽的鲜花乱采乱摘，见着青翠的树苗乱晃乱摇。

（有没有想到，别的孩子踏上那个被撞坏了的秋千，后果会怎样？园丁会因你的破坏而浪费心血，兼且会被上司责骂？）

1984.6.23

爱草木桌椅如己物

在下的母校，近乎“义学”，每个学生都明白，一椅一桌，都是靠辛辛苦苦筹款得来的，所以值日生每日洒扫课室，喜庆节日利用书台铺砌舞台，翻椅搬台时，都轻手轻脚，免得拖松了椅脚、擦损了桌面。

如今的人移动公众台椅，都不用个“搬”字，只用“推”、“拖”，脚下是水晶地板？亮晶晶的胶地板？推花了，拖损了，是你的事，公众的事，自己省力就得。

（一些精力过剩而又缺德的青年，往往将山边供人休憩的长椅，整张抛下山坡去，这种损人而不利己的行为，不知基于什么心理因素？）

我们的一草一木，都是校方买了花苗、树苗、果苗回来，由同学们亲手种的，所以人人都爱护学校的花草。如今就连别人的、公众的花草都爱。

当年顽皮，也只不过偷偷“胭脂红”的石榴吃；波牛们粗鲁些，也只是借投篮之便，摔几个杨桃下来分甘同味；寄宿生越轨，半夜偷了熟木瓜，已属于“严重刑事案”，受到公开指责。如今，我们的城市高度“石屎化”，而极度“不绿化”，照理该好好珍惜一草一木。但是，一些人，兴之所至，顺手便拗断幼苗做刀剑，与朋友对打起来，郊野旅行、烧烤、拜山，又经常因为大意，而令数十万株林木毁于山火；至于有人“纵火”烧山的，心痛之余，就更对我们这些个别同类不可理解了！

1984.6.24

商业广告所忽视的

广告：各式人等在排队候车，候车者当中，有人不耐烦地剥花生，并把花生壳随手一抛，就抛在街上……

是“清洁运动”广告？我立即就这么想。但镜头一转，旁述者一说，我才晓得，是劝人不必苦候公共汽车，改乘“地下铁路”的招客广告。

“不耐烦”，有很多方式可以表达，“剥花生”并非适当的选择。在我个人而言，心情好才剥花生，心情不好，或不耐烦时，并不剥。

即使要选择“剥花生”，也该把花生壳放入备用的胶袋里；即使要乱抛花生壳，也该有个清洁纠察员出镜，给这位乱抛垃圾的女士一张告票，才镜头一转，旁述开腔：与其如此，不如改乘……不迟。

“地车”（我赞成查良镛先生的提议，因为“地铁”太日本化，我们为什么放着好好的“中语”不用用“日语”？）是半官方的机构，这样一个现代化的组织，其广告居然可以不顾道德的需要、法律的限制，向市民有意无意地灌输着污染城市的教育。

当然，“在商言商”对地车当局，对广告设计者而言，他们想的只是“招来”二字，“道德”嘛，他们是无暇顾及的。我这则小文字，是不是可以令地车当局收回这则广告，另拍一部？以它的财力而言，应该不难办到。再者，广告商们今后在设计上，也能顾及道德的影响力否？

1984.6.26

向好一面默化潜移

《少年黄飞鸿》第一集，飞鸿送礼到未来岳父家，未来岳父拆开礼物，见是水烟斗，一边喜形于色，一边便把包装纸随手丢在自家的客厅上。

往日的广州市，大门大户人家，作为高高在上的一家之主，决不会在过门作客的晚辈面前乱抛垃圾，此其一；其二，在观众的“德育“影响上，有失检点。

“失检点”的不止《少年黄飞鸿》，两台的其他剧集，以男女主角“爽快”性格表现——抛纸落池，丢烟头落地，掷汽水罐落海……的镜头，不知有多少。

我们的青少年，就是在这些形形式式、零零碎碎的“生活细节”上，被长年累月地熏陶、默化潜移。

也许，大人物做事“不拘小节”，可是小孩子却专注于“小节”上。日复一日，看在他们眼里，终究在他们的小心灵内，凝聚这样一个错误印象：随地抛弃垃圾，乃是很“自然”的事。

曾见过父母训斥儿子乱抛垃圾，儿子便以电视剧主角的所为来顶撞父母。

我们的广告设计家，我们的编导，能不能在掉以轻心的细节上，注意一下，重视一下，反过来，利用广泛、有效的电视传播媒介，为青少年一代，给予“好的”一面的熏陶与默化潜移？

这些，是我所说的“社会上”的影响。

1984.6.27

五口同桌难数十脚

一位“清洁运动”的成员说，触犯公众卫生条例而当了“垃圾虫”者，据统计，以入息少、家境清贫、教育程度比较低的人士为多。

的确，走遍香港，亦以柴湾、西环一带的街道，比较多垃圾废物。

为什么会有这种现象？是不是一家大小都忙于外出工作，对儿女少了家教督促，——那些缺乏自觉的孩子便趋于无心向学，——学历不高，日后所干的工作就比较粗劳。这会否形成一个具有普遍性的恶性循环？

又由于所干的工作是较为低层的，同事之间以粗言秽语、乱抛垃圾为“自然习惯”，慢慢地，自己也“习惯成自然”，误认这类粗犷的举止为“豪爽”，以至积习难返，想改也改不了？

可怜的是，自己身为人父、身为人母了，又把社会上的恶习带回家去。

如粗言秽语吧，父母叔伯闲谈，“你老母”来“你老母”去，做儿女者“耳濡目染”，又焉有不带着“你老母”去外出应酬的？

如吐痰吧，你会随地“咳——吐”，你的儿女在“家学渊源”之下，“放飞剑”的本领一定不会弱。

唉，父母吃饭喝茶都跷起一条腿的话，那，这一家五口同桌，在桌下又焉能找到十只脚？

1984.6.28

环境会改变一个人

高尚的茶楼酒家食肆，地毡都是干干净净、光光鲜鲜的，负责扫地的女工友，反倒可以清闲（所谓“高尚”是装修豪华、价钱昂贵而已）。

地区比较穷，格调比较低的茶楼食肆，即使铺了云石地台也是枉然：茶客们的痰吐下去，烟头丢下去；茶博士们也积习难返、因利剩便，把原本是白色，如今成了茶、灰、褐混为一色的肩头巾往桌上一抹，将残羹剩菜、软硬骨头，全拨在地上。

于是，脚下接触的，是软软硬硬、湿湿滑滑的东西；手、肘碰在杯、碗、筷、桌缘上，全是黏黏腻腻的感觉。此等场合，跷起一条腿，或双腿盘坐椅上，固宜；拿手巾铺椅、纸巾抹碗捋筷，固不宜。——别人会因为你“不入流”而鄙视你。此乃“物以类聚”之后的“环境因素”。起初，我以为在这种地区开酒楼，铺上地毡是“不切实际”的，因为爱丢烟屁股火柴头的人，有一种“惯性”。但是，渐渐，地毡干净了，都比较乐用桌子上的烟灰盅了。——这可以说明，习惯并非不可改变；人可以改变环境，环境也可以改变人。

反过来，即使你是未受过教育、吊儿郎当的暴发户，要么你不去“高尚”地方，倘若你踏入脚下软绵绵的高级地毡、顶上光粲粲辉煌耀目的灯饰、侍者礼数周周、坐者鬓影衣香的上流食肆，你会随地吐痰乱掷烟头？你不会，因为环境、气氛影响了你，你已“入”了另一“流”。

1984.6.29

人亦可以战胜环境

有位当管工的朋友，曾在工友休息室里做过观察、实验。他每日清晨上班，洒扫地面，抹挣台椅，然后在桌上放了烟灰盅，结果，一天下来，曲终人散，烟头、痰涎、花生壳、啤酒樽盖、火柴头，仍然弄污了一地；桌上的烟灰盅却是干净的。后来，建立了值勤制度，每天有人煲茶煲水，轮流洒扫，两年后，才能将局面改变了七成。

这是为什么？是家庭教育，与个人的生活习惯，并且因为物以类聚、互为影响的结果。

这里得强调：并非“穷”的、职位“低下”的都如此，穷苦家庭也有家教甚佳的例子，只在小节上缺乏检点的情况，较具普遍性而已。

——古代，“三迁”的“孟母”，我们是熟识的。

——现代，陆定一（中共要员）夫人严慰冰和她的妹妹严昭所写的《母亲》，在控诉“文革”的同时，亦歌颂了两位母亲的伟大：家道中落、一贫如洗的外祖母，为了独女喜欢偷听塾师讲课，便答应每年为塾师全家做卅六双鞋，以求女儿能识几个字；贫困的母亲为使几个女儿成才，又每日为富人抄金刚经维生，后来，严慰冰果然考取了大学文科的第一名。

——战前，专为美国海军洗衣的“香港玛丽”，亦因为持家有方，子女们都成了医生、律师。

……多少不知名的父母，为儿女日后的成功，默默地付出他们的血与汗？

1984.6.30

为儿选校伤透脑筋

儿子小一时，读的是真光。真光的校园、设备、校风是有目共睹的。但真光的中学部是全女校，男孩子分配不到理想的中学，就连留读母校的权利也失去了。我只得为他安排转校。

太远的不要。学生家庭成分太富有、太高级的不要。选择的结果是朋友推荐的一间，说是往日的会考率高达百分之九十六。

离开真光，像欠了一间好学校一些什么似的，可是同时转校的，还有两三男孩子，为此，我特别写了封信给他们：你们是一群好老师，决不要为了个别学生的转校而气馁。

转校之后，和外间说的一样，功课是多了、深了，有时候，一夜的数学功课，竟多达六十多题。小儿的数学好，做其他功课的速度也极快，可也应付得有点吃力；那些数学不好，遇到难题拦阻着而耗费了大量思考时间的，就不知道如何过日子了。

我不知道离开真光是否正确。但肯定，选择转往这所新校是极大的错误！

儿子的书包内常常失去这样、失去那样，单是课本，就有过一周之内失去三次的纪录；其他诸如毛笔、原子笔、擦纸胶之类，更属家常便饭。

我责问他“是怎么读书的”，他无言以对，却像受了很多委屈。

他那无奈的神情，连番勾起我的抚思自问。事情虽小，都总有不安之情。

1984.7.1

只重功课不重德育

正在埋头赶稿，小儿走来告诉我："失了'社会'书。"我一看表，书店快要关门了，便生气地说："怎么搞的，又丢失课本？明天吧，明天才给你买。"他紧张地说："明天没有书，要留堂的。"我光火了，但看他满脸委屈的样子，只得将心火压下，将稿事压下，穿一双懒人鞋，拿一件外衣朝外跑，飞计程车往湾仔唯一一间卖这学校课本的小书店，将"社会"补购回来。

回家途中，越想越生气，返抵家里，稿也不写，先挥书一封，责问校方是如何教导学生的，怎会整天闹失窃？班主任一查，部分失窃的东西都查出来了。原来真的不是小儿粗心大意，而是学校的校风不好。

有一趟，接小儿下课，吃了汉堡包，跑去附近公园玩耍。公园里，绝大部分是这间学校的男女小学生，可是言谈之间，全是污言秽语，完全不是儿童们"天真未凿"的纯洁语言。

我老大不高兴，皱着眉。妻知道我想什么，劝说："它们中学部好，会考率高。"

又有一趟，我要参加一个试，地点碰巧就在这校的中学部。试后赶上他们放学，想不到一街都是粗口。我又气又恼地加速步伐。

回家，我对妻说，读完这学期，转校。妻说："转来转去，不大好吧？"我说："只重功课，不重德育的学校，读下去对孩子有什么好处？还是及早转校好。"

1984.7.2

有诸内而形之于外

小儿名涛，因为搬家的关系，幼稚园转了一次校。就这样，古有“孟母三迁其家”，今有“涛父四易其校”。

四易之后，第五间读的是官校。往日，我对官校有相当偏见，如今看来则颇感满意。首先，经过一段学习过程，学生成绩有了高下，在分班安排上，比较合理。

其次，它还多多少少有点课外书籍介绍，还多多少少有点做人处世的道理回来复述；风纪相当不错，学生由哪个门出，家长由哪个门进，小纠察们都分得清清楚楚，严格执行；学生在街上，在电车上，就我历次所见，还未发现有污言秽语。

他们的老师当中，有的喜爱美术，有的兼任童军教练，有的在教协创办的儿童刊物中担任编委。他们的校长则爱好音乐。

——是不是老师的生活情操高了，令学生也得到熏陶？我想，这应该是有关联的。

所谓“风纪好”、“校风好”，其实就是“德育”的灌输。校方重不重视德育，看他们的学生在校外的行动举止，可见一斑。有些学校的学生，在路上、车上或其他公众场合，总是头发整齐、指甲清洁、校服端正，给人大方得体的感觉。遇到这种学生，我总想问一句：是哪间学校的？相反，穿着校服去看“艾曼妞”，衣衫不整，坐在行人路边的铁栏杆上吸烟、吹口哨撩女仔的，我亦总想问一句：是哪间学校的？

1984.7.3

生产一批畸形学生

二十年前，我在湾仔上电车，遇见一个成熟少女型的学生也上电车，细看她：校服裙短到了大腿上；穿了灰黑色丝袜，由于天气冷，再在丝袜上穿了双腿肚高的白羊毛袜，黑色尖头半踩鞋；挟着书本的纤纤十指，涂了银色甲油。——心想，这哪里是“学生”？看看那校服，看看那校徽，心里说：“日后有儿女，即使免费，即使有金条派，也决不让儿女来这样的学校念书。”

五年前的一个周末，我在山顶公园看见几个少年，正倒提着“卖旗筹款”的钱袋，在齐心合力地摇摇挖挖，偷取售旗所得的善款。他们躲在蒲葵下，我没法子看清他们的校徽，不能说那“决不让儿女来这样的学校念书”的话。我只能摇头叹息。

去年，一个秋日黄昏，我在维多利亚公园散步，临近食物亭时，忽从几个方向走出十来二十个穿着一式校服，手里捏着、夹着长度滤嘴香烟的少年，边吸烟，边追逐，边言笑，那一点点红红的烟火，比向西大厦群的玻璃窗上所折射的夕阳，还要令人刺眼；那一缕缕吹吐着空虚人生的烟雾，比对海工厂群喷出的乌烟，还要令人窒息难过。

我心里说：“决不让儿女来这样的学校念书。”

——然而，一个“不让”，两个“不让”，又如何？别人终究“让”了，别人的子女终究受了毒害。我们那么弱小无力，又能够怎么样？

1984.7.4

不自觉的言语污染

中二那一年，和同学在课室里玩得高兴，只不过笑骂一句“契弟”，站立一旁微笑的班主任，立即板下脸孔，着着实实地把我训斥了一顿，训得我莫名其所以然。

那年头流行“契弟”一词，大众言来言往很平常，我根本不晓得何以说一句如此普通的词语会挨骂。只是，我知道，班主任疼我，责备得那么严厉，一定有他的原因。就对自己说：这不是一个好词儿，以后绝不可用。

前年暑假，外甥女来我处小住，我在房内看书，她与我的儿女在大厅里玩耍时，忽然说了句“赖（音奶）嘢”，听得我无名火起，冲出房门，不理三七二十一便狠狠责备了她一顿。但见她目定口呆地不知所以然，那副“不知自己犯了何罪”的神情，与我中二时受责的样子，何其相似！

粤语“赖嘢”，是黑社会的术语，1978年之前，正当人家绝不会说这种话。我们口语上只说的“领嘢”，即白话文的“上当”、“着了道儿”。何以一个只有九岁大的、天真活泼的女孩子，会不期然地冲口而出，说了黑社会的术语？——电视。电视逃不了言语污染的责任。

电视剧里面那些西装革履、雪茄在手、黑话在口、趾高气扬的“黑色石狗公”，整天挂在嘴边的就是那几句，听在少年儿童耳里，久而久之，“黑话”理所当然就成了“白话”。

1984.7.5

私校学生往往超额

香港学校的每班人数是有规定的——四十五人。这个数字，由我读小学起，至今二十多年，并无改变。官立是津贴的，自然是按照这个限额安排学生。

但是一般私立的，学费不能收得太多，为求生存，只得冒险超额。

我在香港读过一年小学，由于每一班都超额，所以校方明令指示：如有视学官到来巡视，设在低层的教导处，将有人负责按响电铃，向各层楼发出暗号，正在上课的老师便会指导超额的学生向后楼梯疏散。为了达到“有秩序的疏散”，每班的“超额学生”是预先被指定的。

想不到这个现象到今天依然保存。小儿读过的一间私校，他的一班是五十六人。我在报纸上看见、听见类似的投诉，答复是：教署照顾到私校的困境，在“一定范围的超额”，是被容许的。

澳门的学校，不受“香港教育司署”管辖，亦好像未闻有每班人数的管制。学费亦不像香港那么怪诞，要每月清缴，而是每学期缴交一次。

我读初中时，每学期的“学杂费”是卅六元吧？记不起了，但高中三的学杂费是四十七元，则记忆清楚，因为到处筹措不得，要申请分期缴交之故。

四十七元，在学生方面是很困难，在学校方面何尝不是很困难？因而每班都拼命超额，我们的一班，经常保持七十八人。

1984.7.6

学生太多难为老师

七十八，是全校最骄人的一班。人多，够热闹，够气氛，够乐趣。我们向来就习惯了人多，从来就没有设身处地为老师想过。

七十八人在一个大大的班房里，左右两边全是窗子，房子又高，在这样的课室里授课，真不容易，连上四节的话，声音都沙哑了。（当年物质困难，普遍都营养不良，有的老师讲得力竭声嘶、脸青唇白，不得不坐下来歇息一下，喘喘气。）

七十八人，备课不成问题；困难的是改日常作业，改测验卷考试卷。

备课改卷方面，教数理的，占了便宜，一加一等于二，没有等于四的，对就是对，错就是错，不大花脑筋。

教文科比较吃亏。——教历史嘛，年号、年代就搞得你头昏脑涨，还得提防学生忽然问你："何谓'贞观之治'？"——教地理嘛，哪个国家灭亡了，哪个国家独立了，哪条铁路延长了、新建了，你都要背得滚瓜烂熟。——教国文嘛，有时找作者、时代背景的资料，就把你忙得一头烟，还得准备学生拿个三牛三马三羊之类的冷门字来考你。

国文老师最头痛的还是改作文。作文就难在一个"改"字，有些句子你不能不改，又不便大改而伤了学生的自尊心，有些层次不分，重新给它编排的，要省时，倒不如替他另作一篇"算了"。

1984.7.7

没必要去全部家访

国文老师一般都顺理成章要兼一班之主任。“班主任”要与学生来往密切，要计算绩分，要下评语，这个“主妇”实不易为。

况且，那时候的澳门除了“开放日”，即“家长日”、即“恳亲会”之外，还有“家访”制度。

“家访”就是家庭访问，由班主任逐日安排好家访路线、对象、日期、时间，还要征询学生：“届时，方便到访否？”

作为一班之主任，通过家访而了解学生的家境，在日后施教上，心中就有了个底。再者，“家访”是老师到家，“恳亲会”是家长到校，是有来有往的双程线。这样密切的往来，学生要变坏，是否有个顾忌？变坏的因素是否少了些？——难得两头瞒嘛。

但是，家访是课余进行的，除了改卷、备课、私事之外，每日能访几人？这是一件极吃力的工作。

现今的香港好像不时兴“家访”。愚见以为，“家访”虽好，但不必时兴，原因是：时代变了，大家都生活在繁忙之中，没有密密互访的必要；其次，人类，当然包括学生，总是以中规中矩的“良民”占绝大多数，这些人不必过分费心，他们也能珍惜羽翼，求取进步。

但是，成绩忽然好起来、情绪日渐低落、品行明显下滑者，要不要家访一次，和他们的家长谈谈，和学生本人谈谈？我看，是有必要的。

1984.7.8

特殊情况个别处理

对个别、特殊的学生，进行个别、特殊的处理，这对师表们不会是个苛求吧？这样针对具体事件而进行的家访，等于时下流行的“抽样调查”，但又比“抽样”实际而见效。

“学业平平”的学生，成绩忽然突飞猛进、标青了，访问一下，可能访出一个动人故事来。把好人好事在班里讲述，甚至向全校讲述，对其他学生固是鼓舞，对长进了的学生本人，更是鼓舞。

访问一下情绪低落的学生，为他找出情绪低落的郁结，帮助他开解这个心结，或者，伸出你为师者应有的援手，这样一来，你或许挽救了一个一时想不开的年轻生命，更重要的是，你给他指示了人生方向，令他奋发，日后，就多了一个精神生命的拯溺者。

通过访问、倾谈、查察品行日走下坡路的学生，或者你有惊人的发现：这个学生“已经”或“面临”被“踢入会”。如此，在狭窄范围内“学生为什么会加入黑社会”的情况，不是给整理出来吗？杜渐防微，亲近这样一个“危险分子”的其他学生，不是及时得到警惕吗？

发现黑社会分子，学校解决不了的，应该知会家长，知会警方；反过来，家长发现自己儿女受到入会威胁，或是已经入会，警方发现学校有了黑社会分子，又彼此知会，共同劝告、教导、制止、拘捕。这样，三方努力，总是一个办法吧？

1984.7.9

最稀奇古怪的纪录

这不是奥林匹克运动会的纪录，是品位高的人看了会苦笑的纪录：

——与各种毒蛇同处一室，生活若干天；

——躺在黄土掩盖的棺材里，活埋多少天；

——电单车凌空飞越多远；

——电单车可以飞越多少辆汽车；

——汽车可以飞越多少辆双层巴士；

——飞人过河；

——飞车过峡谷；

——食多少个汉堡包；

——饮多少支啤酒；

——吞多少活金鱼，再吐多少活金鱼；

——倒骨牌阵；

——多少天不食不饮；

——多少天不眠不睡；

——连续放风筝若干天；

——连续跳舞若干天；

——连续接吻若干天；

——连续跳弹床若干天；

——载人汽球升空多高、多远；

——人力飞机飞多远；

——游泳多久；

——浴缸越洋几远；

——指甲几寸长；

——头发长几尺；

——迅速增肥多少；

——迅速减肥若干；

不幸，行刺美国总统列根的凶手与格利，更开创“左手开枪，枪杀美国最老总统、不死”的“纪录”。

1984.7.10

饱食终日无所事事

看了活埋多少天，你觉得有意思吗？看了狂食汉堡包、狂饮啤酒、狂吞金鱼的纪录，你不反胃吗？看那些不眠不食，不停放风筝、跳舞、跳弹床的人，你能不替他们难受？飞车，又见飞车，多少人为了创下飞车纪录而粉身碎骨？甚至，飞车已嫌落后，要倒行飞车了！

这是人类“光荣的纪录”？还是幼稚、下意识、庸俗、可耻的纪录？

物质富裕的结果，反而令人失去斗志，失去奋斗的目标。年轻人误以为，辛苦十天八天，冒一下风险，创一个古灵精怪的“纪录”，就是人生的“奋斗目标”了，仿佛创这样的“世界纪录”，就可以金榜题名、名传千古、永耀后世似的。——这样的“奋斗目标”，何其快捷便利、立竿见影？

《读者文摘》刊登过一篇文字，写一位日本探险家，为了创下“单人匹马走南极（还是北极？）”的纪录，事先设计好路线，安排好补给点，但出发不久，雪撬狗失事，只得拍电报，由飞机运来狗只与粮食作补充。

不禁想：有“有恃无恐”的电报机，有一大队后勤人员的探险，还算是“单身”、“探险”？物质繁荣之下，人们饱食终日，未免精神空虚；青少年们更在不甘寂寞的情绪驱使下，急于摆脱“平凡”，急于闯出一个“名堂”来。罗列了各类稀奇古怪名堂的“吉尼斯世界纪录大全”，正是满足了这种畸型心理的古怪产物。

1984.7.11

医者应具仁心仁术

年多之前，同事因工受伤昏迷，我送他入院，一位身材娇小、面貌姣好而年轻的当值女医生，出来瞧一瞧，走了，留待男护士们替病人更衣、过床、抹呕吐物，之后，就是等，干等。当时我这样写这件事："转院之后，护士们表现了颇佳的效率和态度，只有那独一无二的医生，打了个照面便失了踪影。我看着表，足足过了一小时零六分，这位医生才再出现。"

为什么"打了个照面"之后，要"一小时零六分"才再出现？难道她不知道病人已经昏迷？或者，正是"知道"病人已无药可救（四日后身亡），她才显得那么悠闲？——这不可能吧？换转来，那躺着的人是她的父亲、兄弟、情人、儿子，她会如此悠闲，如此若无其事？

所谓"医者父母心"，正是"急人所急"，如今别人急而医者不急，令我想到的是"医德"，别无其他。

根据来自英国、澳洲、加拿大等地"英联邦"医生的反映，他们入院工作的"第一印象"，是本港个别医生的医德甚差。

"医生"是与生命扭结在一起的职业，是高尚的人，社会的中坚之一，但这样的"中坚"却视人命如草芥，我们该说什么？

能够考入港大医科，学业成绩之佳，不是讲笑的，然而，何以"学业"优而"医德"不优？——那就是我们学校教育与家庭教育缺乏"德育"的一个证明。

1984.7.12

轮渡上的两记耳光

小轮靠岸，吐出了一批乘客，又吸纳了另一批乘客。

刚下过雨，地板又湿又脏。不是繁忙时间，乘客不多，坐不满半船。

一位年轻太太带着一子一女施施然登船。这位年轻太太的脸上薄施脂粉，身穿红底彩花套裙，脚踏白色高跟鞋，染了鲜红色甲油的纤纤玉手，挽了个白色手袋。儿子大约八岁，穿浅蓝色短裤，白色浅蓝边波恤，名厂球鞋。女儿约莫六岁，穿一件白色校服。年轻太太选了一行没人坐的座位，从手袋里拿出一包纸巾，把要坐的地方抹了又抹，认为满意了，才理一下裙子轻轻地坐下。

小儿女并不理会母亲抹椅的盛情，一个劲地跑去船头看海景。儿子嫌不够高，登上了椅子，在椅子上来来回回地跑跑跳跳，把一行行的空椅子，践踏个不亦乐乎。

做母亲的只顾看手上的周刊，不吱一声。

渡轮走了不及一半路程，儿女回来央母亲给钱买汽水，母亲顺从地打开手袋取钱。就在此时，她瞥见女儿雪白的裙子上脏了一点点，边问为什么，边把女儿的身体转过去，发现，脏的不是“一点点”，而是“一大片”，她火了，边质问:“你呢？”边转儿子的身体，一看他的小屁股脏得更厉害，便尖了嗓子喝问:“怎么搞的？”女儿指指哥哥:“是他在椅子上跳。”“你明知哥哥在跳，你还去坐？”啪！一耳光。“还有你，”啪！也是一耳光，“自己弄脏了椅子还去坐！”如此教导子女，应有第三记、给她自己的一记耳光吧？

1984.7.13

缺乏同情心的少年

步出酒家，大约是晚上八时。正要趁行人绿灯横过马路去乘搭隧道巴士，因见另一边路口围了一大堆人，又见强力灯火将附近照射得形同白昼，又见警察，又见救护车，又见电视采访队，所以也靠近去，想探个究竟。人群中有位长者自动旁述着：这个地下铁路地盘真多事故，唉，不久之前才发生火警，导致一名消防队长丧生；想不到如今又再因为地面支架倒塌，令三名在支架上工作的工人跌入隧道内，要经过减压才能救得出来。“救出了吗？”“还未，正在减压。”忽然，有个十六七岁的少年大声说：“跌死算啦，还去救什么？救活了也是白花医药费！”

人们用错愕的眼光回看这少年。少年竟毫无被“看”的反应；他身旁背着小孩的父母也毫无反应，麻木地拖着少年，弯过十字车，走了。我也走了，过了马路，跳上隧道巴士，靠在座位上想，想起鲁迅先生的《药》：为国为民的志士，为中华民族抛了头颅洒了热血，民众没有感谢他们，反要买馒头蘸红，吸食志士们的血！

如今，我们的民众如何？——七八岁就懂得自私自利；十六七岁就没有一点同情心；二十多岁的医生会见死不救……

鲁迅学医，是要治理我们这个“东亚病夫”。鲁迅弃医从文，是要挽救中华民族的灵魂。看来，鲁迅没有成功，我们这些在旁呐喊的小卒更没有成功。

1984.7.14

“一脉相承”的产物

一双湿漉漉的脏鞋底，可以在小轮的座椅上乱踩，是因为安坐一旁、视而不见的母亲，没有及时进行“德育”。

这位一上船就忙着抹椅子的母亲，为什么自己怕脏，却又容许儿女去恣意弄脏椅子？也许可以说她“自私自利”，但为什么她会干净自己、肮脏别人？是因为在她的成长期得不到师长及父母的“德育”，俗语所讲的“没家教”。

小儿女弄脏了自己的衣服，旁观者看来是一种“报应”，但小儿女自己会怎么想？——弄脏别人的，母亲默许；弄脏自己的，便要挨打。

他们有没有受到道德教育？有：各家自抹面前凳，不管他人椅上脏。

这小轮上的一景，与地车地盆见死不怜的少年，以及见昏迷而不理的年轻女医生，等等，是缺乏德育、一代又一代、一脉相承的产物。一次，请了两位朋友午饭，两个小家伙因为放假，也要跟着。岂料菜式甫上桌，我们大人正在敬酒礼让，两个小鬼头已老实不客气地吃了一半！弄得为父的面目有光：红光、眼光光。我这才憬悟：平日在家中太自由、平等、民主，任由他们乱吃乱动，才有这样尴尬的场面出现。于是，回家重演一次他们狼吞虎咽的样子，引得他们哈哈大笑，才示范何者为“有礼”，何者为“失礼”。

德育不外也如此吧？何者为“道德”？何者为“不道德”？总该给下一代有个区别。

1984.7.15

道德并非漫无标准

“各家自扫面前凳”，“各家自扫门前雪”，爱清洁，要出入方便，没错。能够自爱、自洁、自顾，那是好事。能够帮助别人扫雪、抹凳，那是可爱、可敬、伟大。我们不能要求人人“伟大”。人人能够“自爱”，已经很好，社会已经很安定。

但要怎样“自爱、自洁”？——切切不可把自己的雪扫去别人的门前；——切切不可抹自己的凳而弄脏其他的凳。

助人是伟大的，自爱是道德的，干净自己肮脏别人是不道德。这样的“道德标准”该是公众认可的吧？

同样，行医济世是伟大的，行医赚钱是道德的，只顾赚钱而不理人命是不道德。——我们的医学系，是否该放映例如中国的《李时珍》、日本的《赤胡子》、苏联的《乡村女医生》、美国的《杏林双杰》等影片，作为“医德”的辅助教材？

很高兴二百卅位中学校长专诚为“德育”开了个研讨会，而研讨的结果，又与我的设想一致：其一是为小学校长教师举办同类型的研讨会（小学是德育的根基，这点很重要）；其二是将德育推广至家庭、社会，而不是局限于学校之内；其三是透过各个学科的教学，灌输德育；其四是对电视等传播不良意识有反感；其五是从小学到大学，德育应有连贯性。

大家都重视德育，的确是一件好事，我们的下一代才有健康的意识。

1984.7.16

历久不忘的一篇课文

小学三年级时，读过一课书，如今还一字不漏地记得：

小鸦小，
不会飞，
老鸦含了东西来，
喂给小鸦吃。
老鸦老了，
飞不动了，
小鸦含了东西来，
喂给老鸦吃。

这课书的好处是用字浅而寓意深，简单易记。

另一个入了我这个小脑袋而历久不忘的原因，是它的“说理”和它的“说理方式”。

它说的理，是世界上所有文明社会的最基本结构：家庭的爱。感受过这种温暖的人，永远都不会忘记。

而它的方式，用字，却又毫不抽象。小孩子爱动物，它就以动物的爱来转告人们：老鸦喂哺“不会飞”的小鸦，小鸦喂哺“飞不动”的老鸦，是互相依恃、必然的爱。这种“相互的爱”很重要。

乌鸦一身黑，叫声又不好听，在民间并不受欢迎，但乌鸦的慈孝，在鸟类中是有名的，辞语中的“乌哺”，指的正是乌鸦。这样好的作品，没有作者的名字，真可惜；后来，在小学教材上消失了，更可惜！——在家庭观念日益式微的今天，何不把这样的作品编进小学教科书里，与中学课本的“慈乌夜啼”相照应？这也是德育的连续。

1984.7.17

大无畏的父慈子孝

一个小故事。

—— 一个年轻的父亲，带领一双年幼的兄妹去滑雪。

那个滑雪区很大，当日，滑雪的人又少，父子三人发觉迷途的时候，天色已晚，天气又不好，雪急风狂，视野不清，要闯回基地去是不可能的了。父亲马上决定：在冰天雪地中过一夜再说。

他立即在靠山的一个凹位处张开小帐篷，让兄妹俩躲在里面避雪。

帐篷太小了，是以防万一用的，容纳了两个小孩，就再也挤不进一个大人；加上风雪不断向帐幕的篷口吹袭，寒风砭骨，做父亲的只得伏在门外，挡住了风雪。

翌日，搜索队上山，单凭篷顶的一撮彩色飘带露在雪外，而救出了一双小兄妹，然而父亲已经僵毙。

我为这种伟大的父亲而感动得流了泪。

这是《读者文摘》的好文章。以下，是该杂志的另一个动人小故事。

——一双母子在返家途中，突遇山洪暴发，洪水以雷霆万钧之势猛冲过来，母亲一下子就被洪水冲走了，九岁的儿子突然感到，他有做儿子和父亲的双重责任，不能让洪水夺去他母亲的生命！他放开紧抱电线杆的手，随洪水的冲力，奔到母亲身边，一手就把灌水下沉的母亲搀出水面，一次又一次地竭尽小小的力气，终于把母亲拖离险地。他荣获国家颁赠勇敢奖章。

1984.7.18

真实的“卖鞋者言”

一个二三十岁的青年，带着一位六七十岁的老先生，到九龙油麻地公众四坊街附近一家鞋店买鞋。试穿满意之后，年轻的替年老的付钱。店老板问：“请问这位老伯是阁下贵亲？”“是家父。”“是令尊？”老板转向老人家：“老先生，你真有福气，不知几生修到，能得此一孝顺儿。”老先生与青年立即起身谦让。

鞋店老板亲自把皮鞋包起来，喜孜孜地连钱连鞋一起递给年轻人，说：“这双鞋是敝店奉送的，不成敬意，请先生收下。”买鞋者不明所以，父子错愕相望。

卖鞋者言：“敝店是由先严开基创业者，他临终时说：我卖鞋卖了一辈子啦，只见父亲带儿子来买鞋，从未见儿子带老子来买鞋，我曾向一位老街坊请教：‘你是我的长年顾客，何以如今儿女大了，反不来光顾了？是嫌我的鞋子不好吗？’老街坊说：‘实不相瞒，儿女大了，嫌你的皮鞋款式太老实，所以不来买你的；他们要新潮，要追上时代，鞋子好好的，也是贪新弃旧，唉，我们两老穿他们的旧鞋也穿不完，又怎能够再来与你打交道。’说罢，老街坊指指唐装裤管下的一双润头高跟皮鞋，我看了这不伦不类、不中不西的扮相，就在心里说：‘倘有儿女带父母来买鞋者，一律免费相赠，以兹奖励为人子女者的一片孝心。’可惜，我如今要去了，还未能遇上一个，日后，你侥幸遇见这样的孝子贤孙的话，就替我达成这番心愿吧。”

1984.7.19

何妨“礼失求诸‘幼’”

常常因为小故与母亲吵嘴，吵嘴之后心里很不好过，总得躺下来揉揉胸脯，久而久之，女儿自动自觉地帮我揉胸。

一次，吵嘴之后，我流了泪躺下来，女儿默默地走来替我揩泪，替我揉胸，然后，她的小脸贴着我的脸颊，在我的耳边细声问：“爸，你说要尊敬长辈、孝顺父母，为什么你要骂奶奶？”我的胸脯像给什么东西猛力一撞，还有什么闭塞？对着这个三岁多一点的女儿，我只有羞惭。“奶奶已经很老了，你不要骂奶奶吧。”捧着这样一张诚恳的小脸，我不得不点了头。

50年代，年少游广州，在公共汽车上看见年轻的让位给年老的，平常人让位给怀孕的、伤残的，血液里会不期然地荡漾起一股股暖暖的激流。

从此，我到任何地方坐车，必以广州的礼让作为榜样。

经过潜移默化，我的礼让作风如今已经传给了我的儿女。

——可见，榜样是重要的。

这个“榜样”包括了家庭、学校、社会。

70年代我游杭州，中午，公共汽车总站，人不多，一辆汽车肯定载得下全部乘客，只差是“站位”还是“坐位”而已，可是，汽车一到，一群青年男女便蜂拥上前，拳脚交加，就为了争那一坐之席！唉，礼失求诸“幼”，就从我们的儿女开始吧。

1984.7.20

动物王国的动荡史

倘若我写这样一个故事：

很久很久以前，森林里有个动物王国，在长颈鹿的统治下，臣民虽然不能丰衣足食，但勉强也能温饱，大家安安稳稳地过日子，也算是太平盛世了。

可是大象不服气，认定自己做国王才适合，便怂恿整天巴结他的大灰狼：“侍卫长，你武功盖世，战无不胜，别的走兽要跪在你的面前才是，何以要委屈你去参拜别人？江山是你打的，国王该由你去做。”

这话正讲中灰狼心事，于是两只家伙咬耳朵计议妥当，乘长颈鹿不备，把他捆起来了，而且威迫公主，要向全国宣布她父王的罪状。

公主因为婚事，正与父王闹得不愉快，不假思索，就向国民讲她父亲的坏话。

国王最疼的就是这个女儿，想不到女儿会这样指控他，内心非常难过，加上大象和灰狼的酷刑，国王终于给活活折腾至死。

大象很高兴，以为可以做一国之君了，岂料兴奋过度，心脏病发，暴毙在皇座前面。

公卿大臣怕的是大象，大象一倒，棕熊、黑豹和斑马立即上前，一举制伏了大灰狼。公审的时候，他们也用了大象和灰狼的办法，说服他们的子女出来，指控他们的父亲……森林里大家正在看谁登上国王宝座的时候，火山的熔岩喷出来了……

这个故事写得好不好？——好？不好？

我说不好。

1984.7.21

不要教人父子敌对

有部电影叫《凶兆》。

你看过这部电影没有？希望你没有。

不幸，我看了，耿耿于怀。

……有人告诉男主角，除非他能够破去那个“凶兆”，否则他将有不测。他处处留心着、防避着。但他怎也想不到，“凶兆”就在他小儿子的身上！深夜的荒野，群犬吠天，他的小儿子眼露凶光，向他父亲施行突袭。做父亲的必须在千钧一发的刹那，做出抉择：是杀死儿子，保存自己？还是任由儿子毁灭自己，保存儿子？……

记忆容或有错，因为我当年曾努力去摆脱那“儿毁父、父灭子”的恐怖阴影，好不容易把电影里予人的恶念摔开了，就不想把这样的戏留存在脑海里。

我说《动物王国》的故事不好，是因为大象与灰狼威迫了长颈鹿公主去斗倒了父亲；而“反宫廷政变”有功的棕熊、黑豹与斑马，又以同样方式，说服了大象、灰狼的子女，去指控了各自的父亲。这是伦常道德的反教育。

在“代沟”严重的西方，弄一套“凶兆”出来，已不是“娱乐观众”了，而是在父子双方的心灵深处，残忍地埋下互相仇视、顾忌、敌对的可怕意识！

西方的法律，“妻证夫凶”尚且不被容许，何况要培养下一代去监视长者、指控父母。

一个家庭，儿女虎视耽耽地盯着父母，夫妻彼此筑起心墙，这样还有什么“亲情”可言？

1984.7.22

十七岁女儿不回来

晨早上班，看见同事高小姐悽悽惶惶地在行人道上乱碰乱撞，与她打个招呼，她也是不无表情，随后，却又一把地拉住了我，说:“这回，我可惨了！”我说:“什么事这样神色慌张的？”她说:“我女儿一夜没回家呀。”

“你女儿多大啦？”“十七岁啰。”

我记起了心理学家的理论:“危险年龄。”

“唉，就是啰，我找了她一整晚啦。”

“怪不得你脸色苍白。但你这样子乱闯乱撞也不是办法，回办事处歇歇脚再说吧。”

回去，我给她倒了杯热茶，她喝了一口，对着陆续上班的同事激动地说:“扪心自问，我绝对不是个不讲理的。我知道她有男朋友，便对她说:这年纪宜拍拖的，要拍，唉，也算了，但起码带男朋友回来给我看看。要谈，正正经经，可千万不要糊里糊涂地学人家乱来。

“我又对她说，女儿家，不要夜归，外边界坏人多，妈不放心。可是，我有我说，她半夜十二点才回来！——喏，昨天她说，要去参加朋友的自助餐，我问她什么时候去，她说正准备，七点半开始。我说吃完倾谈一会，十点总该回到家了。岂料，她竟然通宵不回来！你们想想，有第一次就有第二次，十七岁大一个女孩半夜不回家，唉唉！……”

1984.7.24

慈母心内如汤煮

同事们安慰着高小姐："年轻人，高兴场合，一时乐而忘返也是有的，只要正正经经，也不是什么大不了的事。"

她说："我这个女儿也是，从小就爱搽脂涂粉，'有心装扮，无心向学'。她大姐不同，考试了，天寒地冻，不睡就不睡，眼倦了，洗一个冷水面又去埋头苦读了，由小至大，从来不必我费心。唉，这细女，书未读就上床了，你叫她，她转个身睡了再说。……那年淘汰试，正庆幸考了个免费学位，花了三百八十多元买了整套新书给她，满以为不必再花一个钱，就可以顺利读上去了。谁知道上了一天课，她就回来说：'妈，我不读书了，我不愿意读。'你说气不气人！"

浑号叫周瑜的说："有没有书缘，是注定的，迫也迫不来。"

"哼，想不到你和我先生是同一个腔调。这女儿所以有今天，全是他种的恶果。同是犯了错，打大女三四鞭不会手软，打细女一下，手势轻不用说，打罢，还得拿白花油替她搽替她呵，真给他气坏。"

苏太说："对女儿偏心最不好。""就是啰！他呀，丢了个心肝宝贝还不紧不要的样子！难为我，搜遍了海旁、山边、维多利亚公园，凡有一男一女成对成双的，我都上前去瞄一瞄……相信昨晚给我瞄过的，不说我神经才怪。"

1984.7.26

通宵不眠反遭怪责

为了找寻女儿，通宵达旦去审视街头的每一双情侣，那心情，恐怕是“吾家有女初长成”的人才能体会。我们都劝高小姐回家休息：“你这样在街上左望右望，也不会把女儿望回来的。”“唉，女儿不平安回家，心里就不踏实。心丝乱如麻，怎么睡得着？”

大伙见都没话说。一位女同事已为高小姐买来一份早餐。

她忽然问我：“凌先生，如果你是我，你会怎么办？”我没有感到诧异，我只是不会回答。

曾为这个问题苦思过几次：如果女儿学坏了，该怎么办？女儿没学坏，而是给别有用心的人，以甜言蜜语引诱了，又该怎么办？……不敢想象下去，只有希望，不如意的事，都不会发生在自己女儿身上。这当然是逃避现实。而现实就落在自己身旁，发生在同事身上。

有人主张报警：“她未够法定年龄，离家二十四小时就可以报警。”

“……看来也只有这样。如果有事发生，我要那人尝尝铁窗滋味！”

“你要冷静，女儿回家之后，你要平心静气问清楚，或者，她有真实的、可以被接纳的理由也说不定。”

翌日，高小姐告诉我们：“说是玩得太夜，她去了女朋友处过夜，这事已得到对方母亲证实。我问她何以不打电话回家，她说怕吵醒我们。我责怪她，她倒怪责我大惊小怪，唉！”

1984.7.26

相亲相爱能有几年

先教他们以爱吧，别急急灌输他们以恨。

我有位同事，高中毕业之后，不理父亲的反对，偷偷北上内地升学。在当年，同学的选择是对的，他父亲自然是个“专制的长者”；如今看来，他父亲的反对，亦有种种值得接纳的理由。

经过几年波折，我那位同学终于回到父亲身边，然而，十三年后，他父亲就在肺癌的煎熬下死去。

因为战争，因为生活的逼迫，我和父亲一直分隔港澳两地（往日，澳门的生活费便宜得多），我真正回到父亲身边时，是二十一岁。他挂在墙上的照片，双目炯炯，唇红脸嫩，英姿勃勃，我问他是几时照的，他说五岁，我问他时，他不到六十，和墙上的照片差了很多；但十五年后，他也和我永别了。只十五年！另一位比我们大一点点的朋友，更甚，他在襁褓之时，父亲已远渡重洋，去美衣，好不容易挣个钱，开了间洗衣店，要女儿去圈叙了，手续办妥，妻儿抵埗，老父渐入膏肓，见面两个月就去了！我们何不来算？——由三岁入幼儿班开始，到中学毕业读大学也好，不读也好，算廿五岁结婚吧（实际上，婚龄迟到三十的）；寿命就算是吧；你将与子女共处四十多年，但除了子女不懂事的头十年读十多年，另加出外应酬谋父亲子相对能有几年？一家子相爱又能有几年？

1984.7.27

别“此情可待成追忆”

趋势是这样：书读得越多，结婚越迟；书读得越少，结婚越早。

现时，三年幼稚园，六年小学，五年中学，标准的中学毕业年龄是十七岁；再读两年预科，三年大学的话，是二十二岁；再要攻读硕士、博士衔的话，年纪已不小了；要成家立室，总得工作几年，才有经济基础。因而，书读得多，迟婚是难免的。

二十五岁结婚也好，三十岁结婚也好，活到七十也好，都只是个平均数，是个笼统的说法。

像我的一位女同事，死时只有四十三岁，留下一女一子，大的才不过十二岁。除了专家说的“无记忆的前五岁”，剩下的就只有七年，七年，能体会多少父母之爱？（唉，怪不得灵堂上常有戴孝欢笑的小孩。）

算是都能白头偕老，都能得享天年吧，读饱书，成才了，不是忙着上班、深造、应酬，就是忙着组织小家庭了，这样，你又能与父母相叙多少？

因此，先去学懂爱吧，爱你的父母、老师、同学、亲友，日后才会懂得去尊敬别人，日后才懂得去爱你的子女，以及别人的子女。

那么，做老师的，去爱护你们的学生吧，做父母的，去亲近你们的儿女吧；不必无原则地溺爱，只要待之以真诚，他们绝对不会轻易忘记。

要慨叹一句“此情可待成追忆”的时候，你追悔已晚了。来吧，及时地献出你真诚的爱吧！

1984.7.28

单程路的两位母亲

颇反对“天下无不是之父母”，但可以肯定：“是”之父母，占了大多数。

前晚，坐海底隧道巴士过荔枝角，回程时，在车上看见两夫妇带着两个小孩。大的孩子两岁多，与一般孩童无异，扳着车窗的铁栏，蹬高蹲低的，时而瞪着窗外呆呆出神。小的是个女婴，在母亲怀里哭闹着，这也不肯那也不肯，年轻的父亲于是从一个大手提袋里掏出奶瓶，冲了热水，开了半瓶奶粉给女婴喝。喝得吮吮响。喝罢，女婴有了笑容与活力，站在母亲的腿上蹬着。

这时，我才看清楚，女婴的右半边面颊连鼻头、嘴唇都有一大片瘀红色的胎记，使得那个小嘴厚厚地胀了出来，很难看。

可是做母亲的若无其事，一边在轻卖“佻皮！佻皮！”一边却在幼女的面颊上吻了又吻。

每天上班，都看见一位慈祥的妇人，陪她的儿子在等校车。那十岁左右的男童，圆脸，单眼皮，厚而微歪的嘴唇，一看就知道是个先天白痴儿。可巧，我下班又总与这母子俩同车。母亲总揽着儿子，细说着，细笑着。那情景有无限的温馨。

想着，那痴儿长大了是不能回报的；那半脸胎记的女婴，恐怕不能回报反会怨恨，怨恨母亲何以把她生成这个样子。看来，两位母亲的爱，都是单程的，她们内心的深处该会明白。但她们有计较吗？

1984.7.29

善良的跛脚女校工

念小学的时候，新来了一位女校工兰姐，她有一条腿是跛的。（跛，是我们当年小孩子的看法，如今推想起来，可能是“小儿麻痹症”的结果。）

只见她每日打打扫扫，清理这，洗抹那。她太平凡，谁也没有认真注意她。

我们学校是全日制的。那天放中午学，我因为是寄宿生，下课钟一响，便冲上四楼饭堂，赶着开饭，原意是饭后可以先拔头筹，打他一场乒乓球。

可是，饭后赶落二楼，两张乒乓球台竟都空置着，令我大感意外。

不过，楼梯底的一角，五六个同学围拢着，围拢着一团不寻常的沉默。我的心忽地静下来，这才听到一两声间歇的、胆小怕事的抽噎。

梯下响起一步轻一步重的脚步声，很快，一个一脚高一脚低的影子掠过我面前：“喏，面包，还热的。”说罢，急急地又递过一杯水。

这时我才看见，揩着眼泪水吃面包的小个子，是与我同班的最胆小怕事的“阿就”。

其他的同学在交头接耳：他的养父母是很刻薄的，经常要他做这样做那样，饭又不给他吃！

我这才明白：为什么这位学友总是面黄肌瘦，平日总是沉默寡言的。

我这才发觉：这位跛脚女校工的平凡外表里面，是跃动着一颗多么善良美丽的心。

1984.9.2

诚恳朴实的阿就叔

我在香港小学里，只逗留了一年，却结识了一班颇能肝胆相照的朋友。朋友之一，就是大伙都亲昵地叫他“阿就叔叔”的阿就。

阿就放学回家，大部分时间是帮养父母干活，所以他的中上成绩，并不是轻易获得的；更难得的是，他每晚在街灯下练出来的字，竟能在全校书法比赛中荣获冠军。

小学毕业，他便辍学了，被养父母安排去学油漆家私。我来港找工作时，他已是家私行的油漆师傅了。

我没钱买衣服，他把朋友托他寄回内地的衣服借给我。我找工作找到他的地头，他一知我未吃饭，总是一声不响地去买了鲜奶、面包回来。

旧衣服要寄了，取走了，过几天，他说他买了件新衣，大了点，不合穿，送了给我……（后来，我才从他的为人、作风，发觉到：所谓“不合穿”，其实是顾全我们“读书人”的面子。）人说“相见好同住难”，我与他同住过，更发觉他的优点特多。例如床吧，硬要让给我们，他自己宁可夜铺床早收被。又例如，他极俭朴，我和另一位落难友人常常借去见工、饮宴的“单调西”，原来就是他最值钱的家当。他从不说别人的坏话。他的入息不好，我们劝他不要再拿钱给他的养父母，但他找到了亲娘，可还是供养养父母到老、送终为止。他说：“他们养过我，我不能不顾他们。”他是一个能把敌人感化成朋友的诚恳朴实的人。

1984.9.3

宴安鸩毒

曾经是勇猛的猎犬

听说那两头是勇猛无比的猎犬，一只全黑，一只白身黑点，但如今都臃肿了，臃肿得徒具“狗”的名称。

它们每日由穿着全套白制服、红肩章的特级司机，驾着后座特装铁栏的高级房车，由女主管护送上山顶公园散步。——“宁做太平犬”，做狗做到这样，也算是“不枉此生”了吧？

然而狗儿会说人话，或是人儿会说狗话，你问：“你们快乐吗？”看它们懒懒于行、厌厌于食的神态，答案恐怕是个“不”字。

人啊，人！“人”又如何。一家大小齐齐放假，孩子们问：“爸，明天有什么节目？”“你说呢？”“又是去饮茶、汉堡包、西餐、公园、看展览、逛书店？”我不能回答，这的确是变化不多的“节目”。去郊区，去离岛走走，呼吸一下大自然的清新空气？去时追车追船，回时追车追船，假期就在“追”中度过，呼吸“清新空气”，成了吸纳汽车废气……香港的假期，除了去食肆“吃”，去买汽水“喝”，去公园“玩”，还有什么可“乐”？

往日，“电影”也是节目之一，但如今，“电视”对孩子们的束缚已够大的了，还要花费高票价去戏院“娱乐”？况且，满眼是“儿童不宜”——确实不宜，只好不宜。

试问一问你家中的小宝贝：“你们快乐吗？”他们的答案也许会给我们或多或少的憬悟。

1984.7.30

太舒适会意志消沉

友来串门，看我光着身子写稿写得一身大汗，说:“冷天装暖气，热天装冷气来写嘛，何必弄到卅三度的大暑天，写稿时竟连一把风扇也没有？”

冬天，过分寒冷，手指头给冻僵了，影响握笔，我会泡个暖水袋来暖一暖。电暖炉是有的，那是女儿出世时，天气冷破纪录，为她特备的“高级用品”，两千火，轻易不敢动用。

夏天，已由两把风扇，增添到每人一把了，已算是场面豪华，再要安装冷气，未免奢侈逸乐了些。

朋友加了一句:“想做‘苦行僧’吗？”

不是，我当然不是“苦行僧”。

我童年、青少年过得不好（其实绝大部分人都过得不好)，暑天，每人手上只有一把葵扇，热得难耐，就把一张破席移到地上，躺到地上也不凉快，就自作聪明去井头淋水，淋了也不抹，湿潮潮地躺下来，扇风，可凉快了，睡着了。——可不知道这是日后风湿的祸根！

而今当然不让子女做伤害健康的傻事。有风扇代替葵扇，是改善太多了。人贵知足，知足常乐。

其实，一个人做事也好，学习也好，该有点“苦行僧”的精神。生活太舒适，会令人意志消沉。——我执着于这一意识。所以我要以“不太舒适”来鞭策自己，也为儿女树立一点点奋斗的榜样。

1984.7.31

小孩子被各自隔离

放暑假了，儿女的年纪还小的话，做父母的都恐怕遇到同一个难题，就是，儿女苦着脸对你说："爸爸（或是妈妈），好闷呀，闷死人啦！"

闷，是因为无聊。

无聊的主因，大抵可以归究于环境因素。

我是在澳门长大的。当年的澳门，除了几位富商和极高级的官员有私家汽车外，其他的人都以黄包车代步；黄包车淘汰了，就以三轮车代步。公共汽车也未有。脚踏车是商店论钟点出租的，私人拥有的也少。上街啦，长辈叮嘱"小心车辆"的车，就是脚踏车。那时人口简单，民风淳朴，几条街的人都相互认识，做父母的都放心子女出去串门、游荡、耍乐，小朋友的游戏多着，不愁寂寞。

那时香港的人口也没这样多，汽车也没多得这样恐怖。我在湾仔念过书，当年的大佛口，只是一片给人倾倒烂砖废瓦的荒地。后来"丽的呼声"建在现今的"小童群益会"上，我们常去玩，平日的节目也多，也不愁寂寞。

不像如今的香港，更不像今日的澳门。

环境的变迁，治安的恶劣，坏人的狡诈，令家家户户"门虽设而常关"，同屋共主十载，隔离邻舍十年，可以我不知你姓甚，你不知我名谁，人与人之间既冷漠到这样，做父母的又怎放心让子女出去串门游乐？小孩子都喜欢合群的，要他们留在家中独对电视，又怎会不叫闷？

1984.8.1

勤学苦练经济实惠

在长假期里，小孩子叫“闷”的另一原因，是缺乏课外学习兴趣。

针对这一因素，香港的“学艺中心”，近年来，在各区都蓬勃兴办起来。

问题是，十一二岁之前，是家长们不放心子女单独出门的“尴尬年龄”，这当然是怕马路上的汽车。要亲自带他们上学放学吗？又几乎人人都要上班，哪来那么多时间去“陪太子读书”？

学费当然也是一个问题，但今日的香港，百多二百元一个月，学两个月罢了，很多家庭是付得起的。不过，一般学艺中心都会这样。你选择美术，他们会在课余给你玩电脑，待你发生兴趣，他们就会劝你去说服家长给你学，如果学两样，负担就不轻了。

其实，负担得起有负担得起的学习法，负担不起有负担不起的学习法。兴趣可以培养，不一定交钱、入学、在名师指导下才会学到东西。

比如学绘画，有钱的入美术学校，拜师学艺，“名师出高徒”嘛，当然好；无钱入学的，十元八块就有一本铅笔素描、水彩画法，细心揣摩，掌握好基本技法，天天画，纸、笔不离身，去到哪里画到哪里，画得好与不好都留一段时间，请画得好的同学过目，或请美术老师指点，自己将新旧作比较一下，不就可以渐渐提高、进步了？所以，若然兴趣浓厚的话，其他可行的办法还多着呢！

1984.8.2

培养多方面的兴趣

我们这一代，大部分同学的零用钱，每月都是十块前后。我自己念到初中，每月只得八块——原先是每日一个面包，与母亲对分，另外一星期约莫可以额外得到两毛钱零用。“八块”，还是因为姐姐加了薪，说我长大了，要有点钱在身上，才有的。

报纸一毛钱一份，订一份报纸，每个月是三块钱；面包一毛钱一个，一个月下来，也是三块钱。余下两块钱，用来储蓄和发展自己的爱好。

我的“爱好”是什么呢？极喜欢钢琴，但那座在电影中见到的奇妙东西，只能在梦中想了再想。不敢奢望，只能量力而为，从花钱极少的项目上下功夫：

例如一个拍纸簿一支铅笔就可以学到的美术；

例如三块多元一个，可以放在裤袋里，行街坐车都可以吹奏变化多端的口琴；

例如一块多钱的一支箫；

例如两毛钱一刀纸，两毛钱一条墨，三毛钱一管毛笔，就可以在暑假里，天天练出一身汗，练一手日后还勉强可以见人的书法；

例如不花一毛钱就可以看个不眠不食的书；

……

可学的东西多着，不一定都要花钱，不一定要“上山”才能“学法”，在家中一样能学。年轻人不会是木头，总有“爱好”的，选择健康的爱好，用最经济的方法，加上决心和毅力，必定学有所成。

1984.8.3

要生活得多姿多彩

“字无百日功”。平日，繁忙的功课迫逼着你，你能有多少机会练字？一期暑假，不满两个月，天天练，也不是“百日”，何况是“字无百日功”。

我是爱好书法的，但是，为了生活，早已“分期付款”，将白天的八个小时卖了给“上班”；晚上，为了生活与爱好，又以“零存整取”的方式，将余暇卖了给“写稿”。——还有机会临摹、泼墨、笔走龙蛇吗？

我们的暑假，什么时候游泳，什么时候做暑期作业，什么时候练字、看书、自由活动，什么时候集体旅行，都有个梗概式的时间表，还嫌时间不够呢，怎会叫“闷”？

培养起健康的兴趣，只是一个起点，没有毅力，不下苦功，是不会有作为的。

“衣来伸手，饭来张口”，在风扇下或是冷气之中看电视，那日子当然过得舒服写意。

朋友，你今年多大啦？试想一想，你童年是怎么过的。曾经问过儿女：“小时候，你们还记得什么？”他们茫然，我也惘然。我担心，我尽了各种可能去为他们铺排的美满生活，将来，到底可以为他们留下多少深情的回忆？

过分幸福就意味着平淡。平淡对他们的回忆没有好处，对他们日后遇到挫折更没有好处。

快，从今天起，就找出你遗传上的优良基因，确定你健康的兴趣所在，潜心苦练，把你的生活搞得多姿乡彩，使得日后有一份成功的乐趣。

1984.8.4

没速成的盖世武功

说书的讲：薛仁贵走下枯井，吃去妖怪用九牛二虎所蒸的肉包子，就有“九牛二虎之力”，杀了妖怪，便得了一身银铠甲。《说岳全传》说：岳云在雨中避入山神庙，又疲又累，靠在山神像上睡了，梦中得山神传授锤法，从此便成了武艺超群的少年英雄。

武侠小说、武侠电视、武侠电影描画：武功极高的少年男女主角，都是靠前辈们“度入真气”，靠吃血蛙、吞雪莲、吸蛇血而“增加了一个甲子的功力”，再有“天书”、“秘笈”之类，更比“速成打字”、“速成英语”、“速成电脑”容易，一看就明，一练就武功盖世。——天下间，竟有这样不费吹灰之力的便宜事吗？

当然没有。

我学太极时，我的师父兼修外家，他天台上有个木桩，天天打，天天练，手板像钢板一样，要像小说所形容的“纤纤玉手”，于一个练武之人来说，恐怕很难。学业成绩、课外兴趣，要有好的成果，要有出色的表现，也一样要下苦功夫。单举书法与钢琴吧，多练一天，有一天的体会，多学一年，有一年的深度，哪有个止境？刘以鬯先生说：“不吃过苦，就枉来这一趟。”这“苦”，是生活上的苦，也是钻研、学习知识的苦。

你爱好音乐？美术？乐器？机械？阅读？书法？今天就拣一样、两样，按部就班去学。记着，没有“速成”的，但也绝不会“苦闷”。

1984.8.5

无必要张扬虐童案

防止虐待儿童的事，起初只像一两扇微风，掀动三两片落叶，如今，名人上镜，电视拍了特辑，记者做了访问，忽地感到，已经成了“熟的”新闻了。照理，儿女乃是自己的亲骨肉，爱之唯恐不周，护之唯恐不及，又怎会去“虐待”他们？但，这却是自古以来，中外皆有的事。

往日流行的是后夫虐待螟蛉子，或是后母虐待前妻的骨肉——尤以“后母娘”的名声最坏、最恶、最昭著。

现代人的头脑新潮些，胸襟要广些，对“非亲生”的骨肉，一般都能“视为己出”了。只是有些环境差的、失业的、好赌的父母，心情上比较坏，碰巧小儿女前来惹厌、捣蛋、撒娇，驱之不去、逐之不走、“不识相”，那么，白嫩嫩的小屁股当然不会好受。

或者，功课不好；又或者，“会食不会做，一做打烂灶”……都会引来轻打重责。止此而已。我敢武断，达到“虐待”程度的，不会普遍，特别是中国人的社会。

对小孩子，保守一些，采取“愚民政策”，灌输一点“愚忠”、“愚孝”的思想意识，比鼓吹过分的开明好。六百万人，一年二十三宗虐童，不算严重，应告的告，应罚的罚，不必过分张扬。人性本来装备了“叛逆”，小孩更甚。在他们还未能辨别爱、罚、虐之前，在过分鼓吹之下，动不动就对父母师长说：“我告你虐待！”这对他们自己、家庭、社会，都没有好处。

1984.8.6

十岁孩童竟去自杀

报纸港闻版，一则标着“十岁小学生跳楼身亡”的新闻，刊在不起眼的一角。看了这样的新闻，除了摇头叹息外，还得拿着报纸对儿女说：不管经受什么打击，都不能以自杀来结束自己的生命。

晚上电话响，姨妈说：“宏仔死了！”我错愕：“好好一个孩子，怎会死？”“你没看报纸吗？”“什么事？”“那个跳楼的十岁小学生就是宏仔呵！”

我们这才去翻寻报纸：小童的姓名果然有一个“宏”字。——真是那个长得白白胖胖的“宏仔”。

宏仔的家境有点复杂，他是不正常关系下的产物，由于不方便放在老板的厂中抚育，只得抱到托儿所来。

我们去探姨妈，总看见矮矮胖胖的宏仔帮忙这帮忙那。他显然不是个读书的材料，却也不是报导所说的无可救药。他逃过学、挨过打、受过责骂是事实，那是因为他的功课不好，追不上。越受责，越怕，越没有兴趣读书。

他是看电视新闻的，知道有“虐童”一事。母亲打得紧他便说：“我告你虐待儿童！”因这一句话，多挨了狠狠的一巴掌。

他以为母亲、老师都不爱他，所以要死？——他哪里知道，他的母亲一接到消息就昏了过去！

或者，他早知道有这样的后果，而要牺牲已拥有的十年生命来一次报复？

……

1984.8.7

为两餐奔波劳碌？

朋友对我说，有些儿童，可能是天生有一种自杀倾向的，他自我举例：母亲怕他淹死，不准他去溪边游泳，而他偏要偷偷地去，一被发觉，长满刺的山橘条便横扫过来，那一束束带血的伤痕很痛，痛得没办法就想死。乡下地方，跳楼是死不去的，他想到的，是屋梁上垂下来，用来悬挂食盒、以防虫鼠的那个钩，他希望把自己像食盒似的悬上去，了结八载的生命。幸亏，当然都是失败的，却因为这些举动，吃山橘条时，把它捆得像裹蒸粽一样。

这所谓“天生”的“倾向”，稍加分析便不难发现是“家教无方”。

宏仔的死，与友人幼小的念头，是家庭教育失当的前呼后应。——倘若予以正确的引导，给予正面的母爱，友人何至于屡萌死念？——宏仔之母若是正式婚嫁，又不志切于营商发达，宏仔又何至于失去父母之爱？

为人父母者，当儿女出了事，接受访问时，总爱说：“唉，整日为两餐奔波劳碌，哪有时间去管教子女？”——一句“奔波劳碌”，不但推卸了为父母者的应有责任，语气倒还像很伟大似的。

其实，只要肯把“爱”承担起来，是一定挤得出时间去爱子女，同时也被子女所爱的。

怕的是，在“奔波劳碌”的背后，把“为两餐”而余下的光阴，都浪掷在“四方城”及“马经”上。

1984.8.8

为什么要强迫教育

打从小学一年级开始，便没有能力缴清学杂费，看着长辈们一学期一学期地四处张罗，那心境真是难受。

后来听说哪个国家的中小学是免费的，哪个地区读书又是免费的，内心就有说不出的向往。

终于，香港也宣布了"九年强迫教育"，算是人人都有书读了。

然而，实践下来，这"强迫"的原意虽好，但似乎并不值得鼓掌。

事实证明，人一生下来，是有天才、英才、通才、人才、庸才与白痴之分的，愚鲁与睿智之间的智商，相距何止千里。

广府人称读得上书的是"有书缘"，读不上书的是"无书缘"。而"聪明"、"愚蠢"，却又不一定与"书缘"成正比。

有些人看来蠢蠢钝钝，但肯读、勤读、苦读，结果一样能够大学毕业；有些人挑通眼眉、乖巧伶俐，却不能读书，只对工艺、机械、技巧有兴趣，只要稍加引导，从旁指点，他们便能举一反三；有些人对音乐、美术、舞蹈、体育有兴趣，只要指导有方，他们便能"得其所哉"，一样学有所成。

那么，为什么一定要"强迫教育"呢？为什么一定要部分天生没有书缘、追不上程度的孩子，在强迫之下痛苦九年？——是不是可以多设一些职业先修学校，让他们在小学或初中毕业之后，有一个选择的权利。

1984.8.9

因材施教不必虚衔

“免费教育”而要“强迫”，当然是为了避免一些儿女众多，却又家境清贫的人找藉口，迫子女去当童工。强迫，是非要你送子女入学不可。

但是，制定“强迫教育”政策者，有没有想到前人所说的，人有勤懒、智愚、书缘多寡之别？

我有位同学，读书成绩极差，耳朵又聋，跟他谈话，非要“如雷贯耳”不可，老师授课，他只是照例地“听而不闻”，课堂上，若有指名道姓的提问，他是招牌货：指指课本，指指耳朵，眨眨眼，张口摊手，了事。但是“聋公”的画技却了得，日画夜画之下，听说早已设帐授徒，如今桃李满门了。

一位高我三届，一位高我两届的同学，学业成绩都不见突出，但他们的电器技艺甚佳，全校的电器都由他们负责设计、维修，后来，一位开了电子技术学校，一位则在本港著名的工业学校教书。

另一位同班女同学，读书不知所谓，却是田径好手，姐弟二人，凡有埠际赛，必然包办女子、男子两组长跑冠军。

这些人，如果给他们早作安排，有系统地加以指导，日后对社会，对他们自己，是否更有效益、更有乐趣？那又何必“强迫”他们“聋”满十二载，挂一个“中学毕业”的虚衔？

1984.8.10

愚智有别文理相分

人有早熟、慢熟之分。我属于最慢熟那一类。

小学一年级的“树、鸟、门、窗、灯、火、水、茶”，是容易的；到了二年还是三年级，忽然有了“问答”，我就彷徨了，我竟然不知道何以要一“问”必有一“答”。同学仔为我讲得唇焦舌燥，我还是不明，只好糊里糊涂地照抄“问：苹果为什么会红？答：苹果会红是因为得了阳光照射。”我不明白何以要答得那么啰唆。

“算术”我是不怕的，因为可以数手指外加脚趾。四年级以后，忽然加入“四则混合”、“鸡兔同笼”，我便手忙脚乱，不明白“树上有九只雀，猎人打下一只”，其他的都飞走了，何以答案“还有八只”。到了中学，加入几何、代数，我更不知所措。

——如今，十八元一斤鸡，买鸡一只，重二斤三两，该付多少钱？鸡贩不说，我要呆算半句钟。因而，我这半个大学生倘要改行，是连当小贩的资格也是没有的。

我的“化学”积分高达九十八，那是因为有范围、有暗示。实际上我是怕腐蚀，怕毒气，怕爆炸，一点也不敢“胡混”的人。

而今，数学于我何用哉？化学于我何用哉？

当作家，知识无疑要广博，但不必计算“热当量”，不必“黄金分割法”，不必“宇称守恒”。爱文的学文，爱理的学理；爱工的学工，爱艺的学艺；慢熟的由他慢熟，无谓“强迫”。

1984.8.11

读书怎能牵牛上树

“书缘”这回事，有时是很奇怪的。

有些人，夫能读，妇能读，偏偏生个宁馨儿却不能读。这个“读”，是广府人的“读得”，即“读得很好”、“名列前茅”的意思。

家母有位老朋友，由她娘家及夫家往上追溯，遍寻祖宗五代，都没有一个是有书缘的，来到她这一代，人人都生了十个八个儿女，只有她夫妇俩生了个独子，却很能读，后来北上升学，在北京读师范，又在师范识了女朋友，结婚生子，60年代回港，起初教书，不够十年，已自办中学，当了校长；且侍奉双亲至孝，不以父母文盲为耻。

国际闻名的钱学森先生，兄弟数人，都是科学界的顶尖儿人物，其弟是本港医院某部门的主任医师，他自谦“我在钱家，是最不中用的了”。“最不中用”也那么中用，钱氏一家的成就，可想而知。

与此相反，是我的一位同事，他的九个子女则无一能读，能挨到中三，已属“了不起”了。内地曾在“又红又专”意识的指导下，提拔了大批工农兵去读大学，结果，能读的少，宁愿回去拿铁锤、镰刀、枪杆子的多。

所以，有能力免费，就办“免费教育”，不要办“强迫教育”。书是给能读的去读；勉强的，也可在个人努力及师友辅助下读下去；“牵牛上树”的大可不必。强迫是迫不来的。

1984.8.12

社会需要各类人才

社会是分工的，“劳心者治人，劳力者治于人”，已证明了在孔老二更早之前的年代，社会已分了工。

“劳心者治人，劳力者治于人”也许是对的；但社会经济力发展到了今天，亲身体验到的则是：“劳心者”（策划、分配工作）虽然“治人”，“劳力者”（完成最本位工作）虽然“治于人”，但“劳力者”的入息，不一定低于“劳心者”。

朋友在广告公司任导演，选角、分镜、找地点、联络各部门人手，够“劳心”了吧？月入才不过五千（奖金、花红另计）；还需填表纳税。

另一位读不成书的壮汉，去劳力，去倒垃圾，每幢大厦千二，五幢，是六千；夫妇同在市政署扫街，各赚二千四，月入合共一万一千，无须纳税。

写稿，每千字五十元，耗费约一小时。

家中水喉坏了，请水喉匠来，不到十五分钟收工，索价也是五十元。

不少女孩子大学毕业，再得博士衔，工作不到两年，结婚，不干了。这是学位与人才的浪费。社会既是分工的，读书也该分工，文的文，理的理，能读的，大学、硕士、博士一直上，不能读的，何必挨完中学？小学毕业不就可以分工了么？

多设立一些免费的职业先修学校，多容纳与书无缘，却有某种工艺技巧倾向的少年入学，比他们无心向学，又拖累他人学习的“强迫教育”好，好得多。

1984.8.13

读书做事各有学问

聪明与否？以前的说法是“资质好不好”，如今则称IQ（智商）高不高。“IQ零蛋”的，应属笨蛋，笨蛋读书当然不会好；资质好的“聪明人”，亦未必能读，“聪明终被聪明误”之故。

试看每一代、每所学校、每班学生，那些成绩中中等等的人，大多是相当聪明的人，他们不能名列前茅，是因为“靠聪明读书”，读两三遍便会了，会了便放下书本算了，不肯再下苦功，白白放过了自己天生的好条件；待得警觉自己事事“有所不及”时，“再回头、已是百年身”了！

聪明，未必能读；能读，未必能干。

读书“顶呱呱”、“年年考第一”的读书郎，自然是银杯奖状堆满屋，光宗耀祖得很，但出到社会做事，未必受到同事欢迎，下级称颂，上级欣赏。

不能干的因素很多，例如性情孤僻，不苟言笑，“独家村”；或主观强，自视太高，有你讲没人讲，成了“一言堂”；又或是羞怯、闭塞，对上不敢异议，对下耻于下问……

但总的原因可能是：名列前茅的书生只顾读书，对群体生活不感兴趣，对工作缺乏热情，因而在组织力、在干才、在社交联络上都缺乏锻炼机会；一旦离开学校，离开书本，要独立自主，面对没有学校做保护网的社会，面对没有书本可资引证的人生，哪能不彷徨失措？

1984.8.14

“人情练达皆文章”

书缘好未必才干好，才干好未必人缘好。

书缘好的人，可能是遗传因子注定了这些人的读书本领高强，善颂善祷，善记善读。

善读，是他们对课本的理解力特强，又肯钻研。不过，读书郎往往埋首于书本而忽视或瞧不起周围的人，在文化界成了“文人相轻”，在等级分类上被拨作“臭老九”，在别人眼里成了“书呆子”。

读书读到成为“呆子”，大抵已与“废人”无异，不废，亦已“半身不遂”了。

所以，对一般人而言，书，可读，但不必读得太多。对于能读、精读、读之有成而不擅交际的人，只适合做研究、著书立说的工作。

交际、应酬，等同今天的“公共关系”，是另一门学问，不是书缘好、才干好而人缘不好的人所能担当的。

当然，公关也需要学识、才干，但“人缘”肯定是“主科”。

认为好人缘就是“口甜舌滑”、“面面俱圆”、“满场飞”，只是一种错觉。

能够“广交知朋”，性格、量度之外，还包括心理、健康、记忆、谈吐、风度、真诚、机智等等。

所谓“人情练达皆文章”，这，在正规学校里是没有教、或是很难教晓的，只有在社会大学里，才能逐步使人心领神会。

1984.8.15

饭来张口的极乐园

故事：一双年轻夫妇，厌恶于人类之间的互相倾轧，便搭乘宇宙飞船，离开地球，去寻找一个极乐世界。他们终于找到了一个风调雨顺、四季如春、景色优美、人与人之间能和睦相处的星球，便在那里安居，准备创一番事业。起初他们干伐木工作，两口子的生活也过得蛮写意，可是，因为这个星球太富有了，科技又十分发达，整个社会已迅速进入机械化、电脑化，计程车、街灯、建屋、食物配给等等，都已由电脑、机械控制，不假人手，遑论小小的伐木工作呢？因而，小两口可以不必动手，就可以“饭来张口”，不必上班工作，就能够“丰衣足食”，没有什么比这样的生活更无忧无虑、快乐逍遥的了。然而，“心广”则“体胖”，人人都肥到像海狮一样，动也不想动。为妻的警觉到，再这样下去，只有胖死的份儿，便与夫相约逃亡。但丈夫已经胖到和当地的居民一个样儿，完全无药可救了；而她自己也逃不了，因为这个星球的统治者只欢迎人们到来，不允许别人逃走的。逃亡是对这个星球的不敬，是对“丰衣足食”生活的侮辱。……这个女的还在想方设法摆脱那个星球，她能够逃走吗？或者，当她有了逃走之法，却已经胖到走不动了？……（可以运用你的想象力，把这个故事写下去。）现实：太舒适安逸的生活，未必就是好的。耽于逸乐，令人壮志消磨。或有鉴于此，上苍为我们安排了坎坷的道路。

1984.8.28

书之有法

凑个兴也谈谈书法

踏入80年代，国内传播媒界号召新的一代要注重“书法”，指责年轻一辈以马虎潦草、别人看不懂为时尚。因而我也来谈谈“书法”，谈谈香港的“书法”。

国内报纸这一指责与劝导，是事实，且是必须的。

从前，我们的长者，接到前辈们的书信，字体总是中规中矩的，书法佳妙的亦常有。

而今，为人读“乡书”，经常发现乡书里不但字不成体，行不成形，且错别字甚多，有“不忍卒睹”之感。（至于内容，往日谈的是心事、工作、新书、新事物，如今则是文句甚长，塞满两三张信纸的，全是空洞之言，最后一句不外是“钱”字。）

读高中时，一位姓黄的国文老师说，“五四”之前，读书人国学根基好、书法好；“五四”之后，读书人都不注重书法，而将精力倾注于西方的文明思想，所以流行了一种既重书法又不重书法的“缓冲字”，名之曰“新文化体”。黄老师自己边写黑板边说：我这种字就是典型的“新文化体”。

所谓“新文化体”就是“还保留点行气”、“还有点儿书法味”，只是笔法硬朗，字的转弯抹角起棱起角，实际是美术仿宋的行草化。细究起来，那完全是半途丢弃毛笔改用墨水笔的结果。

“文革”前及当今“中”一代的香港写稿人，一般而言，是属于“新文化体”的一代。

1984.5.25

写稿与书法难两立

简而清说：爬格子与书法势不两立。

这话我有同感。

爬格子限于面积与方格，拘束很大。

另外，写稿要多要快；所握的又是原子笔（墨水笔怕已经没人用了吧）；脑子转得快；内心又急，这些因素都与“书法”背道而驰。

难怪简兄说，写稿越多，书法越坏。

我在出版社干过不少日子，且兼管过字房，深知执字工友的苦处。

他们遇上太草的字常来问我，有些我也看不懂。个别一两位多产作家，字写得像一串串回文，不是执惯这些稿子的工友，旁人简直一个字也看不懂。

所以我写稿，为解除拘束，总将稿纸翻过来，尽量从那一格格绿色的“铁窗”之中解放出来；其次，心血来潮时，虽然可以“笔走龙蛇”地交稿不认字，仍不敢过分放纵，怕执字工友过分耗费心力眼力，阻慢了他们的工作。

以如今的标准而言，“新文化体”已经很不错了，但与老作家比，还差得远。

老作家们可能握毛笔的时日长，虽“为势所迫”，改用原子笔，然而字里行间，还显出毛笔的游刃笔力来，有些还真是劲气迫人呢。

家父的毛笔字写得不错，他连寄往外国邮包上的英文也用毛笔来写，居然也写得颇好看。

1984.5.26

各有可赏可读之处

九十九岁仙游的人瑞作家包天笑先生，晚年写稿，还用毛笔，而且写的是蝇头小楷，字字清楚，不颤不抖，清新秀丽如倜傥风流的英俊书生，令我感动而又喜爱。

为此，我曾专诚请字房老友“抹干净双手”来执包老先生的稿，以免弄脏墨宝，并请主编将包先生手迹惠赐一小部分。主编高贞白先生本已应允，可惜后来因为包老要回原稿，心愿未遂。

旅行到南京时，参观了一个文物馆。

文物的故主都是民国中期死去的年轻人，有些死时只有二十出头，但是从他们给亲人、朋友、师长的信件笔记中的墨迹看来，书法之佳，真是各有各的个性，各有各的可赏可读处。

这些墨迹的主人，不知道自己会这样快便死去，往来的日常书信，亦绝不会想到日后会成为大众浏览的“文物”，所以“情”与“字”都毫无矫揉造作之处，唯其如此，更见其笔画的真情。

当时我便想：这样年轻就有这样洒脱的书法，真是难得，可惜这些热血青年，生不逢辰，年纪轻轻便为一种理想而牺牲了宝贵的生命。

倘若这一批男女青年生在今日的香港，凭这样一手好字，恐怕要上电视接受访问，作品要在大会堂或在艺术中心展览，而他们，要成为“书法家”了。

1984.5.27

放弃毛笔影响书法

70年代末期，在大会堂低座二楼参观了东华三院百周年纪念展览会。

会场上有百年前的“寻人信”、“蔗书”、“谢函”及蠹虫白蚁蛀坏了的赈济、慈善捐款簿册等，这些文件里面的毛笔字，也可以与现今等闲之辈、迫不及待成书法“家”的技艺等量齐观，而他们只是当年微不足道的“文房先生”而已。

何以有这种现象呢？

书写工具由毛笔渐渐转化为墨水笔、铅笔、原子笔、箱头笔，是书法艺术后继乏人的主要原因。

其次，学生的功课多，压力重，要摇笔杆做的功课，已由原子笔取代，大小二款毛笔字功课，成了聊备一格的差事，除了学生本身特别喜爱书法，自觉地练习，或是在师长父母的督促鼓励下，加倍努力者之外，很难期望日夕与原子笔为伍的人，日后会成为书法家。

当然，要不要重视是一个问题，有没有必要大伙都成为“书法家”，又是一个同题。

我认为，毛笔字既是我国传统的艺术之一，是一种毫不奢侈而又极高尚的艺术，是一种很普及的、人人都有机会成名成家的艺术，是一种看似简单、易学难精而又百看不厌的艺术；作为中国人，作为拥有这门独特艺术的民族，我们应该去重视它，爱护它，发扬它。

然而没有必要，也不可能人人都成为“书法家”。

1984.5.28

这里有天才在闪光

有人基于政治哲理而否认“天才”。

有人基于文学哲理而否认“天才”。

而事实上，“天才”是有的，是存在的。我相信这个事实。

有“天才”就有“庸才”。

否则，同一个班级，何以有人考第一，何以有人屡排榜尾？

战后，有人推诿于战争，说：“我条命不好，生在战乱时期，没机会上学，否则……”

有人在名家演出之后，爱说：“我条命不好，家里无钱买钢琴……”“家人没钱送我去学芭蕾舞……”“家人不让我学小提琴，否则……”

好像是战争毁了他一生，好像是“穷”、是“家人”毁了他一生。

——我承认有小部分“是”，大部分却“不是”。看看现时丰衣足食、人人有书读（不读也不行）的港澳就好，有多少人有书读而读不上，苦苦哀求双亲不要“迫”他上学？有多少家庭钢琴叮叮咚咚，而成名者又有多少？有多少小儿女课余苦练芭蕾舞，日后又有多少成为芭蕾之星？有多少父母不辞劳苦送儿女学画，明日的“画家”又有多少？是庸才，你给他万千机会他依旧黯然；是天才，你给他小小机会他亦吐光芒！忘了是贝多芬去探望失意的音乐家，还是名家去探望失意的贝多芬，事后说：这里有天才在闪光！——书法有没有“闪光的天才”？当然有。

1984.5.29

天分另加勤学苦练

用毛笔为书写工具的年代，不见得人人的毛笔字都写得好，毛笔画都画得好，否则到了今天，不会只留王羲之、柳公权、褚遂良、石涛、郑板桥、齐白石等数十个名字在艺坛上闪耀。

这是基于天分。

正如有人成为画家、歌唱家、大作家、钢琴家、体育家、政治家等等一样，有哪一种天分，就有哪一种成就；有多种天分，便有多种成就；没有任何天分，便没有任何成就。

天分是存在的，但不可以“依赖”。

天才是天分加上勤学苦练之后的结晶体，缺一不行。

——你听过钢琴家的指头弹出了血，浸了冷水再弹再练的故事没有？

——你看过朱生豪边吐血边翻译莎士比亚作品的故事没有？

——你曾听过书法家立“笔冢”的故事没有？

——你可知道数学家陈景润单是演算草稿就装满了两麻包袋的故事？

……

天分越高，越勤奋，成就越大。书法也是一样。

通过勤学苦练，天分高的人成为书法家，天分低的人丑字会变好看。

文字是表情达意的工具。用美文美字来表达你的心意，总比粗粗鲁鲁、吊儿郎当来得得体吧？

1984.5.30

右手拇指包裹食指

我每走入分行众多的那间大银行，就觉得好笑。

——他们全体职员，几乎有百分之九十八是这样握笔的：右拇指包着食指，像一个拳头，那杆原子笔就放在食指与中指之间，穿过拇指与食指顶部圈成的凤眼。

这种握笔法，当然不限于该银行，其他银行也是，不过那间银行大、柜面职员多，一排人都是这样怪模怪样握着笔，惹笑的效果就比较大。

银行职员们绝不会是来自同一间学校的毕业生，奇怪的是，这种握笔法却好像系出同门：由同一个师傅教出来的。

手握成拳，力道都由指尖传到了掌心，怎有可能写出好字？

但你看他们书写起来，字体却又不差，这是何故？——原因是，力束在一起，写英文与数字，不必开展舒松，也就无所谓“笔走龙蛇”或“铁画银勾”了；再一个解释是，可能写来写去那几个字，“工多艺熟”之故，要他们来执毛笔“临池”，就要闹别扭了。银行是“一致对外”的，我们容易看见；其他写字楼职员是否也如此这般握笔？因为不易见，所以无从定论。但间中走走商行写字楼，走走移民局或政府其他部门，不难发觉，他们之中有相当一部分，是以拇指包着食指的。

这种握笔姿势的另一怪现象，是只有“香港”具有此一普遍性，其他华人地区不但少见，即使是临近的澳门也少有。

1984.5.31

“指如削葱根”的影响

形成拇指包裹食指的握笔势，是不是读英文书院的学生，平日做英文作业太多之故？

这应该不是“理由”，因为以“英文”为母语的外国人，也不这样执笔。

“为什么？”真是想不出一个道理来。

奇怪的是，我们这一辈，无论男女，都没有一个是这样握笔的。

交稿之后，我忽然想：是不是因为如今的女孩子，大多数都留了“指如削葱根”的长指甲？指甲长，会戳着食指的皮肉，由拇指把食指包庇了，指甲们便相安无事了。

剑术名家不必剑，因为他们“手中无剑，心中有剑”。

初哥们不但要求剑法、步法，还要求剑，求取名剑。

书法名家不必讲求坐要正立要直，不必如何握笔如何挥洒，他们或坐或卧，或醒或醉，都能够写出好字来。填字“上大人孔乙己”的不行。对于他们，练字之初必须讲工具论姿势。写毛笔字的姿势、口诀，每本字帖开卷第一页都印着，图文并茂，不应有问题。

“教育电视”也有毛笔字入门的课程，如何开笔，如何蘸墨，如何握笔，如何运转，都拍得详细明晰。

这比我们的一代好。我们的握笔没一个准则，启蒙老师怎么握笔的，我们就怎么握，姿势反倒不那么正确。

1984.6.1

硬笔字的握笔姿势

现在流行原子笔。

原子笔、铅笔、墨水笔、箱头笔等等，笔头硬，易于控制。这些笔统称为“硬笔”。

前文说的“拇指包裹食指”的握笔姿势，说的正是硬笔。

照我的体会，硬笔的握笔法是：笔杆支架在中指第一节骨之上；拇指与食指成钳形，而以食指放前一点；笔杆尾部靠在食指骨眼上，而不应该在虎口正中。

因为笔尾放在虎口正中，笔沉而笔势向上，力道都集中在食指与拇指处，这样，力道就“困死”在几只手指上，失去了腕力与臂力的运转作用。至于握笔的高低，则应以腕力及字体的大小而定：腕力好的，可以握笔高些；字体大的，握笔自然也要高。

握笔稍稍高一点有个好处，就是不怕拇指曲起的骨节挡着视线，也就无侧头、侧纸、侧笔之弊。写稿人，握笔稍高，活动范围大了些，可以省点力。“工欲善其事，必先利其器”，纸与笔都是重要的。市面上出售的原子笔杆，越来越瘦，因为笔杆幼，握笔时，拇指便容易戳着食指；再者，笔杆起棱角，令写字多的人的中指易起手茧。墨水笔型的原子笔便少去这些弊病，可惜亦越来越向“娇小”笔身发展了。我们读高小时候，除铅笔外，钢笔与墨水笔的笔身都粗大些，拇指、食指握笔后仍有个小距离，如今笔身幼，是否也是形成“拇指包裹食指”握笔法的原因之一？

1984.6.2

天天练字的老先生

每天上班都经过一条横街，都看见一位白眉白发、穿一套灰色唐装衫的小老头在练毛笔字。

在街边写信是他的职业。

练字是他的兴趣，也为消磨时间吧？

别人的生意都不错，只有他门庭冷落，又不会兼营楼房买卖、女佣介绍。

他说，只有他一个人，又不必交租，又无任何花钱的嗜好，独爱写字，所以够吃够用就算，无谓花脑筋与他人争执。

每到腊鼓频催之时，他也卖挥春，他告诉我，有部分是去年卖不去的剩余物资。

挥春卖不去的原因可能是写得多，可能是顾客爱买新潮挥春，也可能是他的字写得不够好。

依我看，后者的成分大一点。

为什么这位老人家每日坚持练字，书法的造诣还是不那么理想呢？我认为，这就是天分。有些人举一反三，一理通能百理明，技艺突飞猛进，往往不能以“入门”日子的深浅而论高下；相反，受天分限制的人，想“百尺竿头更进一步”就很难了。

举这个例，不是想“打击”人，而是希望做老师做长辈的，以及年轻人自己，应找出个人所长来加以引导、发展，否则便会事倍功半，甚至浪费青春。

学习书法是这样，学习其他学问，应该也是这样。

1984.6.3

写字不宜太泼太泻

写毛笔字与硬笔字，所用的纸，纸质都不宜过滑。

往日没有纸质“过滑”的问题。

如今有“卡纸”、“请帖”之类的粉面纸，既“滑不留手”，当然也“滑不留笔”，写不惯这种纸，书法家有时也写不好字。

（这也是我爱将稿纸反写的另一原因。）

纸太光滑，不易“留笔”，字写起来太泼、太泻，纵览全篇，便有杨柳随风摆之象，这是年轻人写“放”笔的大忌。

纸面粗，加上下笔时凝滞有劲，字字显得虬结苍郁，“耐看”。

“字无百日功”，“练字”这玩意不能一曝十寒。

“百日”，是三个月多一点。

现时的人，能够坚持临池三个月，已是难能可贵，何况要求其年年月月坚持不懈？又何况坚持百日亦未必有功？40年代，由我们这一代起，学校的语文老师给学生们写大楷、小楷的功课，已是“聊备一格”，希冀学童们能在每周若干页的大、小字中把毛笔字写得好，真有点“妙想”。不过，了解小学生功课数量之多，也可以值得体谅了。——他们长大之后，要在“字”上讨饭吃的，毕竟少之又少。时代进步到如今，苛求“通才教育”，已与时代脱节。

然而，话又说回来，如果想要自己能够写得一手好字，还是非要多写点毛笔字不可。

1984.6.4

毛笔字近似演话剧

以我个人的体会，觉得写字与演戏，是两件很相似的事。

话剧，是演戏的根基。

话剧演得好，演电影、电视剧便能驾轻就熟。

反过来，会演电影电视剧，不一定会演话剧，或者说，不一定能够演得好话剧。

这是演戏“发烧友”们彼此“心照”的一回事，不必我班门弄斧了。

（如今的电影电视剧，尤其是电视剧，讲求的是“自然”、“生活化”，话剧式的比较夸张的大动作，已被摒弃，不受欢迎了，好几位舞台剧出身、训练有素的老演员，因为“惯了”，认为“夸张”才“够味”，这种“死性不改”的艺术上的固执，反与年轻演员们格格不入。）

写字也与演戏一个样儿。

毛笔字，是写字的根基。

毛笔字写得好，改写墨水笔、原子笔、铅笔、箱头笔一类的“硬笔字”，初时或许不习惯，惯了之后，也一定写得好。

反过来，硬笔字写得漂亮，毛笔字不一定漂亮，这几乎是可以肯定的。因为毛笔富弹性，没有几年浸淫，想要随心所欲地发挥，很难。

我想顺道一提“大楷”、“小楷”的“楷”字读音，一般都把它读作“街、佳”，其实应读作KAI的高上声（没有同音字借用），近乎“卡介”的切音才对。希望老师们注意一下。

1984.6.5

脚幼如鹿者跑得快

年少时，有一位在香港皇仁书院念书的表亲来我家作客、度暑假，他是香港学界百公尺短跑的丙组冠军。

他要我用右手去量握左脚颈，我照他的话量了之后，他肯定我“跑得不会快”。

他把田径教练的理论搬过来：用自己右手握左脚脚颈，中指指头在拇指摺纹以下者，跑得快；以上者，跑得慢。差距越大，则越快，反之则越慢。

我在摺纹以上一半。他低过摺纹少许。

我不信，认为那是胡说八道的废话。

他说，我们追逐一下看看。

每次，他都让我领先数十码，但总被他捉着。

他说这是“实验证明”，不由你不信。

他走了之后，我“偏不信邪”，下定决心，不怕困难，摸黑起床，跑返学校，勤学苦练，既练体力也练气。

结果，发劲狂奔，仍然在十五秒前后。

跳高也是一样，练得裤烂膝肿、股沟淋巴腺发炎，也只是勉强跳过心窝的高度。这是我经过整个中学期六年长的成绩、经验，不是吹牛皮的诳语。为什么会这样？只能证明那理论是对的。试看大自然跑得快的动物，如鹿、如袋鼠、如羚羊、如马、如豹，有哪一样是脚骨粗阔肥大的？脚粗如牛，如象，如河马，注定是慢吞吞、呆呆钝钝的。

1984.6.6

抹煞天分只是蛮干

除了体育锻炼之外，我也练口琴、口哨、唢呐、箫、笛、书法以及美术。

——吹唢呐比吹牛还要难。学不成。

——箫、笛会吹，吹得不好；而且拜错师，人家学箫右向，我却是左向，两人合奏倒不会打架。

——口琴是可以的。

——美术只及“能画”的水平。

——书法则跨不上另一个高度。

以上所说，都是经过相当时间练习的东西，何以有些勉强可“行”，有些“不行”？

天生的。

没天分的，强求可以改善，要“出人头地”，却强求不来。

20世纪80年代的这几年，中国的女子排球队雄霸球坛，在国际体坛上享有极高的声望。

其中一位女队员，最近在《北京体育报》上发表了一篇文章，说出了当年落败时的难受，回国后拼命锻炼，才有今天的成果，因而说：冠军是用血汗泡出来的。

早十年，当日本女排雄霸天下时，电视片集不断强调她们“一、二、一、二”地勤学苦练的故事。

这些，我都只相信一半。

我坚持：你没有打排球的天分，血与汗决不能把你泡成“冠军”。

抹煞“天分”这回事去强闯，只是“蛮干”。

1984.6.7

各司其事各自分工

号召知识分子与农民“同食同住同劳动”，我不那么赞同。

农民有耕种的天分，有耕种的成就。

知识分子有读书的天分，有科学知识的成就。

各有各的成就，就应该各有各的分工。

我认识一位清洁工人，他干起卖力气的事来，不必你劳气费神，自会妥妥帖帖地为你“胜利完成任务”，他自己去僭建木屋也是一样，看来是三尖八角，用无可用之地，由他铺铺砌砌，竟弄得有厅、有房、有厨房、有浴室，还在空地斜坡上种上了米仔兰、钻石玫瑰、日本牡丹、椰菜、菜心、番茄、荷兰薯和芋叶。但数钱给人，十次却有三次把纸币撕断了的，找赎小硬币，更是怎么捡也捡不起来，末了，索性大手一拨了事。

电视上，看过本港银行界一位数纸币高手的表演，已经大为赞叹。去年，北上旅行，在北京饭店附设的小型银行兑换纸币，该行其中一名职员的数钱速度，竟比香港的更厉害，咋舌之余，唯一令自己信服的解释是：北京职员数的是新纸币。

不妨这样：将那位清洁工人的工作，与银行职员的工作对调。会怎样？

——原是银行职员的，拿一把大扫帚会笨手笨脚，僭建木屋时会“举斧、举锄为艰”。

——原是清洁工人的，会把不耐烦的客户赶个清光。

1984.6.8

小学生功课多且烦

有些小学老师，在家庭作业的分配上，没有照顾到学生的时间、体力与心理。

例如要小学生在一夜之间抄六课国文，每课抄三次，其他作业还未有包括在内。

三六一十八，要一个二年级学生抄十八课书，除了厌倦之外，没有任何好处。也就是说，这样子的家课，有碍生理与心理卫生。

某些作业，是要求图文并茂的，儿女们总是“认真对付”，彩色纷呈，一丝不苟。

我说：这些家课的目的，是要你们“看图识字”，或是“看字识图”，并不要你们做得太美观；抽时间背熟生词，搞通意思，做点运动，比起填颜色填得漂亮有用。现在，他们都渐渐马虎了，这很好，孺子可教。

小儿幼稚园毕业时，得了个“书法比赛冠军”。幼稚园写字懂什么“书法”？（又不是什么“天才”、“神童”。）不过是写得清洁整齐认真罢了。为此，老妻很高兴，沾沾自喜，我却皱眉头。如今，儿子的字马虎得惊人，东歪西倒的，像急忙忙在理发店的地上拾一撮发碎撒在练习簿上。

女儿呢，她的字则如练习簿上的发碎，经她仔细地拼图、黏合，看起来是越来越工整清洁了。老妻对女儿称赞有加，对儿子责罚更严。

我对儿子的“所为”高兴，对女儿皱眉。

1984.6.7

字与画也有生死笔

老妻说:“好心你劝劝儿子把字写得好一点行不行？”

我说:“小孩子写字，要紧的是大方自然，笔画越生动灵活越好，日后写字越有前途；一旦认真，便拘束，字字起棱起角，小小年纪便把‘字’给‘写死’了，长大之后，字便很快定型，难得‘转活’。”

写字是这样；绘画也是这样。

我不希望儿女在“图文并茂”的作业上太用心，是不希望他们把画给画死了。

在绘画上，儿子两岁多一点，便爱大笔一挥，三两笔便把“全家福”给惟妙惟肖地绘出来了。

女儿在幼儿时的绘画不行，后来好多了，但神似于日本的卡通或漫画造型，笔画完整，毫不苟且。特别是画女孩子，与日本流行的儿童明信片、信封、信纸上的长发卷曲、大眼睛、长睫毛、樱桃小嘴杏仁脸的“东西洋混种娃娃”一模一样。

老妻说兄妹俩有绘画前途，要给他们课余上美术课，将来不做个画家，也做个“业余美术爱好者”。

我不同意这种“妇人之见”。

我说：儿子可能有绘画前途，因为他用笔“生”；女儿没有绘画前途，因为她用笔“死”。

何者为“生笔”？

何者为“死笔”？

会画画写字的，心中一定有数。

1984.6.10

看似容易下笔颇难

去年，趁学校放暑假，我买了颜料笔墨纸张，在客厅一角，铺了胶布、报纸，给他们“泼墨”、“涂鸦”，挥洒个满头大汗。

临摹的版本之一，是国画大师关良先生的“孙悟空三打白骨精”。

这本画集的好处是：简洁；色彩多；写意；笔墨与构图都生动；加上内容，都适合小孩子天真烂漫，不那么爱管束的个性。

一个妖精：发髻分插两条雉鸡尾；一团粉面；面上两点黑、一点红；一身彩衣。

简单易画。

然而画下去，兄妹都说：“怎么画来画去都画不似？”

版本之二，是国画大师白石老人的瓜果。几片菜，两条瓜，一只小蚱蜢。蚱蜢是工笔。瓜与菜则是意笔。看似不经意，吊儿郎当似的粗心之作。更简单，更易画。

可是兄妹俩怎么画，也只是笔墨散乱，吊儿郎当是有的，“看似不经意”却一点也没有。少年的我，就是这样。

往昔，报纸喜欢在大节日刊登名人的题字，遇有我崇拜的大人物，连他的字也喜爱，于是敬而慕之，也去临摹。

其实大人物的名字大，书法不一定好；何况到了我的手上，“画虎不成”反“类犬”？因而，每周的“贴堂”作品，必有我“类犬”的心血结晶。老师还加了咬牙切齿的评语：“看，这就是凌雁的功课，不知所谓！”

1984.6.11

志在千里不能伏枥

我就是凭了大胆的临摹，不怕“类犬”，一个字一个字地吸收别人的笔法，来营养自己的。

不能算是“天蚕变”，只是字写起来，不那么丑怪难看就是。

有一位小学时候获得“书法比赛冠军”的同学，后来自觉写字不及于我，问我何解。我当然不能直言“是呀，我的字写得比你好”来伤他的自尊。

不过，在心底下我这样忖测：那是因为小学的字是“假”的。

个别小学老师的字，本身写得并不好，或者对“书法”并无太大兴趣，碍于职业、身份、需要，要他们来“评字”，只是“直观”、“直觉”。

直观之下，觉得这篇字写得美观整齐，不歪斜碰撞就是好。

——一如老妻之品评自家儿女。

在笔墨的运动、字的结构、通篇的布局上，他们看到的，是学生的现在，没有看到他们的将来。

所以，有志气、有大志气的少年儿童“书法家”们，不要让家长称赞两句，就沾沾自喜，不要让老师责备几句，就气馁自悲，一定要沉得住气，勤学苦练，“看我的”。要明白一点：世上的“伯乐”与“千里马”都不多；千里驹少，伯乐更少。是不是“千里驹”不知道，但要做“千里驹”，首先不能“伏枥”，饱食终日，如何能跑？只要肯跑肯练，虽不是千里驹，打个六折，亦能跑六百里。

1984.6.12

书法神童昙花一现

我教过一个学生，光头，而且头有点长，傻傻的，什么功课都不行，就是书法了得。

他能够左右手一齐写字，写毛笔大字，所写的大字有行气、有笔力，还真能吓怕人。

他当众表演时只念小学四年级，因为这样，报馆特别派人采访了他，并拍了照片，作了大半版的专题报导，很令他父母荣耀得流了眼泪；教师们也认定这位小高足是书法“神童”，有心栽培他，造就他。

谁料这位神童上了五年级便不见出色，上了六年级，书法已列入“下等”。

这个实例不能说明什么，还只是那一句罢了：别为自家小儿女字体的好丑而喜，而悲。

当然，字退步了，不代表他永远退步。

相隔那么多年，那位神童可能早已成了埋名隐姓的书法大家也未可料。

自己练字就有过这种经验：书法经过练习后，越来越好，到了一段日子，字不但没有进步，反而比前糟糕了；然而，当你度过这个回旋期，你的字又会跃上另一个新阶段。

书法是要经过若干个这样的“回旋期”，才逐渐进入佳境的。从来没有一提笔就成家的“书法”。相信每个爱好临池的朋友都有过我这种体验。小学便把字写成了“冠军”，这“冠军”便成了小孩子的束缚，他因为不敢变而因循，进步必定慢。

1984.6.14

美术字读帖与书法

一般人有个误解：以为美术好，书法一定好。

这个见解放在“书画同源”的国画里，是对的：画画得好的人，字，几乎也一定写得好。

但学西洋画的人写中国字，一般而言，还是可以的，然而真要论起书法来，便不是那回事了，这，可能是练毛笔字少，而早期又受了“美术字”所掣肘。

以我个人的经验看：打从小学起，我便练起了笔画方正的美术字，到了初中，学校更设有“美术字班”，而且边学边用，被选为黑板报的抄写员，年纪轻轻，便把字让框框给框死了，日后颇成了我练习书法的一大障碍。自己的这一段迂回，或者可以供给小朋友“借镜”。再者，书法是练习，“临池”固然重要，平时“读帖”与看书画展，也重要。读帖与看书画展一样，你自以为欣赏的字，得要好好地“读”，用心去跟着别人运笔、用力、舒展、腾挪，等到自己坐下来执笔练习时，好处就会在笔尖显现了。谈到书画展，有一趟我在展览厅内，看到几幅程十发和其他书法家的作品，非常兴奋，却为旁观的一个青年洞悉了心事，他说他已逐幅拍入镜头，问我要不要。我们似乎一见如故，彼此都不怕触犯交浅言深的禁忌，坦诚地交换了地址电话。过不了几天，一叠彩照果然寄来了，同时还附了言：我是摄影与书画的门外汉，请多多指教。

1984.6.13

玉扣宣纸与月宫殿

谈书法，不能不谈纸、笔、墨、砚这文房四宝。

宣纸，是给已成材的人落笔的，一般练习，没有多少人能花费得起，即使花得起，也属浪费吧？所以，用学生练大小字的玉扣纸便够了，日本的“月宫殿”也不错。月宫殿的缺点是织维松散，但不失为“仿宣纸”的好材料。往日要买一叠中式信笺并不易，只有个集大庄供应一种间红线的毛笔用笺，然而纸质既粗且厚，不大好用。这几年好多了，国货公司供给书画用的纸张，款式多而质美价廉，每款均以透明塑胶袋装着，有信笺，有长条，有横幅，有间红格，也有纸质较粗而价廉、适合小孩子涂鸦的，这真是一种可喜的“国粹”的输出。

另有日本公司供应的一种毛笔字练习纸，可作便条纸用，也可练字，其面积比原稿纸大些，也分装在透明塑胶袋里，价钱也十分便宜。缺点是光滑了些，不似中国纸易“留笔”。

“文革”时，九龙星光行“陈列馆”，开过一个中国新进画家的国画展，展品中所用的，全是粗糙而色浊的劣纸，墨色一下，便即“吸死”了，再无转圜化解余地，稍一拖笔，织维便走了出来，一如用胶擦擦过一般。一幅画有几处起了鸡皮疙瘩，已不是赏画，而是一看一惊心了。现在的纸质已有了大改善。我去北京、南京、杭州、南宁、桂林等地旅行，发觉每处商店的文具部，都有宣纸供应，以当地入息计算，价钱是贵了些。

1984.6.15

买毛笔不要贪便宜

记忆中，往日买毛笔，并不是一种什么负担。几年前，毛笔身价陡涨，有数十元一管笔的，不禁咋舌，后来在橱窗中发觉有过百元的，舌头更是缩不回去。

十年前，写小篆颇有成绩的石合济兄介绍我用，并送一支作为“样本”的“小狼毫”不到七元，已是上价货。几年前，学生用笔也已涨到这个数目了，因为不买到这个价钱的笔，不能写字。

下价笔与街边的“笔、盒套装”一个样儿，笔心全塞了麻，只有外边薄薄的一周是狼毫、狗毫或是兔毫，有些写几天便开叉走样，有些一浸水“开笔”就完蛋，要省钱，倒成了浪费。

——这种“麻心皮毛”的下价笔，不是今日才有，我们念小学的时代已经大行其道，笔一开叉如疥癣头，不能向家长顿足撒野:“这算是什么笔？”因为经济能力只许可买这样的“充数”之货。现在的人，个个都花得起钱，而且，在百物腾贵声中，毛笔并无“紧跟”着涨价，六七元一管笔，负担倒不太重，一大字一小字，亦只是少吃三笼点心而已。

不过，好笔也得加以爱护才能长寿：笔买回来，要垂直吊在温水中，不使笔毛曲屈，水在笔毛三分二处，开笔之后，用起来才能得心应手；笔用完后，要用水洗去墨汁，才好将笔吊起，绝不是电视主持“心得”所说的任其“风干”。

1984.6.16

毛笔久放会被虫蛀

喜欢紫砂茶壶的，搜集紫砂茶壶。

醉心古筝的，访寻古筝。

热衷于名画的，不惜任何代价，务求成为私藏。

钟意鼻烟壶的，拼命去搜罗鼻烟壶。

爱剑的藏剑。

爱书的藏书。

——喜爱中国书法的，自然是喜爱收藏毛笔。

这似乎是难以避免的。

但毛笔多了，珍而宝之，闲放着不写不用，终有一天你会发现，多好的狼毫、虎毫、豹毫，都被小虫蛀蚀了，用手指轻轻一拖，便整圈整圈齐根脱落，等到"'笔'到用时方恨'蛀'"的光景，恨之已晚。

所以，毛笔"够用"就好，不必囤积居奇。到国内旅行，笔、墨、纸张、书、剑都是便宜货。

例如一管"大兰竹"（绘画用，不大适合书法）这里要卖卅五至五十元，内地只卖九元，"小兰竹"更便宜，只卖一元五角。

一碗墨，这里卖百元，那儿只要十多元。

原张宣纸，这里卖二十元，那边只要二元。

一本书，人民币乘三，这里港币乘七。一套"倚天屠龙"式的刀剑，这里要六七百元，那边只花七十多元。货式是完全一样的，这些东西，并不因为"出口货"而会质量好一些。

1984.6.17

黑黑墨墨不易处理

1978年往南宁，看见一碇墨，售廿多元，妻叫我买下，我拖泥带水没买成。回来，往国货公司一看，同样的一碇墨，标价二百元，这才知道“走宝”。1979年北走京沪，以为可以补购，却已全面起价。

——货品一入“友谊商店”，声价十倍，已非我们这类人“玩”得起的了。

拖拖拉拉没买成那碇墨，是因为“墨”这东西，到了南风天会发霉，霉菌一支支直竖，有四分一寸高，如一座古怪的森林，看得人汗毛也一支支直竖；到了北风天呢，又因为天气干燥而龟裂（“龟裂”的“龟”字要读“均”音）——厉害的还会裂得肝肠寸断，很令人沮丧。

“墨”遇南风天会“发霉”，是因为制墨的时候，要拌入一种动物的皮胶。

因而，墨不但会发霉，还会发臭。

我们读小学的时候，都穷，都用便宜墨，写起字来，臭不可当，令负责改卷的国文老师受了不少罪。

同学间互相“交流经验”：

——开墨的时候，不要用“生水”，要用“开水”。不行。

——开墨的时候滴两点酒下去。起初好像行，后来发觉仍然不行；不但不行，墨盒且发了霉，霉菌可能“营养丰富”，比墨碇上的“更高更长更健美”。

大抵，酒滴下去，与墨里的皮胶一作用，成了“玉冰烧”。

1984.6.18

端砚墨汁与绿豆青

有好的“墨”，还得衬上个好“墨砚”，才是牡丹绿叶。

墨砚除了实用之外，还是很好的工艺品，有很高的观赏价值。

可惜，如今的上品端砚，动辄过万，甚至数十万，只适合发了达而又能附庸风雅的日本人采购了，穷书生们只能作为艺术展品去欣赏。

——看日本抢购端砚的疯狂程度，只怕一百年之后，好的端砚都入了日本籍了。

我是个实用派，绝不想花冤枉钱去“珍藏”些什么。

谈“墨砚”，我倒怀念起小时候花一毛钱买的“绿豆青”来。

这种磨墨用的浅底阔口小墨碗，是往日家家户户必备的“文具”之一。在家在校，都得带了去。

后来即使环境好了些，有人带“墨盒”上学了，也得用这小墨碗磨了墨汁，倒进墨盒去。这便宜的东西好用，因为它可以磨出较多的墨，适合挥洒大字。

可惜这曾经大行其道的东西，而今竟然销声匿迹，遍寻不获了。

时代转变至今，早已不时兴“墨”而时兴“墨汁”。往日不是没有墨汁，但往日的“墨汁”，上面是水，下面是“墨提沙”，写起字来，灰灰的，“起粉”。而今的墨汁质量非常好，又设计得科学，旋开了瓶盖，打横露出一个小口，要多少挤多少，再不像往日，漏得一手一地都是墨。

1984.6.19

谈音论字

粤语国语莫衷一是

语言是很奇怪的。同一个民族竟有数十个乡音，这就是方言。同一个地方语言，又因为地域的不同而有异，因为年代的进展而有变。

“粤语”吧，名为“粤”，是广东了，但粤省之内就有台山音、潮州音、客家音、中山音等等；代表，是广州音。

同是广州音的香港、澳门，虽是一衣带水，但一受中宝安影响，一受中山影响，两者在音调上即有显著的不同。

单单是香港的粤语，近二十年来，就有了相当大的变迁，很多新的俗语与遣词造句，离港十年的人，一听就觉得自己“落后”了。

广西的白话，星马印尼等地的粤语，又与广府话有颇大的差异。

“国语”吧，天津与北京接近之外，每一省每一地，都有显著的不同，对语言有研究的人，一听就知道你是四川还是湖南、浙江还是福建，是印尼华侨说的，还是马来亚华侨说的。

同属“国语”（普通话），一经渡海去了台湾、东南亚各国，便音调都变了，咬字吐音与“京片子”大有不同，这当然是各地的华侨掺杂了各自的乡音的缘故。比如“台湾国语”，有很重的福建音底；印尼泗水的华侨，又混合了客家音底；泰国华侨，则陪伴着潮州音；广东人讲国语呢，心照了：“天不怕地不怕，最怕广东人讲官话。”

1984.10.23

乡音有改外语有变

同一个民族，同一种语文，只因地域的不同，“语”与“文”都有些不同，甚至是大异其趣的，例子之多，真是不胜枚举。文字上，老舍小说中的北京土语对白，与三苏的粤语“三及第”怪论，相互文化交流的话，双方都恐怕要“猜”着来读。

有人说，福建人是海陆丰人跑到福建定居后的后代。又据一位潮州文友考据，潮州人是福建人流徙到汕头的后代。谁是谁非，有待专家论证。不过有一点倒可以肯定的是：三者同属一个语系，而三者的发音均有明显的差异。

众所周知的日本，与中国分属“同文同种”，但是，中国人去了四岛，生了后代，组成“大日本国”之后，语言成了叽里架啦的日语，文字成了简体草书般的日文。而且，日文中的汉字，据说新的一代已觉其“深奥难懂”，要逐渐把它淘汰了；另一方面，吸收外语作“片假名”的，则日渐增多，令老一辈吃不消。

由英国远赴澳洲、美洲落籍的后裔，当然是同属英语一系。然而有相当英语造诣的朋友都清楚，“英语”与“美语”，已有越来越多的不同。

科学新词汇固然，有些新的俚语，旧字典中已查不到。

有趣的是，上海人、台山人、香港人、星马与印尼华侨等，只因本土音调不同，学起英语来，居然也各伴“乡”音，而且，都自以为“纯正”。

1984.10.24

孔夫子与标点符号

古文学是不标点的。以五千年文化古国的日子来算，用标点的时日还很短浅。

因此，标点我国那么多古典文学遗产，就成了一门专门的学问。

学识不好，不能标点；学识好，也不一定能够标点。

例如《论语》书中的“民可使由之不可使知之”一语，标点成“民可使由之，不可使知之”是向来所公认的。

（民众可以任由劳役，不可让其知道何以受到劳役。）

1978 年，胡菊人先生连续发表了几篇文章，说明了这样标点《论语》，是标点者的私见，是把“愚民政策”强加于孔夫子的身上。他提出了新的见解，认为这话应该标点成：“民可使，由之；不可使，知之。”

（民众听从使唤的话，管他；不听使唤的话，就给以教导。）

这一见解值得推荐。早在梁启超时代，梁任公早已主张：“民可，使由之；不可，使知之。”

（百姓肯抚顺的话，顺其自然；蠢蠢欲动的话，就要教导他们。）

经这样一标点，第二三种的意思大同小异，而与第一种的内涵截然不同。

致于谁的标点法才是“真知灼见”，那就要从孔子的生平、著作、言行、政治思想主张等入手研究，笔者不敢妄下断语。

1984.10.25

有吏夜捉人与牧童

“标点”运用得法，绝不亚于文字上的功用。

试看杜甫的名作之一《石壕吏》：暮投石壕村，有吏夜捉人，老翁逾墙走，老妇出门看，吏呼一何怒？妇啼一何苦？听妇前致词：“……”省略号内共十三句，苏仲翔编选的“李杜诗”与中华出版的《唐诗一百首》，均将十三句标点成“老妇”的独白；但秋农先生则认为该十三句这样标点更合理：“三男邺城戍，一男附书至，一男新战死。存者暂偷生，死者长已矣。”“室中更无人？”“惟有乳下孙。有孙母未去，出入无完裙。老妪力虽衰，请从吏夜归，急应河阳役，犹得备晨炊。”把“室中更无人”，标点成恶吏的喝问，一催迫，一哀恳，更添“夜捉人”的气氛。以下一例更闻名：清明时节雨纷纷，路上行人欲断魂，借问酒家何处有？牧童遥指杏花村。原句可以标点成：清明时节雨，纷纷路上行，人欲断魂，借问酒家，何处有牧童？遥指杏花村。亦可以标点成：清明时节，雨纷纷，路上行人，欲断魂，借问酒家何处？有牧童遥指，杏花村。先是“欲断魂”的行人问牧童（亦不一定是问牧童），要找“酒家”；后来变成问酒家，要找“牧童”；再后又倒回来要找“酒家”了。我们可以想见：在牛毛细雨的日子，垂阳绿柳的山村道上，牛背上的牧童与举臂挡雨的路人，客气的酒家，他们的神态是多么质朴亲切，而他们的关系又多么微妙有趣。

1984.10.26

既懂正音亦懂变音

巴金的名著有部《憩园》，这个“憩”字不读“恬”，应读“气”音，与市政局辖下的“休憩花园”的憩字，同音同字；“枵腹从公”的“枵”字读“枭”音，不能念作“拐杖”的“拐”音：

“汗流浃背”的“浃”字，因为浅，很多人都懒查字典，有边读边，直念“夹”字，其实这字该念“jiá”音：

“水流湍急”的“湍”字，不读“喘”音，读音接近“吞”字；

“唾手可得”的“唾”字，解作吐口水，如今的人握锄挥锤之前，仍有吐点口水在手上的习惯，这个动作就是“唾手”，“唾手可得”是很易得到，“唾”音近“拖”，绝不读“垂”。“垂手”？懒成这个样子，怎么“可得”？有些字要变音：粤剧红伶任剑辉的“任”字，不读“任务”的任音，而要音成“淫”字，但是叫声“任姐”时，却要读成“饮姐”，不能“淫姐”；

“义薄云天”的“薄”字，不读“厚薄”的薄，要读“博”音；

“以女妻人”不能照字面直念，而要读作“以泪砌人”；

“神荼郁垒”是一对门神，画像丑怪凶恶，传说能治鬼，左“神荼”右“郁垒”，四字有三字变音，读“伸书郁律”；外交官的“大使”与护士的“白衣天使”，两“使”都不读“史”音，要读“试”音；“胜任愉快”的“胜”字要读“升”音；“提倡”的“倡”不读“昌”，要音“唱”；“天涯若比邻”的“比”字音“匕”字；等等。

1984.10.28

生老病死

饭后坐卧易患积食

打太极的时候，我那双有两三岁的儿女也说要跟我学，我便教，他们学得兴致勃勃。

不久便冷下来，不练了。一如我所料。

没问题，当作是父子之间一场高高兴兴的游戏，玩得多少天是多少天；总比玩电子游戏机强。

如今，他们长大了，我要教他们，他们只是瞧我一眼，笑笑。

无论午晚，饭后，我总得要散步半小时或四十五分钟；而老母、老妻、子女，一放下筷子，便窝在沙发里，两脚舒舒服服地放到茶几上，看电视，不因为听电话、找零食、洗澡、小便，不会离座。

我说，饭后最坏是睡觉，次坏是屈坐着，《红楼梦》也说：易患“积食病”。

“什么是‘积食病’？”

“消化不良，或是肚大如佛。”

“哈哈哈！”齐齐笑，“你天天散步，食饭最慢是你，肚皮最大是你，还讲！”

实情。

没话说。

没理由关掉电视机犯众怒。

只得奉行“自由、民主”守则：

你们看你们的，我走我的，各不相侵。

“喂，你到外边散步行不行？在电视机前揖揖攘攘的，算是怎的？”

好，好。外边。外边。吃西北风去。（写在冬天。）

1985.1.23

不要有病才学武功

晨运。

在山头，在公园，在清静处，男男女女在打拳，在练剑，在运动，在甩手，在体操，好不热闹。

可在热闹的各式男女中，只分两类，一是年轻的，一是年老的。

年轻的一定病容满面。

不用访问。

访问年老的。

——“阿婆，你的太极剑耍得不错，练了多久哇？”

“噢，有十年啰，十年前我身体很不好……”

——“老伯，你的太极拳打得挺好，功力可不浅哪。”

“呵呵，玩了卅年啦，卅年前我一身都是病……”

病，都是病。

都因为病才练气功才打太极才学剑。

有没有没病没痛，年轻力壮者来学这些“文功”的呢？恐怕很少。

年轻力壮的喜欢练“武功”。因为“‘武’功”易发力，适合他们。

另一方面，恐怕是“‘文’功”讲究的是“心到意到”、“用意不用力”，讲究的是“松、黏、韧”，年轻人不易领会，浑身是力的不得要领；要病得软弱无力，要老、化，才得体会个中神髓。可惜病容满面、老态龙钟之时，已是"'福寿'无限好，只是近黄昏"了。

像某先生，病入膏肓才习练太阳功，不两年，还是入了八宝山。

1985.1.24

文功武功各具特色

“‘文’功”、“‘武’功”是我做出来的词，源自煎煮中药时用的“文火”、“武火”。“文功”是“内功”，“武功”是“外功”。不过这只是个笼统的叫法。

例如“太极”。就分“文太极”与“武太极”。文太极是用来健身练气的，武太极是用来搏击的，所以“静如处子，动如脱兔”，正好用来形容文武太极。

每一种内家拳，都是气功，任你招数如何，到头来是练一个“气”字。

每一种外家拳，都是套拳，是练肌肉练力的，以实用搏击为主，所以只宜孔武有力的年轻人，不宜病弱者。故此有一句:“练武不练功，到老一场空。”

一如外家拳，内家亦有很多种。内家亦有文、武之分，就是软、硬功。

指力碎石卵、胸膛裂大石之类，就是气硬功。

太极到了家，几乎就是气功（外人看见的招式，只是练气运气的一个形式而已）。

气功的门派多，理论也多。曾有文友问我:“‘丹田’在哪儿？”我也曾暗存这个疑问。后来才知道，随着气功门派的不同，丹田位置亦有分别:有肚脐正中的，有脐上二寸的，有脐下寸半的，有脐下二寸半、四寸的，也有阴部对上的阴埠处的。练得对劲身体好，就该从一而终，幸勿多心。

1985.1.25

颠倒因果的怪责语

在西餐厅，听到两个食客对话：

——我整碟杂扒都吃个清光了，为什么你的一份猪扒才吃了那么一小点？

——没办法，我有胃病。

——你吃得这样慢，怪不得你有胃病！

在茶楼，听到两个食客对话：

——哈，你这个人真怪，居然连“西菜牛肉”都有牛肉吐出来。

——那是牛肉筋，很硬。

——剁碎了的牛肉，多硬也有个限度啦。

——没办法，我有胃病。

——连蒸牛肉都吃出渣来，怪不得你有胃病！

在饭店，听到两个食客对话：

——老兄，电影开场啦，还不快点。

——还有整句钟，不怕，慢慢来。

——“男人吃饭跨过凳，女人吃饭磨穿裙”呀！你是不是男人？

——……

——你好命，不必打杂货店的工，如果你在米行、杂货店打工，大台吃饭，似你这个样子，菜汁都没得你淘饭。

——没办法，我有胃病，快不来。

——你吃饭，像吃铁砂似的，怪不得你有胃病。

在酒席上听到……

……

为什么听不到“你有胃病，慢慢吃”？

1985.1.26

健者焉知病者之苦

因为有胃病，吃饭才吃铁砂似的吃得慢。说“你吃得慢，怪不得你有胃病”，显然是因果的颠倒。这是有一身好体质的人，对百病丛生者的不理解。

从前我去饮宴，遇上同桌的亲朋诉说身上何处有事哪儿不妥，有胃病的我总叫他不要吃鲍鱼，不要吃发菜；有高血压的我总叫他多吃海参、多吃西芹，而“吊片”与“鹌鹑蛋”则叫他不要吃；有糖尿病的我总劝他少吃末尾的一道甜品……

因为鲍鱼与发菜极难消化；海参的胆固醇是零，西芹是天然的降压食品，吊片的胆固醇高达千二，鹌鹑蛋的胆固醇更高达三千，为怕他们不明那数字的厉害，还特别举出肥猪肉的胆固醇含量只是二百五，以便听者有个比较；糖尿患者当然得戒甜食，为怕他们一面倒的“当然”，又提醒：在路上行走时，突觉虚脱式的晕，得首先考虑是“血糖急降”，反要马上饮下一杯糖水……

有病者、多病者闻我语出惊人、数字具体，都表示敬佩。唯有无病的毫不客气来一句：“怪不得你瘦成这个鬼样啦，原来软又怕硬又怕，炸又不吃煎又忌吃！”还加一句，“你看我，什么都吃，所以大大只！”

面目无光。

十数年“戒口慎食”下来，而今，我已面团团、初具小富翁的外型了，在筵席上早已缄默，只论好吃与否，不谈能吃与否。

这大抵也是一种颠倒。

1985.1.27

由苦口婆心到缄默

健身、练功、练拳，在百病不侵的年轻人眼中，在同是练功的人眼中，也有一种颠倒的不屑。如我。我说饭后久坐、入睡，易患积食，儿女就说："你自己饭后不散步就觉不妥，是你患了积食病，硬要人家学你，没道理！"

如我。我说多吃懒动，容易痴肥，儿女就指手画脚，哈哈大笑："看你，自己的肚子大如阿弥陀，还说人！"处此环境，妻便掩嘴，因为他们是同党。

"人之患，在好为人师。"自加警惕：不可多事，免得罪人。

可是，在公园里看见翘臀耸肩耍太极的男女，遇有慈眉善目"好相与"的，总忍不住上前："不要翘臀，要收腹、提肛；不要耸肩，要沉肩坠肘，要含胸拔背。"

瞧见婆娘们连太极拳都打不好，就从布袋里抖出两三把光闪闪的剑来，要耍太极剑了，遇有不瞪眉凸眼的，总忍不住上前："太极拳的每招每式都极深奥，先打好拳，领略个中意境，学剑，才不迟。"

不过，"面露不悦"者多，被"怒目相向"的多。怒目之中，带有"看你的体魄也好不到哪，还管人？"的模样。

数十年经验所得，是：健康不好，在吃的方面，在健身方面，无发言权；因为别人一看你病容满面，就对你没信心。

苦口婆心："要适当做点运动，否则，像我这样，已经迟了。"——连自家儿女都不听你的，夫复何言？只得缄默。

1985.1.28

为什么烂瓦煲耐烧

看医生，当然找华佗、扁鹊。

研究中草药，当然找李时珍。

要长生，当然信麻姑、彭祖。

要活到九十九，自然要学齐白石、马寅初。

——没人信你的，因为你不是金漆招牌，而是药漆招牌。

然而我相信“久病成医”这句话。

所以我喜欢听他们“诉病情”——不是“诉衷情”，其实也是诉衷情。

从他们的言谈中，我总结出一个印象，就是“百病丛生”的人，一般都比较善良，肯关心别人，极富同情心。

这可能是因为他们深深地知道，哪种病多痛苦，哪种病又坏了他一生的事业。因而一听别人说出病情的“初阶”，便佛口婆心，急不及待地劝对方如何防范，如何治理，如何保养。

对方倘若在病中，因为你的经验之谈而受益，当然“感激涕零”；倘遇上壮健如牛的，患的只是牛皮上的小毛病，听你这一啰唆，不暗骂你是“一等烦人”才怪。

又所以，“病家经验”、“疾病情报”，只宜在“病友”中交流；不宜向百病不侵的健康人传递。

澳门话剧界名导演梁寒淡先生曾对我胃病的忧戚，赠过一言，我至今感激：“阿雁，不必怕，烂瓦煲耐烧。”“烂”者裂也。这话的可贵处，是不但给我治病的信心，而且还蕴含处世做人的哲理。

1985.2.2

梅窝度假屋狂欢记

朋友在梅窝买了度假屋，日前邀作一日一夜之“阖府统请欢乐游”。

“统请”的很多，不止我一家，但齐集之后，竟是阴多阳少，儿童多，成人少；而偏偏“阳少”的一方，又都是弱不禁风的书生，因此，只好回复“母系社会”：事无巨细，全由“阴”多的一方负责。

节目很多：既捉鱼钓鱼，又玩沙滩游戏；既开小型世运会，又跳土风舞；既喂鹅喂鸭，又淋花种菜。孩子们癫狂得浑身大汗。

食物更丰富：炒粉炒面、烧鹅、叉烧、油鸡、花生眉豆凤爪烧鸭粥、汽水、啤酒、咖啡、奶茶、蛋糕、西饼、三文治。中西食品在肠胃里大跳油脂舞。

山野之地，可能水压不够，水喉慢吞吞的，不卑不亢，很有点心如止水的况味。轮候洗澡，竟到深夜。

床少人多，唯有让给孩子们睡去，大人们便围在庭院中，焚（蚊）香煮（车仔红）茶，啖自卤的猪扒、牛肉、凤爪，谈儿女的学业，谈生老病死，谈家情、港情、国情、股市行情……与蚊、蝇、飞蛾、金牛、蚂蚁、壁虎为伍，直到天明。

晨早我要上班，先行告辞。乘了渡轮，上岸转了车，进入办公室都无事，可是，过了不久，肚子忽然绞痛，阵痛越绞越烈，终于腹泻。

这一泻，真厉害，几乎要了我的命！

1985.5.13

铁汉子也支撑不来

初时以为杂食过分，“多吃坏肚皮”，泻了会没事，怎料越泻越凶，越泻越频，只好急急请假回家。

回家之后，找药吃了，不但不止泻，反而多了一重呕吐。

北方有句俗语叫“好汉难撑三泡粪”，意思是说，铁打的汉子也挨不起三次腹泻。

我只是个好人，不是“好汉”，况且“撑”的何止“三泡粪”？没卅泡也有十五泡吧？

人变得疲弱不堪，如厕都无力了，稍动一动便恶心想吐。对妻说：“怕撑不住了，送我入院吧？”

十字车来了，我不那么直地躺了进去。

有人跟我说话，我没有回答的力气，嘴唇麻痹发冷，我闭着嘴，闭着眼，只顾着睡。

眼皮上飞快地流过电视荧幕坏了似的歪斜画面，我看不清楚是些什么，突然，画面静止下来，我的心跳也仿似虚弱得静止下来，我意识到，我要死去？

不！我刚过了生日，儿女还小，而且不在我身旁，我不能就这样没有一句话就死了！我要发动机继续运行，指了指心房，妻立即替我搓揉。

我要眼皮的影像继续动，我张开了眼，看见鹅黄的光在一横横地闪过，我知道那是天桥上的路灯。

我担心，还有一半路，我能不能支撑得过？

1985.5.14

一丝余气纳入丹田

那一半的路可真长。

我唯有想妻儿俏皮可爱的样子，想朋友们欢聚时的惹笑事……把点点滴滴人生的乐事，煮成一小碗续命的参汤。

可是，竟日尽情的蹦跳，一夜不眠的促膝谈心，十一小时的上吐下泻，实在令我消耗了太多的体力。

我真的感到心力交瘁。

“十字车，可否停下来。”我知道这不可能。

我也缺乏呼唤的气力。十字车仍在筛动着奔驰。

没有别的办法，我只能把那一线游丝般的余气，小心地纳入丹田，谨慎地练起气功来。

我赶开了纷繁的心绪，清理出一小片澄明的心境来。情况有了些微改善。

……终于，车戛然而止，门打开了。我到了！我到了医院。

在收症房内，作了例行的初步检查，之后，我被送入病房。

护士递来便盆，要我留下粪便检验。这个易办，我马上就要泻。

检验结果是“急性肠胃炎”。

医生再来检查一次，开了处方。

我服药。护士为我打了针，并通过血管为我一滴滴地灌输一大瓶无色的液体。

我昏沉沉地睡去。

1985.5.15

一个年轻的艺术家

醒来已是大清早，发现邻床躺着个三十出头的年轻人，我和他攀谈，他回说在电视台当摄影师，因为患了肝炎才被送入院的。中午采病时间，一大群电视人来探访他。

护士拒绝了一个手抱的小孩子接近病人，但在年轻母亲含泪恳求之下，终被允许了。

——后来才知道，这个小孩子要亲近的，是患了肝癌的父亲！

三十二岁，很快，将要抛下喜爱的职业，抛下短促的生命，抛下可爱的孩子。造物者多么无情！

谁不热爱生命？但……唉、唉！

问我？

问我“要钱还是要命”？我两样都要。但所求都不多。怎样才算“活得够”？怎样才算“长命”？很难说。

——一百五十九岁的人说:“唉，我老了，不行了，近几个月来，记忆力有点差劲了，饭量也由三碗减成两碗了！”要与他老人家比，那日我要泻死在厕所内，或是“送院途中不治”，当然是短命得很。——我有一位在绘画方面很有才气的同学，与本港的话剧大师钟景辉差一个字，名叫钟声辉，腹膜炎术后逝世，死时只有廿二岁。那年，有位中医替我把脉，脉批是“油尽灯枯”。

我也那么想，不过我不那么做。结果这盏“灯”多点了廿多年，虽然差点“枯”了，可是吊了两瓶无色的液体之后，火苗又从摇摇晃晃中亮挺了起来。

1985.5.16

不够钱使不够命用

要与我这位英年早逝的同学比，经过险死还生的搏斗，我是比他多活了一倍，是“长”命了很多，幸运了很多。——即便与天皇巨星李小龙比，我也不差劲呀！

所以说，命的长短不是大问题，和钱财一样：够使够用就很好。

啥个样子才算“够使够用”？

比如“钱”吧，能令你温饱之外，想吃“佛跳墙”，你吃得起你不吃，想穿银狐大衣，你穿得起你不穿，而把钱用在更有益、更令你甚或别人快乐的事上面，那就是“够”。

比如“命”吧，看着儿女学业有成，成家立室，已经足够，能够抱抱孙当然更好；多写几篇称心如意的文章，多出几本书已经足够，能够写成“名家”当然更好。

钱多到要给二世祖倾家，命长而无用到要给人指着鼻尖说“老而不”时，已是没趣、很没趣了吧！

基于自以为“是”的自我定出来的“准则”，我“不够钱用”，我“不够命用”。

为了生活，为了儿女的教育经费，我每天不得不卖出八小时的宝贵生命，做一份我认为于我毫无意义的、令我厌倦的工作。为了生命之火能爆出灿烂的火花，我必须在工余伏案，做我认为有意思的作业；同时，我必须晨操、游泳、练气功，以增加向死神作殊死战的本钱。

成功尚远，我还得小心翼翼地燃点这盏生命之灯不可。

1985.5.13

怕死是人类的天性

很久以前，我蹲下来，把着一个八岁男童的手说：你要多吃点饭，才会快点长大。他说：我不要快点长大，越快长大，等于越快去死。

数年之前，我蹲下来，把着自己六岁女儿的小手说：你要多吃点饭，才会快点长大。她说：我要做BB，要吃奶，要吃雪糕，不要吃饭。

执教鞭时，一个学生问过我：人类为什么到了一定的时候就要死去？

小时候我也想过这个问题，没有人给我答案。而今，我也遗憾地没有答案给别人。可见“怕死”是人类的天性。然而，当死神强着要拥抱你，那也是无可奈何的事。1961年，我写过一首名为《死》的诗：

> 有这么一天：当我生命之火已烧尽，当我奔腾着的热血已冰凝，那么，我的母亲，请把我埋葬吧，——安详地，不必流泪；正如我的遗容一样带着笑影，因为我生命之火光，已在黑暗的岁月里，显示了光明。
>
> 有这么一天：当我已对你诉出心中的最后一句话，当我接受了你给我的最后一个吻，那么，我的爱人，请把我埋葬吧，——把泥土轻轻地盖下，在我周围种

满鲜花，让荒山有了些点缀，让山风向你带去，我芳香的情话。

真有这么一天，就把我埋葬吧，母亲呵，安详地，不必悲伤，爱人呵，谨记着为我种花。还有：在我墓碑上刻上唇印，我留下的诗歌《我的爱》——请你收起来，再把闪耀智慧的诗句，留传给后代。

1985.5.18

偷看原始形式火葬

在香港，要找一个“葬身之地”谈何容易！所谓“在我周围种满鲜花，让荒山有了些点缀”，“荒山”既不可得，要天天为“鲜花”淋水剪葺，工程也十分浩大，“在我周围种满鲜花”这句话，是“存心”要将“爱人”折磨个同归于尽才作罢的吧？

所以，“埋葬”个啥？一把火烧了岂不是好。

对于“火葬”，我有个小小的认识：那时是小学四年级，寄居在澳门台山叔父的家中。这一带是个贫民区，天主圣母的势力虽然不大，由于有罐头、奶粉、旧衣服分派，倒也吸引不少人，附近因而兴建了一所占地不大的小教堂。那年，一位教友蒙主宠召，竟然愿意“火化”，教会便在后院的大草地上，整整齐齐地堆叠起一座长方形的柴堆，准备把人放在上面烧。我有意参观这种“宠召”的新鲜玩意，却给反对派和其他小孩把火葬形容得恐怖非常，终于不敢临近“迫视”，只敢躲在远处的屋角，偷看那股向夜空卷腾而上的黑烟。

中学时，看到一篇文章，说人死后，脑神经还有六十小时的生命力。这当儿刚巧提倡“火葬”，我是骇怕的——皮肉被烧得滋滋地响，不觉痛吗？

等到 1971 年，送一位远亲的棺木往和合石坟场，遇上滂沱大雨，一脚脚踩下去的，都是没了脚胫的死尸水，那时，我强烈地升起一个念头：何不火葬？何不一把火烧了利落干净！

1985.5.19

入得厨房出得厅堂

自此之后，我和妻相约好：谁归道山，谁为对方火葬，而且，仪式越简单越好，费用越便宜越好。

亲友到来祭别，不必愁眉苦险，找些生前趣事轶闻，嘻哈谈笑更佳。

麻包破席裹尸，怕人闲言闲语，就找副最薄的棺木得了，反正一把火，什么柳木寿板都是假的。（年前坐火车经过柳州，各团友都指手画脚“订”了柳州树木作日后之用。我也“订”了一株，到时可别送来，以免坏了柳州的风景。）

尸骨烧成灰后，可用作肥田料，小部分留起，封存在云石盒或景泰蓝里，外面贴张照片，注明生卒年份，放在客厅酒柜之上，劏鸡杀鸭，喜庆宴会，不妨招呼声“老父”；愁肠百结，化解不开的，亦不妨告知“老父”；甚或抱着那一瓶“老父”痛哭一顿，大笑一顿，与老父共苦乐，又有何不可？春秋二祭，放朵鲜花拣个甜橙在骨灰盒之前，如生前拍肩揽腰，闲话家常，不胜似去迫小巴、找墓地、踩黄泥尸水？

（再者，孙儿挨了打，要来告状：“爷爷，你的儿子无缘无故打我！”我也能够及时分辨谁是谁非，做个公平了断。）

据说，科学家可以在“不久之将来”，将尸体迅速处理变成石油，供人类使用。倘能如此，本人亦乐意化废物为有用之物，为社会再尽点力，不过，别把我充作打火机之气，因为我厌烟。

1985.5.20

捐血捐躯胸襟伟大

忘记了看的是哪一期的《读者文摘》，记下一位失明少女，接受了一位小伙子死后眼角膜移植手术后的奇妙感觉。文内描写的感觉虽然有点“神化”有点“玄”，但看后仍然令人十分感动。

我在想：自己何不也来“捐躯”，大众何不也来“捐躯”？

香港红十字会曾以美意答谢美意：将一颗血红色、包裹着一个金色十字徽号的血滴形状小襟章，赠予捐血的热心人士，一方面“聊表谢意”，另方面“永志不忘”，象征着“物轻情意重”。送者很有意思，戴者也很有意思。

我敬慕佩戴这颗血滴形襟章的人。有一趟，过红绿灯，在匆忙的人潮中，瞥见一颗这样的小襟章佩在一个学生的胸前，不禁对这位少女投过一眼敬意；她领会我欣赏她什么，微微侧过头，回报我一靥纯真而骄傲的笑。一个小小年纪就懂得捐血救人的人是值得骄傲的。——我希望能够佩戴这个小红章。可惜暂时还未有这个资格。我不但希望生前能够捐血，而且甘愿死后捐躯。——只要认为有用的“零件”，都可以拿去。试想：当一个人死后，眼角膜还可以在别人眼球上做影；心脏还可以在别人体内跃动；肾脏还可以在别人身上生存……这是“捐躯”还是“延续”？

是奇妙的贡献，还是奇妙的受益？两者都是吧？

——那么，何乐而不为！

1985.5.23

死后大可废物利用

要“白马素车”并不容易，非要花费大量金钱不可。

有些不能“白马素车”的人，为了亲人死后“好看”，借一身债也要把场面搞得像样一点。

其实人死后也就一了百了，再不必拘泥于死后的繁文缛节，生荣死哀，无谓留下一长串“钱债”与“礼仪债”给子孙后代，奔波劳碌个没完没了！

况且如今人口膨胀，土地金贵，坟地难求，“火葬”肯定是大势之所趋。

我们生存在世，倚赖能源而生存享乐，死后经过科学处理，变成原油，为“能源”“继后香灯”，当然比“火葬”“更识大体”，“仙游观念”也更为现代化。

多年前，本港眼库劝人预立遗嘱，死后捐出眼角膜，后来医学界又劝人死后捐肾，……都很有“废物利用”的意念。

这是值得大众支持的呼吁。

香港的“劏车业”有个时期很是蓬勃，劏车人士都很懂得废物利用，把老爷车化整为零之后，各样汽车零件分型分类，作为日后维修汽车之用。人们生前爱将自己比作机器，比作老爷车，说“机件尚好，还可以用它二十年”；说“机器坏了，要入厂修理”；那么，死后何以不能当作“机器”一样，把有用的“零件”，由“专业操刀人士”分门别类，留待治病救人之用？

1985.5.24

后 记

我出书从不请人写序写跋。“序”是嘴。“跋”是屁股。请人写序是请人吹水。请人写跋是请人拍马屁——自己成了畜牲。

因此我亦懒得看序看跋。

偶尔瞄之，无非是，比如吧：——哎呀，凌雁的文笔怎么好呀，该拿诺贝尔文学奖而未拿，是因为评审团少了认中文的人喇。——哎呀，凌雁的人品怎样好呀，真是“德高望重”、“高山仰止”呀(很有灵堂的味道)。——哎呀，凌雁这人好呀，从不搞女人呀，也不是不搞，只搞一个呀。……等因奉此。

我本不用写稿。我爸出身大地主之家，可他随彭湃革命去了，姑丈掉了性命，他掉了家财，由“地主阶级”变“无产阶级”。

然而写“阶级斗争”的人不同意，仍把他列为“地主阶级”。升读暨大时，有关“成分”一栏，老爸在港因有任务在身，经请示就叫我及兄长填“小商人”。——惨，小商人是“资产阶级”。

基于1959这年头，大学里劳动多上课少，又背着个袋里无钱资产却多的包袱，中途就跑了，在香港“住下来了，不想去了”(金庸社论名句)。

住？香港米贵，居大不易。学历是秀不得的，因是左校。力气是卖不了的，因为瘦。试过应征工厂运送胶粒，老板不请：“每包八十斤，一手一包共百六斤，你拿不起。”我说得，他说不得。我缠他请，他坚决不请。

老板好人。好彩他不请，要不，我现在可能要佝偻而行。

唯有写稿。当时的公价是一千字十元，一个月刊出三篇有饭吃了；每日刊一篇，等同中环区的中等白领了；每日两篇是“纳税人”了。

你也许不知“香港纳税人”的涵义有多架势：路上遇着警察即祖国公安截查，你只需指着鼻头问“你知我是谁？”在他错愕之时，你只需平常语气说“我是纳税人”，他马上“谢了”，即祖国语句的“荐了”，耷头耷脑走人。

……就这样写、写，越写越好，写成“作家”。

嗨，我写周记总被老师声讨呀，为什么写稿就好了呢？——总结经验，是写周记没钱写文章有钱。

如此说来，我骨子里也市侩。

《凌腔雁调》是我既文艺又市侩了几十年，拿来“献世”的一小部分旧作。

凌雁

2016.5.13

图书在版编目（CIP）数据

凌腔雁调 / 凌雁 著. -- 北京：作家出版社，2016. 8
（澳门文学丛书）
ISBN 978-7-5063-9164-1

Ⅰ. ①凌… Ⅱ. ①凌… Ⅲ. ①散文集 - 中国 - 当代
Ⅳ. ①I267

中国版本图书馆CIP数据核字（2016）第221020号

凌腔雁调

作　　者：凌　雁
责任编辑：冯京丽
装帧设计：棱角视觉
责任印制：李卫东　李大庆
出版发行：作家出版社
社　　址：北京农展馆南里10号　　**邮　　编：**100125
电话传真：86-10-65930756（出版发行部）
86-10-65004079（总编室）
86-10-65015116（邮购部）
E-mail:zuojia@zuojia.net.cn
http://www.haozuojia.com（作家在线）
印　　刷：三河市华业印务有限公司
成品尺寸：133 × 214
字　　数：270千
印　　张：11. 875
版　　次：2016年11月第1版
印　　次：2016年11月第1次印刷
ISBN 978-7-5063-9164-1
定　　价：32. 00元

第一批出版书目

王祯宝《曾几何时》
水　月《挥手之后还会再见吗》
邓晓炯《浮城》
未　艾《轻抚那人间的沧桑》
吕志鹏《在迷失国度下被遗忘了的自白录》
李成俊《待旦集》
李宇樑《狼狈行动》
李观鼎《三余集》
李鹏翥《澳门古今与艺文人物》
吴志良《悦读澳门》
林中英《头上彩虹》
赵　阳《没有错过的阳光》
姚　风《枯枝上的敌人》
贺绫声《如果爱情像诗般阅读》
袁绍珊《流民之歌》
黄坤尧《一方净土》
黄德鸿《澳门掌故》
梁淑淇《爱你爱我》
寂　然《有发生过》
鲁　茂《拾穗集》
穆凡中《相看是故人》
穆欣欣《寸心千里》

以上按作者姓氏笔画排序

第一批出版书目

第二批出版书目

太　皮《神迹》小说
尹红梅《木棉絮絮飞》散文
卢杰桦《拳王阿里》诗歌
冯倾城《未名心情》散文
朱寿桐《从俗如流》散文
吕志鹏《挣扎》诗歌
邢　悦《被确定的事》诗歌
李烈声《回首风尘》散文
沈慕文《且听风吟》诗歌
初歌今《不渡》小说
罗卫强《恍若烟花灿烂》散文
周　桐《除却天边月没人知》小说
姚　风《龙须糖万岁》评论
殷立民《殷言快语》散文
凌　谷《无边集》诗歌
凌　稜《世间情》散文
黄文辉《历史对话》诗歌
龚　刚《乘兴集》散文
陶　里《岭上造船笔记》散文
程　文《我城我书》散文
程祥徽《多味的人生之旅》散文

以上按作者姓氏笔画排序

第二批出版书目

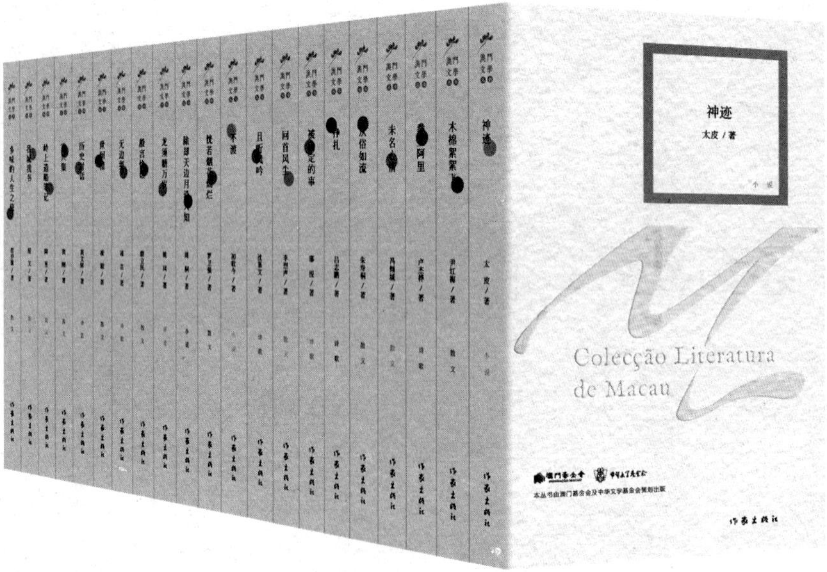

澳門文學丛书